诺贝尔文学奖获奖者小说丛书

苹果树

[英国] 高尔斯华绥　著
梁欣琢　译

The Apple Tree

JOHN GALSWORTHY

江苏凤凰文艺出版社
JIANGSU PHOENIX LITERATURE AND ART PUBLISHING, LTD

图书在版编目（CIP）数据

苹果树 /（英）高尔斯华绥（Galsworthy,J.）著；梁欣琢译. — 南京：江苏凤凰文艺出版社，2014（2022.8 重印）
（诺贝尔文学奖获奖者小说丛书）
ISBN 978-7-5399-7481-1

Ⅰ. ①苹… Ⅱ. ①高… ②梁… Ⅲ. ①中篇小说－小说集－英国－现代②短篇小说－小说集－英国－现代 Ⅳ. ①I561.45

中国版本图书馆 CIP 数据核字(2014)第 134815 号

书　　名	苹果树
著　　者	（英）高尔斯华绥
译　　者	梁欣琢
责任编辑	孙金荣
出版发行	凤凰出版传媒股份有限公司 江苏凤凰文艺出版社
出版社地址	南京市中央路 165 号，邮编：210009
出版社网址	http://www.jswenyi.com
经　　销	凤凰出版传媒股份有限公司
印　　刷	三河市燕春印务有限公司
开　　本	880 毫米×1230 毫米　1/32
印　　张	9.5
字　　数	210 千字
版　　次	2014 年 8 月第 2 版　2022 年 8 月第 2 次印刷
标准书号	ISBN　978-7-5399-7481-1
定　　价	49.00 元

（江苏凤凰文艺出版图书凡印刷、装订错误可随时向承印厂调换）

目　录

德文郡[1]的人

一

沼泽地[2],七月二十日[3]。

这里很安静,仿佛睡着了一样,尽管一个农场永远都不可能是安静的。大海离这里四分之一英里远,大风天里,海浪声传至山谷。要想娱乐消遣,你必须走到四英里外的布里克瑟姆[4]或五英里外的京斯维尔[5],即便如此,你也不会找到多少乐子。农场位于一个遮风避雨的地方,可以这么说,位于一个凹壁处。它高高立于深谷之上,后面是一片高地的田野,远处是一片低地。你觉得自己可以极目远眺,但如果你四处走走的话,就会发现这是错觉。的确,这就是典型的德文郡乡村的景致:山峦,谷地,树篱堤[6],向下没入大地或直直向上攀沿如房屋边线的乡间小路,矮

① 德文郡位于英国西南部,一面靠英吉利海峡,一面靠凯尔特海和布里斯托尔湾。

② 可能是指德文郡的达特姆尔高原(Dartmoor)。德文郡由于其地理特色,多荒野沼泽区。

③ 这篇小记是书信日记体形式,所以每章前面都冠有日期。

④ 德文郡的沿海城市。

⑤ 德文郡内陆城市。

⑥ 德文郡树篱堤是由土石路堤(类似沿路砌的矮墙)和灌木篱笆墙构成,路堤上覆以草皮或石头,顶部为灌木篱笆。

林，小麦田，只要有水能流通的地方就有的小溪，悬崖边的白垩山丘，野生的金雀花和蕨类植物。深谷一直延伸到一片有沙滩的海湾，一面是黑色的岩石，另一面是淡红色的峭壁，岬角远远伸向海中，那边还有一个海岸警卫队的驻岗。

现在，收获季节到来了，万物都处在最成熟丰盛的时期。苹果熟了，树木格外青翠。天气炎热，一丝风都没有，乡野和大海似乎都在阳光下睡着了。农场前有六棵松树，看起来好似来自异乡的植物；农场后面是果园，就像人们通常想象的果园的样子，普普通通的，林木蓊蓊郁郁，树枝盘根错节。农舍是一座白色的长型建筑，有三层屋顶，都刷成了棕色，整个房子看起来就像是从地里长出来似的。两年前，屋顶重新用茅草缮过，这是整栋农舍唯一新的地方了。房子的前门是橡木制的，装有球形铁把手，人们说这门至少有三百年的历史了。屋里，你伸手可以触到天花板，窗户自然显得大了些。总的来说这是一栋极好的老房子，混合着苹果、烟气、蔷薇花、咸肉、金银花和年深岁久的味道。

农场主是约翰·福特，大约七十岁，十七英石①重，患有哮喘病。他身材健硕，一双长腿，留着短而粗的灰胡子，一双水汪汪的灰色眼睛，脖子短短的，淡紫色的面容。他待人非常彬彬有礼，行事却独断专行。他手上戴着一枚印章戒指，脖子上挂着一根粗粗的金链子。他通常穿着海力斯粗花呢②的衣服，当然，除了星期天——星期天他会换成一身黑衣。约翰·福特身上找不到任何吝啬或心胸狭窄的地方，我认为他心地善良，只是他不怎么喜欢谈论自己。他生来就是个北部乡村的农民，几乎一辈子都待在新

① 一英石大约等于十四磅。
② 以英国苏格兰西北区的产地名称命名的。

西兰。

这个小小的德文郡农场就是他现在的全部财产了。他在新西兰北岛曾是个很有“头脸”的人物,受人尊敬。如人们想到的那样,他敞开大门迎八方宾客,目光短浅,大手大脚,极尽挥霍。后来他突然陷入了悲痛之中,我不是很清楚具体原因,我认为是因为他的独生子在赛马上输了钱,觉得无颜面对他,开枪自尽的事。如果你见过约翰·福特,你就能想象出这些悲伤往事。那一年他的妻子也去世了。他连最后一分钱都耗尽了,于是就回到了故乡,在这个农场住了下来。

不久前一个晚上,他告诉我说,他在这个世上只剩一个亲人了,那就是他的孙女,她和他一起住在这里。她叫帕斯安丝·沃伊齐,“帕斯安丝”是“佩兴斯”的旧时拼法①,它读起来是“帕施彦斯”这个音②。此刻她正和我一起坐在通向果园的粗木凉廊里。她卷着袖子,正在剥葡萄干,准备做黑葡萄干茶。她时不时地将胳膊肘放在桌上歇歇,吃一个浆果,撅着嘴,然后又继续干活。她生着一张小圆脸,身材苗条,脸颊像罂粟花般红扑扑的。一头浓密的头发是棕黑色的,眼睛是深棕色的,几乎接近黑色了。她的鼻子短短扁扁,红唇鲜嫩饱满。她的动作迅速又轻柔。她喜欢明艳的颜色。她还会拉小提琴。她就像一只小猫一样,有时极其富有同情心,有时又冷硬得像块龟壳。她总是凭冲动行事,但是她

---

① 本文女主人公的名字写作“Pasiance”,按作者解释是“Patience”的旧时拼法。“patience”本身是多义词,可释义为耐心、忍耐;坚忍、坚持等。女主人公的个性比较野性、冲动、直率、刚烈,和这个名字堪称对比;但她对爱情的耐心、坚忍和等待又令人唏嘘。同时根据情节的发展,女主人公受伤后成了病人(patient 做形容词时是名词 patience 的变体,也有“病人”之意)。虽然无法证明作者有意为人物起这样的名字,但是有可能是一根暗线。

② “帕施彦斯”是对作者给的读音“Pash-yence”的音译。

不喜欢表露出自己的感情，有时我甚至都怀疑她是否有感情。

这一老一少相依为命，有些古怪，又很悲哀。老人对她照顾得无微不至，打心底关心着他的孙女。作为一个北方乡村出生的人，他冷若冰霜，憎恶表露感情，然而他对孙女又不自觉地流露出关切之情。我看见他在这两种情感之间撕裂着，和她一起生活对他而言是种不自知的折磨。她整天一刻都不安分，惹人烦怒，这一刻娴静端庄，下一刻突然就会蹦出什么嘲弄的言辞或冷笑来。但是她以自己的方式爱着他，我看到过她在他睡着时亲吻他。总体来说她还是听他话的，不过总是表现出一副对他言听计从行事时简直无法呼吸的样子来。她接受了一种奇怪的教育：学了历史、地理、初等数学，其他就没学过了，也从来没去过学校，她也没怎么学过小提琴。基本上她是自己懂什么，就教自己什么。

她精通关于鸟儿、花草、昆虫的知识。她养了三只猫，总是爱跟着她。她还很爱搞恶作剧。有天她喊我："我有一些东西要给你。闭上眼睛伸出手来！"结果是只黑色的大鼻涕虫！老人只有一个女儿，佩兴斯就是她的孩子。老人将女儿送回国，为的是让她在托基[①]接受教育，结果她在猎场上遇到一个名叫理查德·沃伊齐的自耕农，竟然跟他私奔了。约翰·福特怒火冲天——他的祖先似乎就是在边境坎伯兰郡那一带领导流氓恶棍的，他将"乡绅"里克[②]·沃伊齐拐走他女儿一事看做是对他的当头一棒。

他被叫做"乡绅"，就我的理解，是因为他每天晚上都和外号叫"恶魔"的邻区教区长霍金斯打牌。沃伊齐的家世并非可鄙。一份日期标注为亨利八世十三年九月八日的抄本，就授予了沃伊

---

① 德文郡南部沿海城市。
② 瑞克是理查德的昵称。

齐家族的某个理查德整个农场，迄今为止他们一直拥有此处。霍普古德太太[①]，法警的妻子，是个亲切又安详的老人，她颇具古典风范，脸颊像萎缩了的红苹果一样。她非常宠爱帕斯安丝。她给我看过那份抄本文件。"我保存着它，"她说，"福特先生很自豪，其他大伙儿也很自豪。这是个很古老的家族，家族中所有的女性都叫玛格丽特、帕斯安丝或玛丽；男性都叫理查德、约翰、罗杰斯。就像他们家的苹果树一样古老呢。"

里克·沃伊齐是个喜欢热闹、爱打猎的家伙，为此，他甚至将旧农场的一砖一瓦、包括它的茅草屋顶都拿去抵押了。为了报仇，约翰·福特将抵押部分全部买下，并取消赎回权，要求他的女儿和女婿继续免费住在这里。他们俩便老老实实地照办了，直到八年前双双在一起马车事故中丧生。一年后，老福特破产了，从此他就和帕斯安丝住在这里。

我猜，就是帕斯安丝继承的这两股血脉注定让她天性如此不安分、如此任意妄为：如果她是个本地人，她会在这里过得足够开心；或者像约翰·福特那样，全然是个外地人，也会过得好，但是她身上的这两股张力相互交织、相互斗争，都企图占据掌控位置，似乎让她片刻不得安宁。

你也许会认为这是个牵强附会的理由，但是我相信它是真的。瘦小的她站在那里，嘴唇紧抿着，双臂紧紧抱于胸前，盯着远方，似乎目光可以越过周围的事物，看到更远处的什么一样。然后，好像有什么东西吸引了她的注意力，她的眼睛一瞬间充满笑意，目光柔和起来，或是流露出轻蔑的神情！她十八岁了，对坐船无所畏惧，但是骑马就坚决不行了——这也是她和她祖父之间的

① 下文中主人公们又亲切地称她为"霍普古德妈妈"。

一个雷区，因为她祖父热爱骑马，一天大部分的时间都骑在一匹杂种瘦马上，就他的体重来说，那匹马驮着他就像驮着一根羽毛。

应丹·特莱弗雷之情，他们这里给我提供膳食，私底下和霍普古德太太安排好了膳食费用问题。他们并不富裕，这里虽然是附近最大的农场，但是却没有给他们带来多少收益。看看约翰·福特，简直叫人不能相信他会缺钱——他可是个大人物呐。

我们八点钟有家庭晨祷，然后是早餐，之后就自由活动，我写些东西或做点其他什么事，直到晚餐和晚祷。中午那顿就自己随便找点吃的。星期天，我们必须往返四英里到教堂去，要不然就会招致约翰·福特的反感。丹·特莱弗雷住在京斯维尔，他说自己挣了大钱，适合待在那里——就像清醒了多年睡不着终于可以入睡一样。他在新西兰度过一段艰难的时日，直到那里的矿场让他发了财。你[①]肯定都记不起他来了，他总是让我想起他的叔叔老尼古拉斯·特莱弗雷，他和他的叔叔一样讲话慢条斯理的，有几分迟疑，不论说什么都爱重复一遍你的名字；也是个左撇子，眨动眼睛也是慢慢的。

他留着黑黑的短胡须，红棕色的脸颊，额角有一些秃，头发有点花白，但却根根铁一样硬。他几乎每天都骑马过来，带着一只黑色猎狗，那只狗有一个漂亮的鼻子和一身长毛。他给我讲了很多约翰·福特早年在新西兰当牧场主时候的故事，夸赞他骑马的技术直到今天还很棒，说他经历过毛利人的战争。总之，就像丹说的那样："一个让尼克叔叔非常称心如意的人。"

丹和约翰是很好的朋友，彼此尊敬。丹对约翰非常崇拜，但是真正吸引他的却是帕斯安丝。当她在场时他的话就很少，而是

① 这篇小说是以日记书信体写的，假设是写给一个收信对象"你"的。

在旁边渴慕地看着她。帕斯安丝对他冷冰冰的，不过她的态度嘛，不能尽信。每次丹离开了，但是如你所料，又会不声不响、坚持不懈地再来。

比如昨晚，晚饭后我们坐在凉廊下。帕斯安丝抚弄着小提琴的琴弦，这时，丹（他斗胆这么做）请求她拉一曲。

“什么！”她说，“当着男人的面？不，谢谢！”

“为什么不？”

“因为我讨厌男人。”

约翰·福特走过来，手放在藤条桌上：“你忘了分寸了！快去睡觉！”她瞟了丹一眼，走了。我们听见她在房间里拉琴的声音，听起来像是精灵在舞蹈，正当我们觉得一曲已终时，琴声又突然响起，像突然爆发的一阵笑声。不一会儿，约翰·福特彬彬有礼地请求我们原谅，噔噔地走进她的房间。小提琴声戛然而止，我们听见他对她咆哮的声音，然后看见他又走回来了。他刚在椅子里坐定，一阵轻轻的沙沙声传来，一团黑乎乎的东西从苹果树的枝丫间掉了下来。小提琴！你们真该看看当时他的那张脸！丹本想把小提琴捡起来，但是老人阻止了他。大家都回房了后，我透过我的卧室窗户，看到约翰·福特走出来，站在那里盯着小提琴看。他抬起脚似乎要踩上去，但最终还是捡起了它，小心地擦拭着，拿进了屋……

我的房间挨着她的房间。我总是能听见她的笑声，还能听见似乎是她在房间里拖动东西的声音。我渐渐睡着了，之后突然惊醒过来，便走到窗边去呼吸点新鲜空气。如此漆黑、沉闷的夜晚！伸手不见五指！弯弯扭扭的树枝，在夜色中显得更加黝黑了。树叶纹丝不动。外面非常寂静，除了牛舍那边隐约的呼噜声，还有时不时一声微弱的叹息。我有种非常古怪的感觉，心神不宁，心生恐惧——这是一个人在这样的夜晚最不希望萌生的感觉。这里有一种让人不安的东西,一种压抑的挣扎。我从没见过像她那样肆意妄为的人,也没见过像老人那样顽冥不化的人。我总是想到他擦拭小提琴的样子。它就像一个小火花,可以将一切付之一炬。我感觉有什么悲剧要发生,或者,仅仅是天热的缘故吧,要么就是我吃了太多霍普古德妈妈做的东西……

二

星期二。

我又认识了一些人。我躺在果园里,不一会,有人过来了,但是显然那人没看到我。那人中等个头,走路保持着一种奇怪的平衡,但不显笨重。他穿着一件旧旧的蓝色衣服,法兰绒的衬衫,配着暗红色的领带,棕色的鞋子,头上戴着顶皮革顶的帽子。他的脸型瘦长,皮肤是古铜色的,又微微有点日晒后的淡棕色,额头生得很好看。他有一把棕色的络腮胡,胡子尖尖的,下巴被胡须遮住了看不见,但是从胡须的长势来看,下巴肯定不小,嘴呢,要我说,挺具有美感的。他的鼻子直且扁平,一双灰色的眼睛,喜欢朝上看,又不太坦诚,让人觉得他目中无人。他的脸颊上有两道平行的深皱纹沟,一条从内眼角那里,一条从鼻孔处延伸下来。他大约三十五岁。他的面孔、姿态和举止,都充满活力。他应该是个适应力很强的家伙,浑身散发出一种勇敢无畏和肆无忌惮的气质。

他站在凉廊前面,咬着手指,像个十九世纪的海盗,我好奇他在这儿做什么。据说你很容易就能辨别出来一个人是来自肯特郡、萨默塞特郡还是约克郡,我判断这个家伙只可能是德文郡的人，因为德文郡主要有两类人，他明显属于其中的一类。

他吹着口哨，不一会帕斯安丝也出来了。她穿着一身深红色的裙子，就像一朵高挺的罂粟花——你知道，罂粟花的花朵是如何微微低垂，风是如何吹动着它的茎干……她仿佛一朵人形的罂粟花，毛茸茸的黑头发就像罂粟花无光泽的黑色花心，她既像罂粟花那样散发着挑逗人心的吸引力，又有拒人千里之外的姿态，她身上有种致命的、不如说是宿命般的东西。她走向我的新朋友，突然看到了我，便停下脚步。

“那位，”她对我说，“是扎卡里·皮尔斯。这位，”她向他介绍我，“是我们的房客。”她的声音里奇怪地带着一些轻微的恶意。她想开我一把玩笑，她确实也办到了。

半个小时后我在院子里时，皮尔斯过来了。

“很高兴认识你!”他边说边若有所思地看着猪，“你是个作家，是不是?”

“算是吧。”我说。

他突然说：“如果你是在找工作的话，我可以给你提供点什么。陪我下山到海边走走吧，我跟你详细谈谈。我的船泊在那儿，那边最漂亮的一只小艇。”

烈日炎炎，我才不想去什么海滩呢，但我还是去了。我们沿着小路还没走多远，就碰到了约翰·福特和丹·特莱弗雷。扎卡里看起来似乎有一点不安，但很快又恢复了从容自若。我们可谓是狭路相逢，几乎腾不出地方让对方通过。约翰·福特看起来非常傲慢，戴上他的夹鼻眼镜盯着皮尔斯。

“日安!”皮尔斯说，“好天气！我过来邀请帕斯安丝一起出海。如果天气好的话我们想星期三去，这位绅士也一起去。也许特莱弗雷先生也有兴趣一起去？你从未去过我那儿。我会招待午餐的，带你们见见我的父亲。不管哪一天，我们应该花上几小时开船过去见见他。”他这番话说得怪腔怪调的，让人都对他的粗鲁无礼讨厌不起来了。约翰·福特气呼呼地攥紧了拳头，似乎马上就要爆发。他看了我一眼，克制住自己。

“你是个好心肠的家伙，”他冷冰冰地说，“但我的孙女还有其他事要做。你，这位绅士，敬请自便。”然后他稍稍欠了欠身，跺着脚往农舍走去了。丹和我面面相觑。

“你来吗?”皮尔斯满怀希望地看着他。丹结结巴巴地回答道:“谢谢你，皮尔斯先生，比起坐船我更偏爱骑马，但是，还是要谢谢你。”他是个软心肠的腼腆的家伙，这会儿正左右为难。皮尔斯对他的辞谢微笑了下:“那么星期三见喽，十点钟，来了你肯定不会后悔的。”

“执拗的家伙!”我听见丹嘟囔着说。我继续跟着皮尔斯沿路下山。我问他，你都没问过我来不来，就妄称我会来，到底为何。他满不在乎地回答:“你看，我跟那个老头子又不是朋友，但是我知道他不会对你不礼貌的，所以我就自作主张了。”

他还真有本事让一个人转怒为惊奇。不一会儿我们就走到山谷底下了，大海正在退潮中，沙子形成了一道道小而湿的脊线，在阳光下闪着光。大约四分之一英尺外的地方停着一只小艇，它棕褐色的船尾半低沉着，随着潮水的起伏上下浮动着。阳光下淡红色的悬崖闪着光，美得不可思议，变幻的阳光在大海上撒下一片一片的亮斑，好似一群游动的金鱼。皮尔斯坐在他的小艇里，手遮着眼睛向外看。他似乎沉醉于美景中了。

“如果我们能网住这些闪光的小东西，”他说，“然后把它们都做成金子，那就再也不要工作了!”

“我在搞项大事业，”不一会儿他说，“我周三再跟你说。我需要一个记者。”

“但是我不为报纸写东西，”我说，“我做的是其他类型的工作。我的领域是考古学。”

“没关系，”他说，“想象力越丰富越好。对你来说它也会是件非常好的差事。”

他这么再三保证，我倒是挺好奇的，但是当时已经过了晚饭的点了，饥饿感吞噬了我的好奇心，我便道了晚安，与他告别。当我回望时，他还在那里，坐在船沿上，盯着大海。他真是一个怪人，但是也有些迷人之处。

那天晚上没有人提到他，但是老福特又一次盯着帕斯安丝看了很久，突然冒了句：“不肖子孙！”她比平时更温柔，安静地听我们谈话，有人跟她说话时，她也面带微笑地回应。就寝时间一到她就走到祖父跟前去道晚安吻别了，不像平常要等老人发话说“过来亲我一下，孩子”她才去。

丹没有留到晚餐时，之后也一直没有过来。今天早晨我问霍普古德妈妈扎卡里·皮尔斯是谁。霍普古德妈妈是个土生土长的德文郡人，如果她讨厌什么，她就会直言不讳。她踌躇着要不要告诉我，最后终于开了口，说皮尔斯是“老船长简·皮尔斯的儿子，来自达特茅斯和普利茅斯①那边一个古老的家族”。她突然打开了话匣子，滔滔不绝起来，“他们都说弗朗西斯·德雷克②曾带着五个皮尔斯家族的人去打西班牙人。至少这是我听扎卡里自己说的。我能告诉你的就这些啦。”可怜的霍普古德妈妈，一天中

① 康沃尔郡的东南沿海城市。

② 弗朗西斯·德雷克（Francis Drake，1540—1596），英国航海家，船长，伊丽莎白时期的政客，1577 年至 1580 年完成了继麦哲伦之后的第二次环球航行。因为打劫西班牙人的商船，被西班牙人视为海盗。参与了 1587 年开始的西班牙和英国的海战。

她强迫扎卡里倒出来的信息就这些！为了向我表明她还知道些内幕，她立即继续说："简·皮尔斯船长到处冒险。我跟你讲啊，现在他已经是个老人了，人们说他都有一百岁了。"

"但是关于他的儿子呢，霍普古德太太？"

她的眼睛突然狡黠地一闪，有点沾沾自喜。

"啊，今天晚餐你想吃点什么呢？还有点鸭肉，你要不要来点烤鸭？配苹果馅饼，或者，还有——好啦！我们来看看还能做点什么你喜欢吃的。"她没有回答我，离开了。

明天就是周三了。我一定要再会会这位皮尔斯。

三

六月二十九日，星期五。

为什么你要问我这么多问题，怂恿我写写这些人，而不是让我自己做点正经事？如果你真想知道的话，我就讲讲星期三发生的事情吧。

那是个天气极好的早晨。出乎我意料的是，丹竟然来了，尽管我了解他是个说到做到的人。约翰·福特出来和他握了握手，突然想起来他来这里的原因是要跟皮尔斯出海去，便气哼哼地、一言不发地又回屋去了。不过帕斯安丝连个人影都没有。我和丹一起往海滩走去。

"我不喜欢皮尔斯这个家伙，乔治，"丹路上对我说，"我居然答应过来，我真是个傻瓜。但既然答应了我就必须得来啊，可是他有什么居心呢？我可提醒你，他不是那种无缘无故就做什么事的人。"

我回答说，我们一会儿不就知道了嘛。

“我可不太肯定——他是个奇怪的家伙，我一看到他就想起海盗。”

小艇停在海湾，好像从未离开过一样。当然那里还有扎卡里·皮尔斯，坐在船沿上。

“风速每小时五海里，”他说，“我们要顺风航行几小时。”他没有问起帕斯安丝，就让我们上了船，出发了。带船来接我们的是普罗尔。他的脸瘦瘦长长的，上唇胡须剃得干干净净，下巴上的胡子尖尖的，皮肤晒得黑黑的——一看就知道是经常风里来雨里去的人。

来接我们的小艇非常漂亮、干净，是为布里克瑟姆的拖网渔民打造的，它的编号“DH113”还没有褪色。我们跳进船舱，里面黑漆漆的，但是很通风，有两个铺位，一张小桌，小桌上有几个粗粗的瓶子，还有储物柜以及挂衣服用的挂钩。普罗尔带我们看了一圈，似乎对那个用于升降风帆用的蒸汽设备非常自豪。几分钟后我们回到了甲板上，看到被拉向小艇的无篷小船上坐着帕斯安丝。

“如果我知道是这样的话，”丹结结巴巴地说，涨红了脸，“我才不会来！”她以智取胜，现在一切都无计可施了。

这是一次非常舒服的航行。东南风轻柔地吹拂着，阳光温暖怡人，空气柔和。帕斯安丝开始唱歌了①：

“哥伦布已经死了，躺在他的坟墓里，哦！嘿哦！躺在他的坟墓里；在他的头顶上，苹果树摇动，哦！嘿哦！苹果树摇动……

“苹果已经成熟，就要掉下来，哦！嘿哦！就要掉下来；来了

① 女主人公疑似将英国民谣自行进行了改编，歌词内容跟《老罗格死了》（“Old Roger is Dead”）有部分重叠处，可能因为是在航海过程中，所以唱的是“哥伦布死了”，但难以确定具体出处。

个老妇人，将苹果都拾起来，哦！嘿哦！都拾起来……

“苹果都被拾起来，放在架子上，哦！嘿哦！放在架子上；如果你想吃的话，你必须自己唱，哦！嘿哦！自己唱！”

她细细高高的声音时而颤抖，时而高亢，好像是风儿任由着它随意变化一样，又像是云雀的歌声消失在天际。皮尔斯走到她面前，悄声说了什么。我瞥见她像受了惊吓的野生小动物似的，有些退缩，同时又抖了抖她的头发，笑了起来。她不再唱歌了，而是屈膝坐在船头，手托着下巴。阳光洒在她一侧的脸颊上，她的脸颊圆圆的，天鹅绒般柔软，红红的像只水蜜桃。

我们经过了达特茅斯，半个小时后，泊进一个长满草木的小海湾。在矮矮的淡红色的悬崖上有一栋房子，周围环绕着松树树篱。一段破败的码头从悬崖的底部伸出来。我们就在这个码头抛锚停船上了岸。一个表情冷淡的老人没精打采地走过来，帮我们照看小艇。皮尔斯带着我们往房子走去，帕斯安丝跟在后面，突然非常害羞起来。

那栋房子有个黑黑的、凸出的茅草屋顶，是用附近沼泽里生长的芦苇做成的，除此之外，我就不记得还有什么引人注目的地方了。房子既不旧也不新，既不好看也不是很丑，既不算干净也不算完全不干净，它就立在那里，所有的窗子都朝着大海，傲慢地背对着陆地。

一个年迈的老人坐在门廊下，旁边放着个巨大的望远镜，他戴着顶巴拿马草帽，拿着一根藤杖。他的胡须是纯白色的，眉毛几乎还是黑色的，眨巴着一双深灰色的小眼睛，显得心神不安，但是眼神尖利。他红褐色的脸颊和脖子上布满了细小的皱纹。他在大太阳底下坐得直直的，几乎连眼睛都不眨。

“爸爸！”扎卡里说，“这是帕斯安丝·沃伊齐。”老人抬眼看了看她,嘟囔道:“你好,女士!”然后就不再注意她。帕斯安丝,似乎对他傲慢的态度感到愤怒,于是很快就走开了,去松树林里闲逛了。一个老妇人拿了一些盘子和瓶子过来,将它们随意地放在桌子上。我们默默地坐在老船长皮尔斯周围,好像大家都被施了魔法。

午饭前,扎卡里·皮尔斯和丹之间发生了些小状况,他们俩争着谁该去叫帕斯安丝来吃饭。结果是两个人都去了,但帕斯安丝还是没来。她不想吃午饭,只想待在松树林里。

午饭我们吃了排骨、斑鸠、蘑菇、桑葚,用普通的酒杯喝了上好的马德拉葡萄酒[①]。我问老人家哪里搞来这么好的酒,他用古怪的眼神看了我一眼,微微欠身回答道:“两先令一瓶,这里可没有比这更好的酒了,先生。早在三十年代,两先令一瓶,现在可没有这种酒了,”他看着扎卡里,补充了一句,“也没有这样的人了。”

扎卡里微笑着说:“爸爸,比起我现在做的事,你没做过什么惊天动地的大事。”

老人的眼中闪过一丝不屑:“那么你驾‘彩衣女巫’号[②]航行得更远了,扎克[③]?”

“是啊。”扎卡里说。

“你还要去哪里?”

“摩洛哥。”

“嚯!”老人说,“那儿什么都没有。我知道那边海岸的情况,可以说是了如指掌。”他边说边伸出一只青筋暴起、布满汗毛的手来。

---

① 马德拉群岛位于大西洋上,隶属葡萄牙,盛产加强型葡萄酒。
② 扎卡里的船。
③ 扎卡里的昵称。

扎卡里突然滔滔不绝起来:“莫加多——那边的一个家伙,我的朋友,两年前,特许贸易火药……巡洋舰……世仇……钱……领头们……格林机关枪……苏丹……步枪……造反……金子。”他详细叙述了一个大胆莽撞的卑鄙图谋,以贸易冒险为核心,意图制造一整套政治社会动乱。

“他们不会允许你到那里去的。”老皮尔斯说。

“为什么不?”扎卡里反驳说,“哦,会的,他们会的,并且当我出航时,那里将诞生一个新的王朝,我将成为大富翁。”

“你绝对走不了的。”老人回答。

扎卡里拿出一张写满了数字的纸。他将整件事情都弄清楚了。这么多的设备,这么多的贸易,这么多的特许权,这么多的紧急事件。“我最后的半便士!”他最后说,“就差一千镑,船都已经准备好了,如果我一个月之内不到达那里,我就要失去这个机会了。”

这就是他自信心的核心——对钱的渴望! 我们的脸上都露出了第一次听到这种主意时人们会有的表情。

“你疯了!”老人望着大海咕哝说。

“不!”扎卡里说。这个词比他的其他所有的话加在一起还要更有雄辩力。这个家伙不是不切实际的。他的计划也许很冒险,也许不讲道德,但是,他非常清楚自己在做什么。

“好吧!”老皮尔斯说,“我给你五百镑,如果这些钱能让你搞清楚自己是什么货色的话。推我进屋!”扎卡里推他进了屋,很快又出来了。

“老头子给的五百镑支票!”他举着支票说,“特莱弗雷先生,你再给我一张支票,然后利润的三分之一归你!”

我本以为丹会断然拒绝,但是他却问:“那样你就有足够的资本开始了吗?”

“再有五百磅,”扎卡里说,“我两周内就能出海。”

“好!”丹缓缓地说,“给我手写一份保证书! 十四天内出海,还有我出五百镑应得的分红,一分不多,一分不少。”

我觉得皮尔斯听到这个后会跳起来,但是他却一手托腮看着丹,丹也看着他。正当他们这样四目相对时,帕斯安丝带着一只小猫出现了。

“看!”她说,“它是不是可爱极了?”小猫咪顺着她的颈子扒拉着小爪子爬着。他们俩都朝帕斯安丝看去,我看着这两人的眼神,突然明白过来他们是为了什么。小猫蹭着帕斯安丝的脖子,不小心翻落下来,钩住她的裙子。她捧起它,走开了。我不记得是我们中的谁叹了口气,然后皮尔斯叫道:“成交!”

商谈达成了。

“那么再见了,皮尔斯先生,”丹说,“我想要的就这么多。我的马在村里等着我。乔治,你会送帕斯安丝回家吧?”

我们听见丹骑马沿路飞驰而下的声音,皮尔斯也突然请辞离开,转眼间就消失不见了。

他的冒险也许听起来浪漫得不着边际,非常荒谬可笑,但是它足够切合实际。他是为了钱! 在德雷克、罗利、霍金斯、奥克斯汉姆[①]的阴影下,怀疑侵蚀着浪漫,就像虫子啮咬着玫瑰! 如果这些探险家们,也只是为了钱,那会怎么样?

我去松树林里漫步。土层像蜜蜂的身体一样一道黑一道黄,山下不远处是蓝色的大海,缱绻的白云,围着石楠花嗡嗡作响的蜜蜂——一切都是那么柔和,德文郡的夏日啊! 突然我撞见皮尔

① 这几人都是英国的航海家,探险家。

斯站在悬崖边上，帕斯安丝坐在下面一点的凹处，抬头看着他。我听见他说："帕斯安丝！帕斯安丝！"他的声音，还有她露出惊奇神情的娇嫩的脸都让我感到愤怒。她这个年龄，懂什么爱情？他们俩之间到底有什么？

不一会儿，皮尔斯告诉我说她已经动身回家了，接着就让一匹老灰马载我去了渡口。路上他又提到了他那天对我提起的事。

"跟我来吧，"他说，"没有媒体关注这项大事业可成不了，你也能看见成功的可能性，是不是？它是剩下的为数不多的国家之一。如果我真的开始这项伟业，你都不知道它何时才会是停止。到时候，你在任何地方都能免费通行，你爱给什么理由就给什么理由。"

我非常不礼貌地拒绝了他，尽管我本意并非要这般粗鲁。我说他的计划简直疯了。实际上，他的计划对我来说再正常不过了，因为不管计划的内容是什么，一个计划的精髓都是计划者品性的体现。

"想想看吧，"他急迫地说，好似他能够看穿我，"你想怎么写就怎么写，短篇报道什么的。不过是有点太呆板了，哎呀，要是我有时间的话，我都可以自己写。但是除此之外，你会获得自由啊！身为一个人的自由！"

就是这个词，就是这短短两个字的词，才是皮尔斯这个家伙的主心骨——自由！没有规定，没有法律，甚至没有将人们捆绑在自尊心上的神秘的脚镣！"身为一个人的自由！"没有空想，没有原则，没有他崇拜的恒星，没有他挣脱不开的绳索！这个家伙身上有着老德文郡大驯犬那种坚韧的特性，他不会接受别人说"不"。

"你再考虑考虑吧，"他竭力想说服我，"想好了来找我，哪一天都行，反正我还有两周的时间……看！她在那儿！”我以为他指的是帕斯安丝，但是我顺着他指的方向看过去，看到的却是一只老蒸汽船，在大海正中炙热的阳光下显得船身黝黑，正缓缓地航行着，船上有个黄白相间的烟囱，甲板上一个人也没有。

“那就是她[①]——‘彩衣女巫’号！航速每小时十二海里，你想不到的速度！好吧，晚安！你最好能来。随时跟我说都行。我要上船了。”

我乘着渡船渡海时，看见他懒洋洋地坐在小艇的船尾木板上，阳光在他的草帽上投下一圈光芒。

我在路上一英里开外的地方，赶上了帕斯安丝，她正坐在树篱上。我们一起走在树篱墙之间的小路上。那些树篱墙有房屋那么高，上面的常春藤、蕨类、荆棘、榛木树枝、金银花等植物长得茂盛严实。

“你信上帝吗？”她突然问。

“爷爷的上帝只会让人敬畏。当我在田地里玩耍时，我感受到了上帝的存在，但是爷爷的上帝是个陈腐呆板的神。你懂我的意思吗：大海啊，风啊，树啊，颜色啊，它们都能让人感受到。但是我不相信人生就是为了‘做个好人’，难道就没有比当个好人更好的事情了吗？当我做着‘好’姑娘时，我只觉得自己很坏。”她踮起脚，从树篱上摘下一朵花来，慢慢地撕扯着花瓣。

“如果你想要某样东西，但是你又害怕它，”她喃喃低语，“你会怎么做？”

“不过我猜你什么都不怕！”她又带着嘲弄的口气补充道。我承认自己有时也会害怕，也经常害怕自己处在害怕中。

---

① 水手们一般都用女性的“她”来称呼自己的船。

“那挺好的。我不怕生病，也不怕我爷爷，不怕他的上帝，但是，我想要自由。如果你强烈地渴求着一件事，你就会害怕它。”

我想到了扎卡里·皮尔斯的话，“身为一个人的自由”。

“你干吗这么盯着我？”她问。

我有点磕巴：“说到自由，你指……？”

“你知道我今晚要做什么吗？”她说，“顺着苹果树翻下我的窗户，到林子里去玩耍！”

我们沿着一条陡峭的小路下坡，小路旁边是一个小树林，那儿总是弥漫着一股树叶生机勃勃的味道，奶牛为了躲在阴凉处，都挤在树篱附近，我们可以听到它们的呼吸声。

路那头有个小屋，一个小男孩坐在外面玩着一堆灰。

“你好，约翰尼！”帕斯安丝说，“伸出你的腿来，给这个人看看你受伤的地方！”小男孩裸露在外的小腿脏脏的，他揭开缠绕在上面的绷带，骄傲地展现出一个伤口。

“肯定疼坏了吧！”帕斯安丝悲伤地叫了起来，然后将绷带重新绑好，“可怜的小家伙！约翰尼，看我给你带了什么！”她从口袋里掏出一块巧克力，一个用封蜡和毛绒做的士兵模型，和一枚歪扭的六便士。

这是她身上表现出来的我从没见过的一面。回家的路上她给我讲了小约翰尼的身世，当她讲到他妈妈去世的事情时，她情绪突然爆发了：“太可耻了！是不是？他们太穷了。要是其他人倒也无妨。我喜欢穷人，但是我讨厌富人——一群傲慢自大的禽兽！”

霍普古德太太正向大门张望，她的帽子放在一边，帕斯安丝养的一只猫蹭着她的裙子。看到我们来了，她喜不自胜。

“爷爷呢？”帕斯安丝问。老妇人摇摇头。

“你们吵架了吗？”霍普古德太太颤巍巍地走出来。

“你喝过茶了吗，我的小美人？还没有？好吧，那真可惜。你会喜欢的。”

帕斯安丝挠挠头，抱起那只猫，跑进房里。我依然盯着霍普古德太太。

“哎呀，哎呀，”她咯咯地说，“可怜的孩子。说到她爷爷……”她突然脱口而出，“他正怒火冲天呢。喏，你瞧！”

那个晚上，我丧失了勇气。整晚我都待在海岸警卫队的驻岗，他们请我吃了一些面包、奶酪，喝了味道不错的苹果酒。我回农场时经过厨房，里面炉火仍然烧着，映着两个身影，在黑暗中像迷雾一般轻快地掠过，发出偷偷的笑声，好像偷跑进人间吃饭，害怕被发现的幽灵一样。原来是帕斯安丝和霍普古德太太。鸡蛋和培根的香味是那么诱人！她们温和地享受着这种黑暗中的大餐，我则不得不忍住饥饿，饥肠辘辘地爬上床去。

半夜的时候我醒过来，听见一些响动，我觉得是叫喊声，再一听，又好像是风吹过树林的声音，又像远处铃鼓的声音，还夹杂着什么人高歌的声音。突然声音停止了，最后的两个长音呼嚎而出，好似啜泣，然后就是一片死寂了。尽管我又聆听了一个多小时，但是再没有听到任何声音……

四

八月四日。

之后的三天，这里什么都没发生。早上我就在悬崖边看书，看着阳光雨点般在海面闪烁。那里景致极好，遍地开着金雀花，海鸥在岩石上晒太阳，山鹑在小麦地里叫着，时不时还能看见一只年轻的鹰从头顶上掠过。下午我就待在果园里。农场还是日常的那些事儿——挤牛奶，烤面包，约翰·福特骑马出去又回来，帕斯安丝在她的花园里一边剥着薰衣草，一边和农场的工人说话。我的鼻翼间氤氲着三叶草、奶牛和干草的味道，耳畔萦绕着母鸡、猪和鸽子的声音，以及拖长腔调软软的声音，还有农场拖车钝钝的击地声。一天又一天，苹果越来越红。

上个星期一，帕斯安丝从早到晚都没回家，没有人看到她出去了，也没人知道她去了哪里。那是美好又奇怪的一天，天空是银灰色混合着蓝色，风吹云动，所有的树都发出微微的叹息声，大海长长地、慢慢地起伏着，动物都显得焦躁不安，鸟雀儿也都安静无声，除了海鸥发出的老人笑声般的声音和小猫的喵喵叫声。空气中充斥着一丝野性的东西，它似乎横扫所有山丘和谷地，进入每家每户，像一支激昂的曲子在你睡眠时钻进你的耳朵。谁会想到那个女孩几个小时不在家，会造成这么大的影响！我们失魂落魄，心神不安；霍普古德太太红红的脸颊仿佛眼瞅着褪去了颜色。我遇到一个挤奶女工和一个农场工人，他们头垂得低低的，正在无动于衷地讨论着这件事。

霍普古德是一个肩膀宽阔、性格坚强的家伙，即使是他，此刻也失去了镇定，套好马具，准备骑马出去找她，跟我说要去“瞎碰碰运气”。约翰·福特过了很久才显示出一点迹象来表明他注意到了什么事不太对劲，傍晚时我发现他都坐在那儿，手放在膝盖上，直直地盯着前方。他看到我时，迟缓地站起身，走出去。

晚上，我正要出门去海岸警卫队的驻岗，请求他们帮忙搜寻一下悬崖时，帕斯安丝回来了。她似乎都拖不动脚步，脸颊通红，咬着嘴唇以防止眼泪滚出眼眶。她从我身边经过时一言不发。经历了这番焦心担忧，老人似乎说不出来话。他只是走过来，双手捧起她的脸，深深地吻了一下，然后走开了。帕斯安丝倒在漆黑走廊的地板上，把脸埋在她的臂弯里。“别管我!”她只说了这么一句话。过了一会，她挣扎着起身上楼。不一会儿霍普古德太太来找我。

“她一句话也不肯说，一点东西也不肯吃，我都做好一个馅饼了，美味可口的馅饼啊。只有老天爷知道发生了什么——她要白兰地喝。先生，你有没有白兰地？霍普古德不喝酒，福特先生又不许喝除了樱草酒之外的酒。”

我只有威士忌。

善良的霍普古德太太抓住了瓶子，紧紧抱着它出去了。她回来还我酒时，酒只剩了半瓶。

“喝酒跟小猫喝牛奶一样。我担心酒太烈，可怜的姑娘，酒总算让她开了点口。‘我做了那件事，’她对我说，‘唔，我做了……’然后就像个疯子般大笑，然后，先生，她哭着亲吻了我一下，把我推出门外。老天啊！她到底做了什么?”

接下来的两天一直下雨。昨天大概五点钟雨停了，我骑着霍普古德的老马动身去京斯维尔看望丹·特莱弗雷。路上的每一棵树，每一根荆棘，每一丛蕨类植物都滴着水，每只鸟都发自内心地欢唱着。我一直都想着帕斯安丝。她那天的事仍然是个谜，人们都在追问她到底发生了什么。我不禁想，这世上有一种人总是长不大，他们没有权利做任何事。因为任何行为都有相应的后果，只有孩子可以不管不顾后果。

丹出去了。我在旅店吃了晚餐，然后就慢慢地骑马回家。小路在暮色中延伸，我的鞭子可以触到路边的树篱墙。我满脑子都想着帕斯安丝和她的爷爷，总感觉暮光中有什么东西让人起疑，让人觉得不确定。等我骑回院子，天已经黑了。两头年轻的小公牛对我哞哞叫，一只睡着的母鸡跳起来，无比惊慌地跑开了。我拴好马，绕到房子后面。苹果树下一片漆黑，窗子也没有亮灯。

我在那里站了一会。雨后的一切闻起来都如此清新。突然，我有一种不舒服的感觉，感觉有人盯着我。在漆黑的夜晚你也有过那样的感觉吧？最后我叫出声来："有人在那儿吗？"没有回应！我走到大门口，什么都没有！树木滴着水，发出细小轻柔的嗞嗞声，除此之外别无其他。我走到外面看了看，然后回屋插上门，摸索着上了床。但是我睡不着。我干躺了很久，终于打起盹来，却又一个惊跳醒过来。在附近的什么地方，传来一阵鬼鬼祟祟、压低嗓门说话的窃窃私语声。声音停止了。片刻后，突然传来什么东西掉落在地上的轻微撞击声。我跳下床，冲向窗户边。什么都没有，但是远处分明传来一些类似脚步声的声音。一只猫头鹰叫了一声，然后我听见帕斯安丝在她的房间里唱歌，声音像水晶般清澈，但是声音很低：

"苹果熟了，就要掉下来。哦！嘿哦！就要掉下来。"

我跑去敲她的房门。

"谁？"她叫道。

"出了什么事吗？"

"出事？"

"出了什么事吗？"

"哈哈哈哈，晚安！"虽然她声音很低，但我还是听见她突然狠狠地倒吸了一口气。然后再也没有其他回答，再也没有其他声音。

我回到床上，几个小时都无法入眠……

今天晚上丹来了。晚餐时他交给帕斯安丝一盘音乐带，是他在托基[①]买的。他说，那个店员告诉他这盘音乐带"非凡出众"。

---

① 德文郡南部沿海城市。

它是巴赫的《恰空舞曲》。帕斯安丝两眼放光，打开它时手指都在颤抖。我没想到她崇拜巴赫，因为想到她崇拜巴赫就像想象一匹野马脱离它的自由意志奔向拴马柱一样古怪。但是她就是这样，你永远无法猜透。“这真是极好的！”她赞不绝口。

约翰·福特放下了他的刀叉。

“异教的邪物！”他低声说，然后突然吼道，“帕斯安丝！”

她一惊，抬起头来，扔下音乐带，回到她的座位上。

晚祷的时候（晚祷是每晚饭后的活动了），她的脸上露出反叛的神色，之后就早早上床睡了。因为老福特讲起了他当牧场主时的故事，我们很晚才散。我们出来时，丹举起一只手。一只狗叫着。“是拉斯，”他说，“它会把帕斯安丝吵醒的。”

那只西班牙猎狗狂吠着，丹跑过去阻止它。他很快又回来了。

“刚才有人在果园里，往海湾那边跑去了。”他顺路去追，我也跟在后面，心神不宁。前方，透过黑夜，传来了西班牙猎狗的叫声，海岸警卫队驻岗的灯光隐约可见。我是第一个跑到海滩的，狗立即向我跑过来，一副因为没追上那人而愧疚的样子，尾巴几乎都要咬在嘴里了。海上传来船桨在桨架里转动的声音，但是什么都看不见，除了波涛羽毛般的浪尖。丹的声音从我身后传来：“没用了！他已经走了。”他的声音沙哑，像是一个人因为盛怒而被噎住了声音。

“乔治，”他结巴着说，“是那个流氓。我真想一枪毙了他！”突然，漆黑的海上迸射出一道亮光，又轻轻转了个方向，然后就消失了。我们走回山上去，没再说一句话。约翰·福特一动不动地站在门边，一副漠不关心的样子——他什么都还不知道。我悄声对丹说：“别管这事了。”

“不，”他说，“我要指给你看。”他点亮一根火把，慢慢地搜寻着果园湿草地上的足迹，然后说，“看，这里！”

他在帕斯安丝的窗户下停下了，将火把靠近地面。地上明显有什么人跳下来或摔下来的痕迹，清清楚楚。丹将火把举过他的头顶。

“再看这里！”他说。窗户下的苹果枝断了。他吹灭了火把。

我看到他目光如炬，像发怒的野兽一般。

“别管这事了，丹！”我说。

他突然转身往回走，结结巴巴地说：“你是对的。”

但是他撞进了约翰·福特的怀里。

老人站在那里，像一股巨大的、比黑夜更黑的势力。他盯着窗户，尽管窗户黑着。我们无话可说。他似乎没有注意到我们，漠然地转过身，留下我们呆若木鸡地站在那里。

“跟着他！”丹说，“跟着他——看在上天的份上！万一他有个闪失！”

我们跟着。约翰弯着腰，脚步重重地上了楼。他狠狠地敲打着帕斯安丝的门。“让我进来！”他说。我将丹拉进了我的房间。钥匙慢慢地转动着，她的门猛地打开了，她穿着睡衣站在那里，手里举着蜡烛，脸颊通红。噢！她是那么年轻，利落的短发，圆圆的脸颊。那个老人，像一个巨人一样堵在她面前，然后举起双手放在她的肩膀上。

“是谁？你——你在房间里藏了男人？”

她的眼睛没有躲开。

“是的。”她说。丹发出一声叹息。

“谁？”

“扎卡里·皮尔斯。”她用银铃般的声音回答说。

他狠狠地晃着她的肩，垂下手，然后又抬起手来好像要去打她。她直视着他的眼睛，他的手放下来了，接着发出一声叹息。就我所见，她的脸一动不动。

“我嫁给他了，”她说，“你听见了没？我嫁给他了！滚出我的房间！”她将蜡烛摔在他的脚边，在他面前摔上门。老人站了片刻，似乎怔住了，然后摸索着下了楼。

“丹，这是真的吗？”我问。

“啊！”他回答，“当然是真的，难道你没听见她的话吗？”

我很庆幸我看不清他脸上的表情。

“一切都结束了，”他最后说，“老人肯定有意见。”

“他会做什么？”

“当晚就去找那个家伙。”他似乎很笃定。一个相信行动的男人了解他的同类。

我说我是个局外人一点不知情，想知道有没有什么我可以帮上忙的。

“唔，”他慢慢地说，“我不知道原来我也是个局外人。我会跟他一起去的，如果他需要我的话。”

他下了楼。几分钟后他们从院子骑马出去了。我看着他们经过一排草垛，骑入松树下越来越黑的阴影里去了，马蹄声在黑夜中越来越远，直到消失。

从那之后我就坐在卧室里给你写信，直到我的蜡烛几乎烧光了。我一直猜想这事会有什么样的结局，自责自己毫无作为。但是，我又能做什么呢？我为她感到惋惜，我说不出来我有多替她惋惜。夜晚如此安静，听不见任何声音，她是睡着了，醒着，还是哭泣着，还是得意扬扬？

四点钟时我睡着了。

他们回来了。丹现在躺在我的床上。我会尽量讲清楚他的故事,用他自己的话来说。

“我们骑马飞奔,十一点半到达了京斯维尔。渡马的渡船都已经停摆了,我们得找个人渡我们过去。我们雇了个人等着我们,在‘城堡’那儿找了辆马车。我们到达黑磨坊时都快一点钟了,到处漆黑一片。当时吹着东南风,我估计他应该一个多小时前就到了。老人路上一言不发。在我们到他家前,我甚至都开始觉得我们不该来找那个家伙。我们让马车夫在路边停了车,在那附近走了一圈又一圈,试图找到他家的门。然后一个人叫道:‘你是谁?’

“‘约翰·福特。’

“‘有何贵干?’是老皮尔斯的声音。

“‘来找扎卡里·皮尔斯。’

“我们那次去坐的那个门廊里,朝外的长窗开着。我们进了屋。房间的尽头有扇门,一道光线透过来。约翰·福特向着光走过去,我在黑暗中等着。

“‘你旁边那位是谁?’

“‘特莱弗雷先生。’

“‘让他也进来吧。’于是我便进去了。那个老头子躺在床上,静静地靠在他的枕头上,旁边点着一盏蜡烛。一看到他,你就只会注意他的那双炯炯有神的眼睛了。跟两个老人待在那里,感觉很奇怪!”

丹停顿了一下,似乎在听,然后又继续说下去了。

“‘请坐,老先生,’老皮尔斯说,‘你为何要见我儿子?’约翰·福特请求他的原谅,他说自己有些事要对他说,不能等。

“他们对彼此都很礼貌。”丹说。

"'要不然我帮你转告他?'皮尔斯说。

"'我要跟你儿子说的是私事。'

"'我是他的父亲啊。'

"'我有个孙女,我是她唯一的依靠。'

"'啊!'老皮尔斯喃喃地说,'里克·沃伊齐的女儿?'

"'我必须得见见你的儿子。'

"老皮尔斯笑了。他笑起来很古怪,有种带着嘲讽的温柔。

"'你可没法知道扎克在哪儿,'他说,'你认为我在庇护他,那你错了,扎克自己能照顾好自己。'

"'你的儿子就在这儿!'约翰·福特说,'我清楚得很!'

"老皮尔斯古怪地看了我们一眼。

"'你们大半夜贼一样地闯进我的家,'他说,'然后就给了我这么句谎言,是不是?'

"'你的儿子夜里小偷一样溜进我孙女的房间,这就是为什么我要见他。'约翰·福特说。然后,丹说,屋子里沉默良久。

"最后皮尔斯说:'我不明白,他是在耍流氓吗?'

"约翰·福特回答说:'他私自跟她结婚了,我对天发誓,我要杀了他!'

"老皮尔斯似乎思考了一会,靠在他的枕头上一动不动。'你不了解扎克,'他说,'我感到很抱歉,对里克·沃伊齐的女儿感到很抱歉,但是你不了解扎克。'

"'抱歉!'约翰·福特吼道,'他偷走了我的孩子,我要惩罚他!'

"'惩罚!'老皮尔斯叫道,'我们不接受惩罚,至少在我家不许!'

"'简·皮尔斯船长,现在我就站在你家,非常肯定你和你的

儿子都要遭天谴的!’

“老皮尔斯笑笑说:‘约翰·福特先生,也许我们会遭天谴,但是现在我躺在这里,也可以非常肯定,我们不会接受你的惩罚。除非你能让我们感受到我们受到了惩罚,否则你的惩罚是无处施加的,你没法做到。’

“这倒是真的!

“约翰·福特又接着说:‘你就是不肯告诉我你儿子在哪儿!’

“老皮尔斯眼睛都不眨一下。‘我不会说的,’他说,‘现在你可以走了。我躺在这里,孤寡老人一个,腿脚都不能动,一夜一夜如此,房子大门敞开着,任何流氓恶棍都可能进来,难道我还会怕你吗?’

“我们输了,只好一言不发地走了出去。但是那个老人,我对他却想了很多——他九十二岁了,独自一人躺在床上。不管他去过哪些地方,人们会跟你讲起他的一些奇人奇事;不管他儿子是个什么样的人,我可以肯定的是,他是个真汉子。不是他说的话,也不是那会儿他真的什么都不怕,而是……怎么说呢,就是想到他一把年纪躺在床上……我没见过比他更有勇气的人了。”

话毕,我们沉默地坐在那里。屋外,晨光开始从树叶间透下来。树叶沙沙作响,好像整个世界都在床上翻了个身。

突然丹说:“他骗了我。我给了他钱,让他离开这里,离开她。你觉得她睡着了吗?”他并不是为了求得同情——他觉得怜悯是种侮辱,但是他很不好受。

“我累得像狗一样。”最后他这么说,爬上我的床睡去了。

天已经大亮了,我也累得像狗一样……

五

八月六日，星期六。

我接着给你讲昨天没讲完的故事。喝完霍普古德太太给我们做的咖啡后，我和丹就准备出发了。我从没见过她这样：急着打探消息，犹犹豫豫的，抓着这事不放。她显然心神不宁，她叨叨着，可不是嘛，霍普古德先生整夜“没睡”，如果打鼾才是睡着的评判标准的话。他晚上还大叫着说：“看！那些笨蛋！”问我们听见那些话了没？我们大概是要去哪儿？“现在出发太早了，早餐也没好。霍普古德说今天要下雨。帕斯安丝小姐还没有开始拉小提琴，福特先生还收着那把琴，是不是？会不会……哦，爬来一只虫，这虫子起得可真早！”

我都看不见那些小虫子，但是她一把就抓住了它们。她心不在焉地用食指和拇指捻着一只虫子，又兜着圈子想问我们内幕。她讲了半天才讲到点子上去，当时，我们已经大口喝完咖啡准备动身了。我们正要骑马出门时，她换着手提着裙子一路小跑过来，抬头看着我们，那双明亮的眼睛在细细的皱纹中显得非常焦虑，问：“她还在难过吗？”

我们耸了耸肩，没有回答她。我们沿着小路骑着，穿过坡上的农场院落，里面尽是泥泞、猪和肮脏的稻草。农夫们都把上唇的胡子剃得干干净净的，下巴上留着胡须。我们经过云雀歌唱着的小麦地。我们沿路起伏上上下下马不停蹄地赶路，直到到达丹的旅店。

我们眼前的河流波光粼粼，河上彩虹色的水雾笼罩着一切。大地和天空似乎如此亲近。我在德文郡之外的地方，从来没有见过这么柔和的天地相融的景致。每只船,不管是古老的还是现代的,都漂浮在浅色的水面上,看起来就像行在梦幻中一样。高大的绿色树木,红色的土地,白色的房屋,都融化在乳白色的雾气中。天下着雨,但是雨幕后悬着太阳。海鸥在我们身边俯冲飞翔,它们是大海上古老又贪婪的游荡的鬼魂。

我们告诉我们的两位船夫带我们去“彩衣女巫”号。他们似乎下了很大决心才开船,然后停止划桨暂停一会,稍作休息。

“‘彩衣女巫’号,先生?”一个人礼貌地问,“哪只船会是她呢?”

英国西部农村的人就是这样!他们从不对你说“不”,从不放过一个机会,从不承认他不知道,从不承认他做不到——他们独立,友善,努力寻求发财的机会。我们提到了皮尔斯的名字。

“扎卡里·皮尔斯船长!”他们相互交换了个眼神,半是打趣,半是敬佩。

“你是说‘太阳花’号吧!那就是她。‘太阳花’号,喂!”

在我们登上蒸汽船黑色的船侧时,我听见一个人说:“‘彩衣女巫’!好个花哨的名字,真是恰如其分!”他们一边快速划着船,一边大笑。

管它是叫“太阳花”号还是叫“彩衣女巫”号,总之该船的大副接见了我们。他是个高个子的年轻人,身着衬衫,整个人从头到脚都被太阳晒得黝黑。他肌肉发达,胳膊上有一处刺青,眨巴着一双灰色的眼睛,由于经常观察天气,他眼圈周围都是晒焦的颜色。

“船长也在船上,”他说,“如你们所见,我们挺忙的。说你们呢,厨师,继续干活!”他斥责着两个闲人。整只船上,水手们都在拖拉、编接、装载货物。

“今天是星期五，如果运气好的话我们下周三就可以出航。请往这边走好吗？”他带着我们往船舱走，陪我们走到一个黑黑的洞口处，他称之为客舱。“敢问尊姓大名？什么！你就是特莱弗雷先生？那么我们是合伙人了！”他的脸上洋溢着一副中学男生的欢喜之情。

“听着！”他说，“我给你们展示一些东西。”他打开舱室的门。里面只有一个巨大的防水帆布罩，鼓鼓地罩在最高的铺位上。他拉起帆布，下铺已经被移走了，原本是下铺的位置上，堆着一堆难看的拆卸下来的加特林机枪①。

“弄到了六把，”他轻声地说，带着邪恶的神神秘秘之色，但话中尽显他本性中的直爽。“我们船长说，现在外头正需要这些武器，把把值钱。我们还搞到了一大堆步枪和大量弹药。他分了我一份股份。这比和乘客在甲板上打板球好多了。我本来都已经决定金盆洗手，改行去种甘蔗了，就在那时我碰到了皮尔斯船长。他是个很棒的小伙子！我会去告诉他你们来了的。他整晚都不在，夜里四点才回来，现在正在小睡。不过你们来了，他不会介意的。”

他走了。我正寻思着扎卡里·皮尔斯是什么地方吸引了他这样的年轻人——某个乡村教区长的十二个普普通通的孩子之一；毫无疑问，他急切地想射杀几个黑人；个性永远坦白直率，朝气蓬勃。

他回来时手里拿满了瓶子。

“要喝点什么？船长马上就来。抱歉，我要回到甲板上去了。

① 加特林机枪（Gatling gun），又称格林机枪，是美国人理查·加特林发明的一种早期机枪，世界上第一种实用化的机枪。首次使用于美国南北战争。

我们太忙了!”

五分钟后,扎卡里·皮尔斯真的过来了。他无意跟我们握手,冲着这点我很尊敬他。他的脸色显得有些疲惫,但比往常更目中无人。

“不知道二位有何贵干?”他说。

“我们来问问你打算要怎么办?”丹说。

“我不知道,”皮尔斯回答道,“但那与你毫无关系。”

丹的小眼睛像极了发怒的猪的眼睛。

“你拿了我五百英镑,”他说,“你以为我付这笔钱是为何?”

扎卡里咬着他的手指。

“我不关心这个。”他说,“我星期三出航,你的钱妥妥当当的。”

“你知道我眼中的你是个什么样的人吗?”丹说。

“不知道,你最好也别告诉我!”然后,他一如往日风格,突然表情一变,微微一笑说,“当然,想说的话,请便!”

丹的脸色更加阴沉了。“你直接回答我,”他说,“你打算对她怎么办?”

扎卡里轻蔑地看着他。

“没什么打算。”

“你是不是无耻到要否认你和她结婚了?”

扎卡里冷冷地看着他,说:“当然不会。”

“你这么做到底是为什么?”

“你可休想成为她的丈夫,特莱弗雷先生。”

“跟一个孩子结了婚!你还有没有良心?你晚上偷偷摸摸溜进来是什么目的?老天啊!你知不知道自己做的事情禽兽不如!”

扎卡里脸色一沉，握紧了拳头。然后他似乎克制住了自己的愤怒。

“你想让我把她让给你，是吗？”他讥笑道，“我对她承诺过，要把她带离那个地方，星期三我们本该悄无声息地走掉的——如果你没有来，没有带着你可恶的狗嗅出一切事情来的话！你把一切都搞砸了！现在我没有任何理由带她走了。等我变成富翁时我再回来找她，或者再也不回来。”

“那么你不在的时候她怎么办？”我插了句嘴。

他奉承似的转向我。

“我本该悄悄带上她一起走的，本来我真的想这样的。现在事情败露，但这不是我的错。我做的是项危险的事业。带着她也许会毁了我的整个事业，也会影响到我的勇气。这对她来说不安全。”

我说：“你不在的这段时间，她算什么身份呢？你不想想，如果她知道你要这样离开她，她当初还会嫁给你吗？你必须放弃这项事业！”

“你偷走了她。她的命运现在就在你的手上。她只是个孩子！”

他的脸微微颤动了下，表明他内心正受着煎熬。

“放弃吧！”我力劝他。

“我最后一点钱都投进去了，”他叹了口气，“这是一生只有一次的机会。”

他用迟疑的、哀求的眼神看着我，好像他人生中第一次被迫面对这种进退维谷的境地，进或退都有各自的后果，而他的天性从来没有意识到这点。我以为他要屈服了。突然，让我吓了一跳的是，丹咆哮道：“你是在肆意玩弄人！”

皮尔斯回过头。“反正我也不需要你的意见，”他说，“我不听命于任何人。”

“你这么对待她，”丹说，“直到你死的那天，你都必须对我做出解释，向我负责！”

扎卡里笑了笑。

“看到那只苍蝇了吗？”他说，“唔，我对你毫不在乎，就像对它一样，”他将苍蝇从他的白裤子上轻轻掸掉，“早安！”

好心的水手驾着我们的小船稳稳地向岸边驶去，但是我们刚要开船时，一阵暴雨倾盆而下，“彩衣女巫”号似乎消失了，只在我的眼前留下这样一幅景象：大副靠着船沿挥着他的帽子，他晒得黝黑的年轻面孔俯视着我们，微笑着，显得热心友好。

我们到达了岸边，浑身湿透。我们对自己生气，对彼此也很生气。我不高兴地调转马头回家。

正当我骑马经过果园时，被暴风雨摇松了枝干的一个苹果，“砰”的一声掉在地上。

“苹果已经成熟，就要掉下来，哦！嘿哦！就要掉下来……”

我决意打包走人，但是我有一种奇怪的感觉，感觉所有发生的这一切都有一种吸引力，让人难以忘怀。你不认识那些人，对你来说，这一切可能只是一件非常可耻、愚蠢的事情。但是，它不是什么平淡无奇的事，不是什么好事，也不是什么有用的事，不会给我们的生活施加什么魔力。不管是好是坏，它都是件古怪、看不透、神秘莫测的事。

当我骑到农场时，太阳又出来了，农场黄色的茅草屋顶在树林间闪着光，好像它的屋檐下存放的都是欢乐和好消息。约翰·福特亲自给我开了门。

他走上来就向我道歉，这让我觉得自己不请自来了一样，然后他说:“我还没找我的孙女谈谈,我等着见丹·特莱弗雷。”

他表情严肃,眼神黯然,像一个背负了太多悲伤的人。他看起来好像整夜未眠,衣服乱糟糟的,我猜他肯定和衣凑合了一夜。他不是那种需要人去怜悯的人。我冒昧地觉得我应该告诉他整件事。我告诉他我们去了哪里,他说:“你不嫌麻烦真是太好了,你做得对!但是既然这事发生了……”他做了一个痛恨的手势,让人觉得他的自尊心正和他受到的极大伤害斗争着。

一会儿他问:“你说你见到他了,是吧?他承认这桩婚事吗?他有没有给出什么解释?”

我努力把皮尔斯的想法说清楚。当着老人的面,面对着他坚定不移的意志力和责任感,我感觉我好像在为扎卡里代言,我必须尽可能不偏不倚地陈述一切。

“让我消化一下,”他最后说,“按你说的,他确实偷走了她,然后两周内又抛弃了她。”

“他说他本想带着她的……”

“你信吗?”

在我正要开口回答时,我看见帕斯安丝站在窗户边。我不知道她在那儿站了多久。

“他准备抛下我不管,这是不是真的?”她喊道。

我只能点点头。

“你亲耳听到他这么说的?”

“是的。”

她气得直跺脚。

“但是他答应过我的!答应过我的!”

约翰·福特向她走去。

“别碰我,爷爷!我讨厌每一个人!他爱怎么做就怎么做吧,我不在乎!”

约翰·福特脸色阴沉。

“帕斯安丝,”他说,“你就这么想离开我吗?”

她直直地瞪着我们,尖刻地说:“我说谎有什么好处。如果这伤害到你,我也没办法。”

“离开这里,你觉得自己能找到什么呢?”

她笑起来。

“找到什么?我不知道,也许一无所获。总之我不用再活在这里,觉得随时都要窒息而死。我估计你又要让我闭嘴了,是吧?因为我是个弱女子,比不上大男人!”

“别说了!”约翰·福特说,“我会让他带上你的。”

“你才不会呢!”她叫道,“我也不会让你这么做的。他想做什么就做什么,那是他的自由!他是自由的,我告诉你们两个,告诉你们所有人——他是自由的!”

她跑出去不见了。

约翰·福特身子一震,好像他的世界彻底坍塌了。

我留他在那里,去了厨房。霍普古德正坐在桌子边,吃着面包和奶酪。他看到我便站了起来,好心地拿给我些冷培根和一品脱麦芽酒。

“我想我该见见你,先生,”他边嚼边说,“今天农场没什么事。老太婆愁着帕斯安丝小姐的事。年轻姑娘们都是可怕的家伙!”他用袖子擦了擦他那宽宽的、结实的下巴,装好一只烟斗,“特别是当她们血脉里就是如此时。乡绅里克·沃伊齐是个花花公子,沃伊齐小姐,好吧,她是个好姑娘,但是——”他将烟斗从嘴角一边滚到另一边,“她也是个坏女人。”

霍普古德是个好人,而且我相信,尽管他看起来是个硬汉,其实内心柔软,只是他不是别人会想起来找他谈论这类话题的那类人。我走上楼,开始收拾行李,但是一会儿就扔下打包的事不管,去看书了。不知怎么的,我竟然睡着了。我醒来时,看了看手表,五点钟。我睡了四个小时。一道光线斜斜地从我房间的一扇窗户射进来,映在另一扇窗户上,外面传来牛奶滴进木桶里的清脆声音。突然间,像拉了警报似的,外面一阵骚动,接着就是一通沉重的脚步声。

我打开门。霍普古德和一名海岸警卫队警员正将帕斯安丝慢慢地抬上楼。她躺在他们的怀里,一动不动,脸色比她的裙子还苍白,额头处有一道擦伤,两三滴已经干涸的血迹还挂在那里。她的双手紧扣,慢慢僵硬地弯了弯她的手指。当他们抬着她上了楼梯转弯时,她张了张嘴,喘着气说:“好了好了,快把我放下来。我受得了。”他们从我身边经过,她眼中半含笑意,对我说着些什么,但我听不清。她的房门关上了,楼下嘈杂的低语声又开始了。我等着警员出来,逮住了霍普古德。他擦掉额头上的汗水。

“可怜的孩子!”他说,“她从悬崖上掉下来了,后背着地。海岸警卫队的人看到她,把她抬进来。老天保佑,但愿她没有伤得太厉害!福特先生还不知道!我去叫医生来。”

等了一个多小时医生才来。他是个年轻人,几乎可以说是个大男孩。他从她的房间里出来时,看起来表情严肃。

“老太太很宠爱她?把她照顾得很好?……非常爱护她!好!……不知道……现在还无法下定论!……担心是脊柱,再找个医生诊断下看看!多么勇敢的姑娘啊!告诉福特先生去托基找最好的医生过来,有一个叫查某某的……我明天一大早就过来。让她安心静养。我留了点安眠药,她今夜会发烧的。”

约翰·福特最后才到。可怜的老人!他怕她情绪激动,不敢近前，这让他饱受煎熬！接下来的几小时里，我何曾不听到他多次走到楼梯底下的声音，听到他沉重的叹气声，还有他踱去又踱回时凄凉无助的脚步声！大概十一点左右，我正要上床睡觉，霍普古德太太敲响了我的门。

“你能来一下吗，先生？”她说，“她要见你。我说不出来什么，但是她想要见你。很疯狂，是不是？”眼泪从老妇人的脸颊上滚下来，“你能来吗，也许能帮上一把，但是我帮不上什么——换任何人她都烦躁不安。”

我轻轻走进她的房间。她枕着枕头，眼睛半闭着，急促地呼吸着。没有任何迹象表明她想要我过来，或者显示她知道我已经在她房间里了。床边的蜡烛，灯芯已经被剪得只剩短短一截，散发着微弱的光芒。窗户和门都开着，但是还是一点风都没有。微弱的火焰安静地燃烧着，在天花板上投下一圈淡淡的黄色影子，像是一个人下巴上沾着黄油点心。天花板太低了！宽敞的方窗外，苹果树的树枝是一些黑黑的影子，纹丝不动。太黑了，什么都看不清楚。床尾有只柜子，霍普古德太太坐在那里，嘴唇翕动，似乎在念叨着什么。房间里混合着老房子半发霉的味道，以及木樨草、苹果树的味道，还有一些香甜的肥皂的味道。这层楼没有地毯，除了那把挂在床头钉子上的小提琴，也没有其他什么深色的物件了。一个小小的圆闹钟严肃地滴答着。

“为什么你不给我吃那个药，妈妈？”帕斯安丝用虚弱的、细细的声音说，“我想睡觉。”

“你很疼吗？”我问。

“当然，浑身上下都疼。”

她将脸转向我。

“你一定认为我是故意的，但是你错了。如果我故意寻死，我会死个干净,才不会落得这一身剧痛。"她将手指掩在眼睛上,"我不该抱怨什么！只能说这太糟糕了！但是我再也不会这样了,我保证!"

她感激地吃了安眠药,像弄了一身面粉的小孩那般做了个鬼脸。

"你觉得我需要多久才能恢复,才能像以前一样出去玩？哦！我忘了,还有其他要考虑的事情。"她将手伸向我,"看看我的戒指。已婚,是不是很可笑？哈,哈！没有人会理解我——太可笑了！可怜的爷爷！你看,压根就没有什么理由,就是我想这么做而已。我告诉你这是唯一的理由,霍普古德妈妈在这里,但是她不这么认为,你为什么不这么想呢,妈妈?"

她的高烧正在和服下的安眠药做斗争,她将衣物都扒到颈后,时不时微微地抬起一只瘦瘦的胳膊,好像这样能使她舒缓一些;她的眼睛睁得大大的,宛若一个纯真的孩童。蜡烛燃烧着,火光明亮。

"不要告诉他,谁都不许告诉他,向我保证……！如果我没有滑了脚,一切都会不同。那样的话又会发生什么呢？你可说不准,我也说不准,这真是可笑！你觉得我爱他吗？没有人会因无爱而结婚,是不是？我指的是,完全毫无感情。但是你看,我想要自由,他说他会带我一起,可现在他却终究抛弃了我！我不该被留下来,我不能被这么留下来！当我来到悬崖那儿时——就是崖下长着常春藤的那个地方,底下就是大海,我想我只要纵身一跃,一切就都解脱了。我爬上悬崖的岬角,因为看起来从那里跳更方便,但是它太高了,我想要回去。就在那时我的脚下一滑……现在,留了一身疼痛。你在疼痛中无法想得太多。"

从她的眼睛中我看出她正在不知不觉入睡。

“除了你自己，没有人可以带走你了……不要告诉他这件事……即使……我不……希望你……离开，因为……”她的眼睛最终闭上了，她睡着了。

今早，他们似乎不知道她的病情是好些了还是恶化了……

六

八月九日，星期二。

自从我上次写信，好像过去了三个星期，而不是三天。在有病人的家里，时间流逝得都是那么缓慢！今天早晨医生来了，他们让她睡了会。自从她得知自己的病情之后，一句怨言也没有。看到她你也很难觉得她正在卧病中，她的脸颊既没有消瘦，也没有失去红润。她并无多大的疼痛，但是得承受着缓慢地占据着她身体的麻木感……约翰·福特希望她了解自己的真实病情。她只是把头转向墙壁，叹了口气，然后对哭得肝肠寸断的可怜的霍普古德太太说：“别哭了，妈妈，我不在乎。”

他们走了后，她要求拿小提琴给她。她让他们替她端着琴，琴弓拉过琴弦，但是拉出来的音符却是那么颤抖和不稳定，她丢掉琴弓，突然抽泣起来。从那之后，她再也没有以任何形式抱怨过或悲叹过……

让我们把时间回拨点。星期天，我写过信的第二天，我刚散步回来，遇到一个小男孩，含着锡哨，吹着哀婉的声音。

“过来，过来！”他说，“受了伤的小姐想见你。”

我走进她的房间。早晨她看起来似乎好点了，但是整个人显得非常疲惫。她手里拿着一封信。

“这个，”她说，“我似乎不太理解。他想要我做点什么，但是我无法思考,我的眼睛感觉不适。请你读给我听吧!”

信是扎卡里写来的,我低声念给她听。霍普古德太太在房间里,她一边织着东西,一边盯着帕斯安丝。我念完后,她又让我读了一遍,然后又一遍。一开始她似乎很满意,几乎是激动的神情,然后就变成一副疲惫的、鄙视的表情,在我还没读完第三遍时,她就睡着了。这是一封不同寻常的信,似乎展信即见其人。我将信塞进她搁在被子外的手里,走出房间。

范西带我去了她失足滑下的悬崖。我找到了那块尖角的岩石,瀑布般的常春藤长满了崖壁,她爬到的悬崖岬角就在我右边一点——真是一个疯狂的地方!这个地点清楚地显示了她当时被怎样一种狂野的情绪驱使着!悬崖后面是收割了一半的小麦田,外围种着罂粟,一大群收获季节的昆虫爬着飞着,在未收割的小麦地里还有一只秧鸡一直叫着。天空碧蓝,一望无际。大海壮美,在黑色的荒野悬崖下零星点缀着红色的植物。在田地的低洼处和凹地上方,大朵的白云在大地上空漂浮着。

这里没有金色的、东方海岸般的天空,似乎只有晕晕欲睡的、线条柔和的白云,云卷云舒,变幻不息。我总是要脱口而出扎卡里·皮尔斯信里的内容。毕竟,他的故土、生活和热血造就了他那样的人。在一个空气如此轻柔、万物看起来如此美丽的地方,是不可能诞生理想主义者的(因为理想主义者只会诞生于一种他必须为自己创造美或心灵安慰的地方);在一个先辈们日夜守望大海已有千年的地方,是不可能诞生循规蹈矩的人的,因为大海,充满了未知事物,给人以希望,变幻莫测,靠着自身的推动力奔流不息,大海就是自身那股推动力的奴隶。人类是会模仿的动物……

“想不把自己束缚住的人生足够艰难,”他写道,“不要太想我！如果我带着你一起冒险，我就能使你更快乐吗？如果我成功了，你就会变成一个阔太太；但是如果你跟着我的话，我铁定会失败。光是看着你，就让我内心变得柔软。在海上，人们梦想着陆地上所有的好东西，他会梦想着石楠花和蜂蜜——你就像它们一样；他会梦想着苹果树和果园里的茵茵青草——你也像它们；有时，他只是躺在那里默默祈愿——你就像那些愿望，最像那些愿望……”

当我把这些读给帕斯安丝听时，她的脸上掠过温和的、半是鄙视的古怪神情。她说：“这些都是废话，不是么？”

然后接下来长长的一大段，都是在写他如果成功了会获得什么，都是关于他在冒险，只要他保持着聪明智慧，就不可能失败云云。“只有两个月左右了，”他继续写，“亲爱的，待在家里别动，或者去我爸爸那儿。他会很高兴见到你的。那里有间我妈妈的房间。你在那里拉小提琴，没有人会阻止。你还可以在海边拉琴，漆黑的夜晚你会看到，波涛之上，星星在你的头顶上跳舞，漫天星辰，密得像蜂群一样。我经常看着星星，思念着你……”

帕斯安丝轻声对我说：“别读那段。”于是我就跳过这段了。然后，他感性的一面展露了出来：“等这一切成功了，我们面前就会敞开一整个新世界。我可以带你去很多地方。我知道一个地方，既不太热也不太冷，你可以一整天都坐在树荫下看着攀爬的藤蔓和可可棕榈树，安安静静的，哪儿也不要去，不用做什么也不用在意什么。那儿有所有你能想到的水果，没有喧嚷嘈杂，只有鹦鹉和溪流，和黑人潜入水中的水花声。帕斯安丝，我们将会去那儿！坐着八十吨位的船，没有我们看不到的海域。世界对于那些走出去、去征服它的人来说是极好的地方，有许许多多未知的事物。我会让金银珠宝装满你的裙兜，我的美人儿，你都会认不出自己来。一个男人不该无所事事……”

整封信，除了它饱含的发自内心的深情，读来还可以感受到他是如何坚持着自己的目标的——尽管这场冒险的目的并不道德。他自己并未察觉出这点，因为他爱着她。但是，他必须将自己的目标追求到底。他是那么充满活力，浑身上下简直都燃烧着旺盛的生命力！我猜现在的她，不像当时那么愿意屈尊嫁给他了。还有什么美好的前景，他没有拿出来诱惑她！他们彼此也有肉体上的吸引，我依然记得在黑磨坊时我注意到的她脸上的表情。但不管怎么说她还是嫁给了他，因为她是帕斯安丝·沃伊齐，敢做敢当，而现在她希望“回去”[①]。现在她躺在床上，垂死之中，他或其他任何一个男人都无法再带走她了。想到他满怀深情，心潮澎湃地在船上那个黑黑的客舱里给这个难逃死劫的姑娘写信，就让人心生怜悯。“我想要赚钱，”他写道，“自从我还是小孩子时，和牛群坐在田野里，我就这么想了……现在我赚钱是为了你，我肯定能赚大钱的。我花了两年深思熟虑地计划这项事业，我自己很清楚……

“这封信寄出去时，我就出发去伦敦了。当然还有一大堆事情要处理。直到船抵达港湾抛锚，我简直都不敢相信我又离你这么近，又可以见到你了。当我给我的船重新起名叫‘彩衣女巫’号时，我想到的是你，因为你就像有魔力一样让我深深着迷……”

接下来是向她发出的郑重恳求，星期三晚上七点钟（也就是明天），让她到通往海湾的小路上，他会靠岸来，向她告别。信的落款是：“爱你的丈夫，扎卡里·皮尔斯……”

---

① 此处是呼应前文帕斯安丝讲述自己不小心脚滑掉下悬崖时说的话，她说自己曾想过轻生，但是爬到一半又想要回去。这个“回去”也暗示她不再想依靠和皮尔斯结婚来获得自由，不再想让他带走自己，而是回归她自己对人生的掌控。

我在麦地边缘躺了很久，这里非常安静。教堂钟声响起了。夕阳拉长了一束束麦子的影子，斑鸠一只接一只地飞起来，拍打着翅膀飞向栖息处。西边的天空映上了一道道红色的晚霞，所有的低洼处和凹地都沐浴在最后的光芒里。这是收获季节里的绝佳的天气，但是那份寂静却让人压抑，那种一切悬而未决的寂静……

农场的生活还是一如既往。我们进行晨祷和晚祷。约翰·福特大声念着祈祷词，好像他处在即将背叛他的上帝的关头。早晨和晚上他各去看望她一次，出来时呼呼地喘着气，然后就回到自己的房间去。我想他是去祈祷了。今天早上起我都不敢去见他。他是个坚强的老人，但是这件事简直要把他压垮了……

七

京斯维尔，八月十三日，星期六。

都结束了！我明天就将离开这里，出国去。

这是个安静的下午——教堂墓地里一点儿声音都没有！我比他们早到了半个小时。一些走散的红母牛误入了旁边的果园，用头蹭着篱笆。我站在那里时一个老妇人过来将它们赶走了，之后，她弯腰捡起了还未成熟就掉落在地上的苹果。

"苹果已经成熟，就要掉下来，哦！嘿哦！就要掉下来；来了个老妇人，将苹果都拾起来，哦！嘿哦！将苹果都拾起来！"

他们将帕斯安丝简单收拾下就带过来了。没有丑陋的丧葬服饰，谢天谢地！农场工人抬着她，除了约翰·福特，霍普古德两口子，我，那位年轻的医生以外，就没有其他人出席了。他们在她的墓前读了祷告词。现在约翰·福特的那句"阿门！"还在我脑中回响。葬礼结束后，他一言不发，顶着太阳走开了。晚上我又去了墓地，在墓碑之间游荡。“理查德·沃伊齐”，“约翰，理查德和康斯坦斯·沃伊齐之子”，“玛格丽·沃伊齐，”那个角落里有沃伊齐家族的好多代人；然后是“理查德·沃伊齐和其妻艾格尼丝”，旁边是一个新的土丘，上面一只麻雀正在昂首阔步，苹果树的影子洒在土丘上。

我会把剩下的一点故事讲完。

星期三下午她又要见我。

“到七点钟，”她低声说，“他一定会去的。但是如果我……如果我死了，那么就告诉他……我对不起他。他们总是说：‘别说话……别说话！’傻不傻？说的好像我还有机会再说活似的！今晚之后我就不会再有机会说话了！请让每个人都来……我想见所有人。当你要死了时，你比其他任何时候都要自由——没有人还想要你做什么事了，没有人在乎你说什么了……他曾经许诺我说，如果我嫁给他的话，我喜欢做什么就做什么，其实我从未相信这话是真的。但是现在我真的可以想做什么就做什么，想说什么就说什么了。”她靠在床上沉默着，毕竟，她无法说出我们每个人内心最深处的想法，那些想法太神圣了，若要变成言语说出来，顷刻就会消融不见。

我会记得那样的她——她半闭着的眼睛里含有一丝笑意，红唇微张；她扬起脸，小小圆圆的脸上流露出一种少见的表情，混合着嘲讽、快乐和后悔；房间是白色的，装点着鲜花，清风摇曳着苹果树的叶子，沙沙地拂过窗户。晚上他们取下小提琴拿走了，她并不怀念它。丹进来时，我腾出我的地方让给他。他的大手掌温柔地握着她的手，一句话也没说。

“我的手看起来真小，”她说，“太小了。”丹轻柔地将她的手放回被子里，然后又擦了擦自己的额头。帕斯安丝用一种细细的低语声说道：“这里是不是太热了？我都感觉不出来。”丹弯下腰，吻了吻她的手指，然后就离开了房间。

那个下午是那么漫长，是我度过的最漫长的一个下午。有时她似乎睡着了，有时自言自语，说着她的妈妈，祖父，花园或她的猫——各种各样无关紧要的、琐细的，甚至荒唐可笑的回忆，似乎挤满了她的脑袋。我记得，她一次也没有提到扎卡里，但是时不时地问几点了。每个钟头过去，她都显得更虚弱了一点。约翰·福特一动不动地坐在她身边，他沉重的呼吸声常常是整个房间里唯一的声音。有时她用手指摩挲着他的掌心，沉默不语。这仿佛是对他们共同生活的总结。有次他用沙哑的声音大声为她祈祷，然后她向我递了一个同情的、不耐烦的眼色。

“快，”她低声说，“我想要见他。我……好冷。”

我出了门，沿着小路一路跑向海湾。

扎卡里靠在码头的门边，他提前一小时到了那里，还穿着那件蓝色的外套，戴着皮革顶的帽子，就像我第一次见到他时那样。他对发生的一切都一无所知。我刚告诉了他一点情况，就很肯定他已经猜到了全部，尽管他的内心不肯承认。他一直说：“这不可能！她再过几天肯定就会好起来的……肯定只是扭伤而已！你认为出海……她的身体有没有恢复得好点了，能不能现在马上就挪动？”

我真不忍心看他的脸，因为他的脸在他的直觉和他的生命活力之间的斗争中扭曲了。汗水从他的前额滚落。我们顺着小路上山去时，他转过身，指向大海。那里停着他的“彩衣女巫”号。“我马上就带她上船。不可能！到底是伤到了哪里？脊椎？老天啊！那医生……有时候他们会创造奇迹的！”看着他还在努力逃避现实，麻痹自己，真是让人觉得可怜极了。

“这不可能！她还那么年轻。我们走得太慢了。”

我告诉他她快要死了。

有那么一瞬我以为他要拔腿逃跑，但是他没有，他猛地扬起头，向房子冲过去。到楼梯底下时他抓住了我的肩。

“这不是真的！”他说，“现在我来了，她会好起来的！我会留下来！所有一切我都不要了，我会留在这陪她！”

我说：“快去吧，上去向她表白你爱她吧。振作点，年轻人！”他浑身都在发抖。

“好！”这就是他的全部回答。我们走进她的房间。看到她的样子，真让人不能相信她就要死了：她脸颊的颜色依然鲜艳，嘴唇颤抖着，微微撅着，好似她刚被人亲吻过，她的眼睛闪着光，她的头发那么黑，那么干净清新，她是那么年轻……

半个小时后，我偷偷回到她房间敞开的门边。她很安静，脸色苍白得像她的床单一样。约翰·福特站在床尾处；扎卡里坐在那里弓着腰伏到枕边，头放在他紧握的拳头上。房间里死一般的寂静。树叶的摇曳声也停止了。当情况陷入危机时，一个人的感觉变得多么麻木啊——没有恐惧，没有怜悯，没有悲伤；而是这种感觉，就像一出戏落幕，急于离开而已！

突然扎卡里站起身，没看到我似的和我擦身而过，跑下了楼。

几小时后，我去通往海湾的小路上走走。天色已经漆黑了，“彩衣女巫”号的锚灯依然亮着，看起来比萤火虫的光大不了多少。小路前方传来一个男人的哭声，没有什么声音比这个哭声更可怕的了。然后我看到扎卡里·皮尔斯从离树篱墙十步远不到的地方站了起来。

我无意跟随着他，在树篱边坐了下来。刚刚入夜不久，那清新的黑暗中，有什么隐约与她相似的东西：柔软的树篱墙，金银花的香味，蕨类和荆棘的触感。死亡终将降临到我们每一个人的头上，当生命结束时，一切就结束了，但是那些仍然留在此世的人，他们那项盲目的事业呢？

过了一会，船鸣了两次笛；她的右舷灯隐约闪烁着——那就是全部的故事了……

八

托基，十月三十日。

你还记得差不多三年前，我从沼泽地农场给你写的信吗？

今天我骑马重访了那里。我在布里克瑟姆停下来吃了个午饭，然后走下山去到码头。中途下了场小雨，但是很快又天晴了，太阳照耀着大海，阳光洒在红棕色的船帆和石板瓦屋顶的矮墙上。

一只拖网渔船停在那里，很明显，那船遭遇了撞船事故。一个尖胡须、薄嘴唇的家伙穿着磨破的蓝色衣服和防水靴，正在监督修船。他带着几分骄傲对我说："这船撞船了，先生，想看看它吗？"然后他突然眯紧他的蓝色小眼睛，补充道，"哎呀，我记得您。就是今年，就在这条船上，我见过您。"

他是普罗尔，扎卡里·皮尔斯的帮手。

"是的，"他继续说，"这就是那条船。"

"皮尔斯船长呢？"

他靠在码头上，吐了口口水："他是个很好的人，我从没见过像他那样的人。"

"你们在海上的事业还好吗？"

普罗尔犀利地看了我一眼。

“好？不，我们是做武器生意的，准备洗手不干了，因为一直以来都麻烦重重。哪个人能做到皮尔斯船长做到的那些事呢？当你做得不顺时，人们就会称之为‘天意’！这都是胡说八道！要我说，那些年，哪儿还有像他那样勇敢的家伙！这世界太小了！”

听他这么说着，我的眼前浮现出这样的幻景：世界缩小了，德雷克①走进了我们今天的现代生活；德雷克被困在官样文章、电线和我们这个文明社会里所有高级装置交织而成的网中。有没有一种事物可以超越它的年限，一直存活到一个没有它容身之地的时代？有一些事物可以一脉相承——不过有时候，也会有倒退……呃，这都是幻想吧？

“那么，”我说，“你们失败了？”

普罗尔扭动了下身子。

“我不会这么说，先生，这个词太难听了。该死的！”他盯着他的靴子，补充道，“我们当时沿着海湾航行，我不该跑出去自寻好运。船长不愿丢下我。‘一个德文郡的人，’他这样对我说，‘不会抛弃另一个德文郡的人。’我们在本该去的地方待了六天，当我们返回船上时，因为军火走私，一艘巡航舰扣了我们的船。”

“那皮尔斯船长后来呢？”

普罗尔回答说：“先生，我想他去中国了，不过也不确定。”

“他还活着吗？”

普罗尔看着我，有些不安和愤怒。

“那可就说不准了！毕竟，人终有一死嘛。不过，没有比扎卡里·皮尔斯船长更支持大伙儿的人了。”

---

① 参见小说第二章的注释。

我相信这话，他可不是那种轻易会被杀死的人。我的眼前浮现出他的样子：他走上前来，匀称的身材，高傲的眼睛，甜美的微笑；他的胡须有点卷卷的，脸颊晒得更黑了。还有他给人的那种敢不顾一切、铤而走险的感觉。没有人能胜过他，他也无法胜过他自己。

我丢下二先令六便士，告别了普罗尔。在我离开码头时我听见他对一位女士说："这只船遭到撞船事故了，夫人！想看看它吗？"

午餐后我骑马去了沼泽地。老地方看起来没怎么变，但是苹果树上的苹果都不在了，树叶开始变黄、飘落。果园里，帕斯安丝养过的一只猫追着一只鸟儿从我身边经过，它脖子上仍然系着丝带。约翰·福特向我展示了农场最新翻修的部分，但是只字不提过去，也没有任何举动暗示到过去。他不太关心地询问起丹的情况，丹现在已经回到新西兰了。他的胡茬和头发都花白了；他曾经那么结实，但我注意到现在他的腿脚已经不那么好使了，他常常停下来靠在他的拐杖上。去年冬天他生了场大病。听他们说，现在，有时他说话说到一半，就径直睡着了。

我抽空和霍普古德夫妇聊了一会。闻着厨房里弥漫着的柴火的烟味，培根的香味和老屋的味道，我们不禁聊起帕斯安丝坐在厨房那排碟子底下的情景，是啊，没有什么比气味更能唤起回忆的了。我可亲的老妇人，她那细致地从额头两边梳拢向帽尖的头发，已经出现了几缕银丝，她的脸上也平添了更多的皱纹。当她谈起她的"小乖乖"时，依然忍不住噙满了泪水。

他们没有提到扎卡里，但是她告诉了我老皮尔斯的死讯。

"说起来他们发现他时——他已经死了——就死在阳光底下，但是我跟你讲啊……"霍普古德，一直卷动着他的烟管，喃喃地说着什么，木木地微笑着。

他走到院子送我离开。“就像在温暖中死去似的，先生，”他说，用宽阔的臂膀使劲替我扣好马鞍，“福特先生——唉！帕斯安丝去世的事，没有哪个老家伙能承受得住……啊！太残酷了，我的老太婆到现在都还没有恢复过来。告诉你这些，不要想得太多。”

我特意绕道经过教堂墓地。一块白色的墓碑树在那里，底下放着鲜花，还挺新鲜的，是菊花和紫菀。墓碑上已经刻过字了：

帕斯安丝

扎卡里·皮尔斯之妻

“上帝将其赐予，又将其收回”①。

红母牛也还在那里，天空布满大块的白色云朵，一些鸟儿略带哀婉地啁啾着，空气中弥漫着落叶的香气……

1900 年 5 月

① 出自《圣经·约伯记》1：21。

福尔赛的救赎

献给我的哥哥亨伯特·高尔斯华绥

一

斯维辛·福尔赛躺在床上。他白胡子下面的嘴角耷拉着，垂向他的双下巴。他喘着气说："医生说我情况不好，詹姆斯。"

他的双胞胎哥哥将手放到耳朵后面，说："我听不清。他们告诉我说应该能治好的。总会有个治愈方法的，艾米丽就治好了。"

斯维辛回答说："你说话含糊不清的。我听见我的仆人说的话了，阿道夫，我培养了他……你应该配个助听器了。你的身体愈加虚弱了嘛，詹姆斯。"

一片沉默。然后詹姆斯·福尔赛，像是被激起了似的，回应道："我猜你的遗嘱已经写好了。我猜你把钱都留给这个家了，你又没什么其他继承人。那天丹森死了，把他的遗产捐给了一个医院。"

斯维辛白胡子上的毛发立起来。"我那蠢医生让我写好遗嘱，"他说，"我讨厌催我立遗嘱的家伙。我的胃口很好，昨晚我还吃了只山鹑。比起以前，我反而更能吃了。他告诉我要戒掉香槟酒！我早饭也吃得不少。我又不是八十岁。你跟我一样大，詹姆斯。你看起来虚弱多了。"

詹姆斯·福尔赛说："你应该换个医生。找布兰克吧，他现在是最好的医生。我让他给艾米丽看的病，花了我两百几尼[1]。他把她送到洪堡去了，现在那儿是最好的地方。王子去过那里——每个人都去那儿了。"

斯维辛·福尔赛回答道："我晚上一点都睡不着。现在我出不了门了，我还买了辆新的四轮马车，为此花了一大笔钱。你得过支气管炎吗？他们告诉我说喝香槟酒很危险，但我相信没有比香槟酒更好的东西了。"

詹姆斯·福尔赛站起身。

"你应该换个医生看看。艾米丽要我替她问候你，她本该亲自来的，但是她不得不去尼亚加拉。人人都去那里了，现在那是个好地方。蕾切尔每天早晨都去，她出了太多次门了，总有哪天她会卧床闭门不出的。今晚那儿有场化装舞会，公爵颁奖。"

斯维辛·福尔赛生气地说："这里都没人给我好好做饭了，在俱乐部的时候菠菜煮得很好。"他两腿一抖，被子猛地扭成一团。

詹姆斯·福尔赛回答说："你跟丁度一家肯定关系还不错，你肯定靠他们赚了不少钱。你的地租肯定也都收齐了。你肯定有一笔钱，都不知道怎么花才好。"他喃喃地说着这些，好像正在流口水一样。

斯维辛·福尔赛瞪了他一眼。"钱！"他说，"我光付医生的账单就要花好大一笔钱了。"

詹姆斯·福尔赛伸出一只冰冷潮湿的手说："再见了！你应该换个医生。我不能让马儿等着：它们是一对新马，花了我三百镑。你要照顾好自己。我会对布兰克说起你的。你应该雇他，每

① 英国旧时金币，值一镑一先令。

个人都说他是最好的医生。再见!”

斯维辛·福尔赛继续盯着天花板。他想:“可怜的家伙,詹姆斯!一个自私的家伙!肯定有成千上万镑的钱!”他喘息着,思考着人生……

他生着病,孤独一人,多年来他一直都很孤独。他病了有两年了,但是就像他抽完了第一支雪茄一样,他会刚强地过完这一生,直到走到命中注定的尽头。每天他让车夫驱车送他去俱乐部,他坐在那辆四轮马车的弹簧坐垫前端,手放在膝盖上,虽然稍微有些摇晃,但还是保持着非常奇怪的严肃神情。他沿着台阶走上那个大理石大厅,提着手杖踱着方步。他下巴上的肉楔入了衣领的缝隙里。之后他会开始进餐,吃相威严。他的面前放着一瓶冰镇在冰桶里的香槟酒,他细细品尝着每一道菜肴;他的西装背心外围着餐巾;他的眼睛微微转动,或紧紧盯着侍者。他从不低头或弓腰驼背,因为这些仪态非常不高雅。

因为他又老又聋,所以他不和人说话,也没有人和他说话。俱乐部里有个爱嚼舌根的人,一个爱尔兰人,对每个新来的人都要说:“老福尔赛!看看他!他的生活中肯定有什么事让他郁郁寡欢!”其实斯维辛的生活中没有什么让他不开心的事。他已经卧病在床很多天了,房间里亮着银色、深红色的电灯光,充斥着一股愈伤草[①]和雪茄的味道。窗帘合着,炉子里火光闪烁,他床边的桌子上放着一壶大麦煎的汤和《泰晤士报》。他试图翻几页报纸,但读不下去,又躺下来陷入沉思。他的下巴方方的,整张脸看起来就像一块苍白的皮革嵌在枕头上。他感到非常孤独!如果房间里有个女人的话,一切就会不一样了!为什么他终身未娶呢?

① 愈伤草,产于南欧和小亚细亚,旧时用作药物。

他沉重地呼吸着，青蛙一样盯着天花板，脑海中的回忆翻涌着。那是很久以前的事了——四十年的单身生活——却就恍若昨日……

那是他三十八岁那年发生的事。他一生中第一次，也是唯一一次到欧洲大陆旅行，同行的还有他的双胞胎哥哥和一个名叫特拉奎尔的人。在从德国去威尼斯的路上，他们住在萨尔茨堡[①]的金色山脉酒店。那是八月下旬，天气怡人，阳光洒在墙上，映出藤蔓植物的叶影。斯维辛反对两位同行者的建议，拒绝游览城堡，于是便一个人在卧室窗子前消磨了一天，一支雪茄接一支雪茄地抽着，轻蔑地看着来来往往的路人。

晚饭后，因为无聊，他来到街上。他的胸膛随呼吸起伏着，好像鸽子的胸，眼睛也像鸽子一样冷冷的，似乎在探寻着什么。他阔步而行，对老是看到穿军装的人感到恼怒，对他来说这似乎既毫无必要，又很令人讨厌。看着一群外国人说着他听不懂的语言，脸上胡子拉碴的，还抽着劣质的烟，他的坏脾气上来了。“一群奇怪的人！”他想。一家咖啡店的音乐声吸引他走了进去，同时萌生出一个朦胧的念头，那就是想寻求冒险带来的荣誉感，但是又想避免冒险通常会带来的麻烦。也许他只是晚饭过后精力旺盛而已。

那家咖啡馆亦是五十年代风格的啤酒馆，两头各有一扇门，一个大大的木质灯笼照亮了整个大厅。一个小小的舞台上三个乐师正拉着小提琴。只身一人的客人，或一群人，散坐在十几张桌子上，侍者忙着添酒。空气里充满了浓浓的烟味。斯维辛坐了下来。“上酒！”他严厉地说。惊讶的侍者给他端来了酒。斯维辛

---

① 奥地利城市。

指了指桌上的啤酒杯,口气还是那么凶巴巴的:“这里!”侍者给他倒上了酒。“啊!”斯维辛想,“如果他们愿意的话,还是听得懂你的话的。”附近一群军官们正在谈笑风生,斯维辛烦躁地看着他们。一阵干咳声几乎冲进他的耳朵里。

一个男人坐在他的左手边看书,他的肘部压在杂志的边角上,瘦弱的肩膀几乎快耸到眼睛底下了。他的鼻梁又细又长,鼻孔处突然变得很宽,一把棕黑色的大胡子,粗野地扇形散开,快垂到他胸口处。他脸上最明显的特征就是那种旧羊皮纸的肤色。一个奇怪的、野性的、目光傲慢的家伙!斯维辛带着几分不悦打量着他的衣着,是一身记者或巡回演员的打扮。这已经给他留下了深刻印象。真奇怪,他怎么会对一个穿成这样的人印象深刻呢!那个人伸出一只手,拿起一只装着深色液体的玻璃酒杯,手背上全是黑黑的汗毛。“白兰地!”斯维辛心想。

这时,椅子倒下来的撞击声吓了他一跳。他的邻座起身了。他很高,但是很瘦,他的大胡子似乎从嘴边飞溅开来,他对那群军官怒目而视,吼着什么。斯维辛听出了两个词:“狗!德国狗!”[1]“猎狗!荷兰猎狗!”他想,“真是彪悍!”一个军官跳了起来,抽出了剑。高个子男人一把挥起他的椅子,“砰”的一声摔过去。周围每个人都站了起来,团团围住他。高个子男人喊道:“加入我啊,马扎尔人[2]!”

斯维辛咧嘴而笑。高个子以一敌众,斯维辛不由得对他崇拜起来。那一刻他有上前去帮他的冲动。“只会被打得流鼻血吧!”他一边这么想,一边寻找一个安全的角落。但是就在那一刻,一

① 这句话原文是德语。

② 马扎尔人是匈牙利的主要民族。

个扔过来的柠檬正好砸到了他的下巴上。他跳起来冲向那群军官。那个匈牙利人,挥舞着他的椅子,冲他投去感激的一瞥——斯维辛那一瞬备感自豪,满面红光。但是剑刃擦过他的胳膊时,他突然觉得自己对那个匈牙利人厌恶起来。"太过分了!"他想,顺手抓起一把椅子,向木灯扔过去。一阵撞击声之后,人们的脸和刀剑都消失在一片黑暗中了。他划亮一根火柴,借着那点光亮冲向门口。下一秒他就在大街上了。

二

一个声音用英语说:"保佑你,兄弟!"

斯维辛回头一看,只见那个高个子匈牙利人伸出手来。他握住了他的手,心想:"我刚才真是个蠢货!"但那个匈牙利人的姿态似乎在说:"你值得我尊重!"

那个态度很让人讨厌,但是却让人印象深刻。那人看起来似乎比刚才更高了,他的脸颊上有一道割痕,伤口渗出的血顺着他的胡子滴下来。"你们英国人!"他说,"我看到你们向海瑙扔石头[①],我看到你们为科苏特[②]喝彩。你们民族同胞的自由血脉与我们相呼应。"他看着斯维辛说,"你是个伟大的人,你有个伟大的灵魂,而且你很强壮,瞧,你是怎么将他们打倒的!哈!"斯维辛有赶紧离开的冲动。"我的名字,"那个匈牙利人说,"叫鲍勒斯基。你是我的朋友。"他的英语很好。

---

① 朱利叶斯·雅各布·冯·海瑙(Julius Jacob von Haynau,1786—1853),奥地利将军,极为残忍地镇压了一八四八年及之后意大利和匈牙利的起义。

② 拉乔斯·科苏特(Lajos Kossuth,1802—1894),匈牙利律师,记者,政治家,曾领导匈牙利起义军,反抗奥地利专制统治。

“鲍尔—什—凯—伊，布尔什—凯—伊，”斯维辛心想，“什么鬼名字！”他不高兴地说，“我叫福尔赛。”

匈牙利人重复了一遍他的名字。

“你脸上有道挺严重的伤口。”斯维辛说。那些因血黏结在一起的胡子让他恶心。匈牙利人用手摸了摸脸，放下手来时满手是血。他看了看，带着满不在乎的神情抓了一绺胡子，塞在伤口处。

“哎！”斯维辛说，“给你！用我的手帕吧！”

匈牙利人鞠了一躬。“谢谢！”他说，“我真没想到！一千一万个谢谢！”

“拿着！”斯维辛喊道。对他来说，这似乎突然间变成最重要的事了。他将手帕塞进匈牙利人的手里，感到自己的胳膊一阵疼痛。“哎哟！”他想，“我拉伤了块肌肉。”

匈牙利人不管来往的路人，一直咕哝着说：“那群蠢猪，看看你是怎么把他们都放倒的！两三个人摔破了头，不管怎么说——那群胆小如鼠的蠢货！”

“喂，听我说，”斯维辛突然开口问，“我要去金色山脉酒店，该走哪条路？”

匈牙利人回答说：“但是你现在跟着我，不去喝一杯？”

斯维辛盯着地面。“要是我认识路就不会跟着你了！”他想。

“啊！”匈牙利人的自尊上来了，“你不想和我交朋友？”

“小心眼的家伙！”斯维辛想。“当然，”他结巴了一下，“如果你那么想的话……”

匈牙利人鞠了一躬，喃喃说道：“原谅我！”

他们还没走十几步，一个年轻人走过去跟他们搭话。他脸上光光的没留胡子，脸颊凹陷。“看在基督之爱的份上，绅士们，”他说，“救救我吧！”

“你是德国人吗?”鲍勒斯基问。

“是的。”年轻人回答。

“那你活该下地狱!”

“先生,看看这里吧!”他扯开自己的外套,露出上半身,一根皮带紧紧扎在腰间。斯维辛又一次想逃跑。他被可怕的预感笼罩着,感觉自己将要碰上绅士阶层不可能遇到的奇事。

匈牙利人划了个十字。“兄弟,”他对年轻人说,“你进来!”

斯维辛斜视着他们,跟着去了。借着微弱的灯光,他们摸索着上了几层楼梯,进了一间大房间,月光透过凸向大街的窗户洒进来。一盏油灯微弱地亮着,房间里弥漫着烈酒和烟草的味道,还有一股淡淡的奇特气味,好像是玫瑰叶子的味道。房间一角立着一架洋琴,另一角堆着成堆的报纸。墙上挂着一些旧式手枪,还有一串黄色珠子。房间里每样东西都摆放得整整齐齐,只是蒙上了灰。靠近敞开的壁炉有一张桌子,上面还搁着些剩饭。天花板、地板和墙壁都是深色的木头做的。尽管有些奇怪地不搭调,但房间倒是有几分高雅。

匈牙利人从柜橱里拿了一瓶酒出来,给几个玻璃杯倒上,递给斯维辛一杯。斯维辛小心翼翼地嗅了嗅。“命运好坏不由己!喝吧!”他这么想着,慢慢将酒倒进嘴里。酒味醇厚,太甜了,但总的来说味道还不错。

“兄弟们!”匈牙利人说着又满上一杯,“祝你们身体健康!”

年轻人一饮而尽,斯维辛也是。现在他怜悯起那个可怜的年轻人来。“明天再过来!”他说,“我会给你一两件衬衫。”

然而,当年轻人走后,斯维辛松了一口气,想起自己没有给他地址。

“这样最好不过了,”他心想,“毫无疑问,他是个骗子!”

“你跟他说了什么?”他问匈牙利人。

“我说,”鲍勒斯基说,“你吃饱喝足了,现在你是我的敌人了!”

“对!”斯维辛说,“太对了! 乞丐是每个人的敌人!”

“你不懂,”匈牙利人礼貌地回答,“他是个乞丐,我也是,我也不得不乞讨。”(斯维辛想:“天哪! 这太可怕了!”)他接着说,“现在他不再饿肚子了,但他不还是德国人吗? 奥地利的狗杂种们不得玷污我的地板!”

斯维辛颇为厌恶地看着他鼻孔都胀大了,声音也完全没必要地变得粗声粗气:“我是个流亡者,我的民族也是。那些该死的走狗!”斯维辛赶紧表示赞同。

他说话的时候,一张脸正倚在门边往里窥探。

“萝思!”匈牙利人叫道。一个年轻女孩走了进来。她身材矮胖,编着一根粗粗的辫子,显得很可爱。她笑了笑,露出整齐的牙齿。她用小小的、闪亮的灰色眼睛看看匈牙利人,又看看斯维辛。她的脸圆圆的,颧骨高耸,呈现出野玫瑰般的颜色,眉毛在眉角处翘起。她有些吃惊的样子,双手捂脸叫道:“玛吉特!”接着一个大一点的女孩出现了,个子高一些,漂亮的肩膀,大大的眼睛,美丽的嘴唇,鼻子要斯维辛描述的话,是那种像布丁一样扁平的鼻子。两个女孩,轻声尖叫着,给她们的父亲包扎好脸上的伤口。

斯维辛转过身去。他的胳膊隐隐作痛。

“这就是多管闲事的后果,”他闷闷不乐地想,“我的脖子差点都断了!”突然一只柔软的手放在他的手里,一双半感兴趣半害羞的眼睛看着他。然后一个声音叫道:“萝思!”接着门“砰”地关上了,房间里又只剩下他和匈牙利人了,他微微有些不安。

“你的女儿名叫‘萝思’?”他问,“我们在英国也用这个名字,从‘玫瑰’这个词来的，一种花儿。”

“萝一思一吉，”匈牙利人回答道，“你们英语是门难学的语言，比法语、德语或捷克语都难，比俄语或罗马尼亚语都难。我不会其他语言了。”

“什么？”斯维辛惊讶地说，“六种语言？”私底下他心想，“呵，他倒真会撒谎！”

“如果你生活在像我们那样的国家，你就懂了，”匈牙利人喃喃说，“所有人都反对你们！我们是一个自由的民族，处在垂死之中，但是还没有灭亡！”

斯维辛不能想象他在谈什么。这个人的脸，缠着亚麻布绷带，阴郁的眼睛，黑色大胡子，他愤愤然的嘟囔声和阵阵干咳，都让人十分讨厌。他似乎正遭受着某种精神上的创伤。他的情绪使他看起来粗鄙不堪，那么不加自控，那么肆意妄为，他露骨的直率反倒让斯维辛在心里产生了一种敬畏，就像强迫他往熔炉里面看一样。鲍勒斯基停止了走来走去。“你以为这就结束了？”他说，“我告诉你，我们每个马扎尔人的胸中都有一个地狱。还有什么比生命更甜美的？还有什么比我们呼出来的每口气更神圣的？啊！我的国家！”他这番话说得很慢，带着强烈的哀痛。斯维辛松了松下巴，顺势打了个哈欠。

“你说说看，”鲍勒斯基说，“如果法国佬攻下了你们国家，你会怎么办？”

斯维辛笑了笑。突然间好像有什么戳伤到他一样，他不满地哼了一声：“法国佬？让他们试试！”

“干了！”鲍勒斯基说，“这酒举世无双。”他给斯维辛的酒杯满上，“我给你讲讲我的故事吧。”

斯维辛匆忙起身。“太晚了！”他说，“这酒不错，你私藏了很多瓶?”

“这是最后一瓶了。”

“什么?”斯维辛说,“你拿这酒请乞丐喝?”

“我叫鲍勒斯基·史蒂芬,”匈牙利人抬起头说,“出生于科莫恩[①]。”这种简洁让斯维辛印象深刻,就像谁说的那样,何必啰嗦呢? 他停下来听他讲。鲍勒斯基讲起故事来滔滔不绝。“我们遭受过很多虐待,”他用深沉的嗓音说,“他们对我们犯下过很多不义之行,也有太多懦弱! 我看到阴云在我们的平原上空翻滚,笼罩着一切。奥地利人希望扼住我们的喉咙,从我们这里夺走自由的踪影——自由,就是我们的全部所有。两年前,一八四八年[②]吧,每个男人、每个男孩都响应了那个伟大的声音! 老兄,我们过着悲惨的生活! 我的族人都参与了战斗,我也以笔为枪,但是我为此遭到了不幸! 我的儿子被杀害了,我的兄弟们被抓了起来,我自己也像条狗一样被扔了出去——我倾尽全力、呕心沥血地写作!”他的身影似乎高大起来,但依然憔悴不堪,用阴沉的、闪烁的眼睛盯着墙壁。

斯维辛站起身,结结巴巴地说:“非常感谢,这很有趣!”鲍勒斯基无意挽留他,继续盯着墙壁。“晚安!”斯维辛说,步伐沉重地下了楼。

---

① 斯洛伐克城市,科马诺的旧称。

② 一八四八年革命发生于欧洲,是平民与贵族间的抗争,主要是欧洲平民与自由主义学者对抗君权独裁的武装革命。首先发起地点为意大利的西西里岛,波及的国家几乎涵盖全欧洲,仅俄罗斯帝国、大不列颠及荷兰未受影响。

三

斯维辛回到金色山脉酒店时，发现他的兄弟和朋友都紧张不安地站在门口。特拉奎尔是个过早干瘦下去的男人，留着络腮胡，他操着苏格兰口音说："你回来的可真早啊，老兄！"斯维辛咕哝了几句含糊不清的话，直奔床而去。他发现自己胳膊上有处轻微的擦伤。他正处在粗暴的坏脾气中——今天遇到的都是他不想遇到的事情。但是他时不时地想到萝思，想到她柔软的小手放在他手里的情景，一种被轻抚和被恭维的感觉席卷了他。

第二天早餐时，他的兄弟和特拉奎尔表明他们想继续旅行。詹姆斯·福尔赛说，的确，对一个"收藏家"来说，是没地方可待了，因为这里所有"旧"商店都在犹太人手里或在非常贪婪的人手里——他很快就发现了这点。斯维辛将杯子推到一边。"你们想怎么玩就怎么玩吧，"他说，"但我要留在这里。"

詹姆斯·福尔赛牙齿都快咬到舌头了："为什么？你要待在这里干什么？你在这无事可做——没什么可看的，除非你去城堡逛逛，而你又不会去的。"

斯维辛低吼着说："谁说的？"他发了一通脾气，感觉心情好了点。他用丝绸肩带将受伤的胳膊绑起来，借口说是自己滑倒了。之后他出门走上了桥。在明媚的阳光中，在珍珠似的群山的映衬下，塔尖闪闪发光，整个城镇有一种干净、欢乐的气氛。斯维辛看看城堡心想："看起来是个坚固的地方！不难想象它很难攻破！"这不知为何给他带来了一丝愉悦。突然，他想去那个匈牙利人的家看看。

他找了两个小时，直到中午时分，他茫然地盯着自己，因为炎热而脸色苍白，但他一股倔劲上来了，不肯罢休。正在此时，一个声音从上方叫他："先生！"他一抬头，看到了萝思。她的圆下巴正搁在胖乎乎的手上，用她深深的、机灵的眼睛往下望着他。当斯维辛摘掉帽子向她致意时，她拍起手来。他又一次感到自己被人崇拜和爱抚了。他觉得自己的形象都高大魁梧起来，带着一股随意的劲儿走上门前，两个女孩都站在过道上。斯维辛莫名其妙涌起了一阵兴致想要说外语。"女士们，"他用法语说道，"呃……你好……呃，你们的父亲……不在，现在？"

"我们也会说英语。"年长一点的女孩说，"请进吧。"

斯维辛咽下他的担心，走进屋。在日光下屋子显得很旧，好像一直是不幸的人或生活混乱者的巢穴。他坐下来，他的眼睛似乎在说："我是个陌生人，但是休想占我上风，那是不可能的。"女孩们沉默地看着他。萝思穿着一件黑色的短裙，白衬衫，肩膀上围着一条刺绣的披肩；她的姐姐穿着深绿色的衣服，戴着珊瑚项链。两个女孩都编着辫子。过了一会儿，萝思碰了碰他受伤胳膊的衣袖。

"没什么大问题。"斯维辛轻声说。

"爸爸是拿了把椅子打架的，但是你却是空手搏斗。"她用惊奇的语调说。

他握拳挥了两下没受伤的胳膊，做出空打的样子。让他惊奇的是她笑了起来。他对此略感恼火，他将一只手放在沉重的桌子下面，把桌子举了起来。萝思拍着手。"现在我知道了，您真强壮！"她对他行了个屈膝礼，便跑到窗边。他发现她眼中有股聪慧机灵劲儿，令人迷惑。有时她的目光似乎越过了他，看着什么看不到的东西，这也让他困惑。从玛吉特那儿他得知，她们在英国生活过两年，在那儿她们的父亲以教语言为生。后来，她们在萨尔茨堡待了一年。

“我们在等。”萝思突然说。玛吉特绷着一张严肃的脸，重复道：“我们在等。”

斯维辛睁大了眼睛，想知道她们在等什么。她们俩多奇怪啊，目光越过了他，不知道在看什么！他看着她们两个。“她应该花钱买件好衣服。”他想。他想象着萝思穿着合身、收腰的荷叶边裙子，头发从耳际后垂下来的样子。她应该花钱买件好衣服，她那柔软的身段，蓬松的头发，小小的双手！突然，他自己的手、脸和衣服让他烦躁起来。他站起身，仔细看了看墙上的手枪，在这个满是灰尘的旧房间里感到愤懑。“味道冲得跟酒馆似的！”他想。他又靠近萝思坐了下来。

“你喜欢跳舞吗？”她问，“跳舞让人觉得自己活着。首先你听到音乐，你的脚便开始发痒！非常奇妙！你慢慢地开始跳，然后加快脚步，然后更快，最后你飞了起来——你什么都不知道了，你的脚简直像是踩在空中。太美妙了！”

斯维辛的脸慢慢红了起来。

“啊！”萝思继续说，眼睛盯着他，“当我跳舞时，我能看见外面的那些平原，你的脚是一，二，三，快，快，快，更快——你飞起来了。”

她伸展了一下身子，似乎浑身一颤。“玛吉特！我们跳舞吧！”让斯维辛惊愕的是，两个女孩手搭在对方肩膀上，开始慢慢移动脚步，前后摇摆。她们的头向后仰，眼睛半闭着，突然脚步加快了，她们旋转到一边，然后另一边，在他面前直打旋。突然，玫瑰叶子的芳香包裹了他。她们又开始飞快地转圈了。正当她们跳着舞的时候，鲍勒斯基回来了。他一把抓住了斯维辛。

“老兄，欢迎！啊！你的胳膊受伤了！我不会忘记的。”他的黄脸和深陷的眼睛传达了敬意和感激，“让我给你介绍下我的朋友凯斯特利兹男爵。”

那个人不声不响地出现在鲍勒斯基身后，斯维辛对那个人欠欠身。他前额窄窄的，戴着手套的手放在腰上。斯维辛突然就很讨厌这个猫一般的男人。但是由于鲍勒斯基在场，他不好表露出这种轻蔑之意——因为那场打斗中他俩结下了兄弟之情。虽然讨厌那人的身份，还有他脸上的高傲和凶相，但是斯维辛出于一种模糊的本能，克制住了自己，以免露出厌恶之情。这个凯斯特利兹，他没留胡子，眉毛低低的，天鹅绒般柔软又暴烈的神情，激起了他作为英国人的敌意。“你的朋友也是我的朋友。”凯斯特利兹说。他说话很温和，在发 S 音时声音嘶嘶的。突然，一个长长的、颤动的琴音在房间里响起。斯维辛转过头来，看见萝思坐在洋琴边，音符从她小手的音锤下边流淌而出，持续不断的铿锵的琴声随着一个奇怪的旋律起伏着。凯斯特利兹目光灼灼地盯着她；鲍勒斯基，点点头，盯着地面；玛吉特，脸色苍白，站在那里像尊雕像。

“他们能听出来什么？”斯维辛心想，“这都不成调子。”他戴上帽子。萝思看到他，停下来了，她的嘴唇微启，隐约带着失望的表情。本来凯斯特利兹的到来让他觉得自己受到了什么伤害，现在这种感觉大大减轻了，他甚至对萝思抱有些歉意。她从座位上跳起来，撅着嘴扭动着身子。斯维辛计上心来。“过来和我一起吃饭吧，”他对鲍勒斯基说，“明天，在金色山脉酒店，带上你的朋友。”说完这句话他觉得整个房间的人都看着他——匈牙利人细长的眼睛，玛吉特大大的眼睛，凯斯特利兹热辣的小眼睛，还有萝思深情的眼睛。一阵满足感窜上他的脊背。当他走上大街时他阴郁地想：“我干了件蠢事！”没走几步他又回头看看，然后转过身，强挤出一个微笑，对着窗边的面孔脱帽致意。

尽管此时他很阴郁，但接下来的一整天他都处在兴奋中，晚餐时莫名其妙地一直盯着他的哥哥和特拉奎尔。“他们懂多少生活呢？”他想，“他们就是在这待上一年，也不见得能对这里了解多深。”他开起了玩笑，将菜单别到侍者衣服的后摆上。“我喜欢这里，”他说，“我要在这里住上三个星期。”詹姆斯，正张嘴吃一枚李子，不由得忧虑地看着他。

四

晚餐那天，斯维辛狠狠地受了一番罪。他阴郁地回想起鲍勒斯基的衣服。他订了个早一点的时间，这样就不会有那么多人看到他们了。当晚餐时间快到时，他穿戴整齐，光彩照人，即使胳膊仍然痛着，他还是去掉了绷带。

大概三个小时后，他和客人们一起离开了金色山脉酒店。此时已是黄昏，河岸边的房子显眼得很，日落的余晖也没有让它们变得更柔和，街上满是急着回家的人。斯维辛视线模糊，一会看见一堆空酒瓶子，一会看到脚下的路面，整个世界都好像触手可及。他模糊地记起他说过的好玩事儿，一想到他的哥哥和特拉奎尔坐在后头吃着普通的饭菜，想到他们带着好奇的、讽刺的面容，他的脸上就一直挂着微笑。他顽固地保持自持，以证明他比他的两个客人更好。

他隐约记得，他是带着目标要去什么地方的。萝思的脸一直在他眼前晃动，像一个触手可及的希望。他呆滞地看了看凯斯特利兹一两次。另一方面，对于鲍勒斯基，他觉得跟他很亲近，崇拜地记起他一次次一饮而尽放下空杯子的样子。“我喜欢看他喝酒的样子，”他想，“毕竟，这个家伙是个绅士。”鲍勒斯基大踏步地走着，对一切都不太在意，凯斯特利兹则比往常更像只猫了。当他们走到靠近大教堂的一条窄街上时，天快黑了。他们在一扇门前停了下来，一位老妇人开了门。从空气新鲜的外面一下子走进炎热的走廊，门在背后关起来的吱呀声，还有老妇人焦虑的目光，让斯维辛清醒过来。

“我告诉她，”鲍勒斯基说，“我代表你致辞，就像代表我的儿子一样。”

斯维辛怒火中烧。这人有什么资格代表他！

他们走进一间大房间，里面挤满了男男女女。斯维辛注意到他们都盯着他看。当然，他也盯着他们——他们似乎来自各个阶层，有的穿着黑礼服或丝绸衣服，其他人则是工人打扮。一个男人，应该是个修鞋匠，仍然围着他的皮围裙，好像他是丢下工作径直冲过来似的。鲍勒斯基手搭着斯维辛的胳膊，显然是在介绍他是谁。人们伸出手来，够不到他的人就对他鞠躬致意。斯维辛僵硬地点点头表示回应，然后看到其他人都坐下来了，他也坐了下来。有人低声叫着他的名字——玛吉特和萝思就在他后面。

“欢迎！”玛吉特说，但是斯维辛却看着萝思。她的脸是那么有活力，而且颤抖着！“她为什么事这么兴奋啊？”他想，“她看起来那么漂亮！”她的脸红了，紧张地快速缩回手，眼睛越过他看着房间的什么地方。“看什么呢？”斯维辛想。他有往后靠过去吻她一下的冲动。所有人都注视着一个方向，他生气地试图找出她到底在那群人中看什么。

鲍勒斯基站起来发表演说。人们一动不动，鸦雀无声，全场只能听见鲍勒斯基深沉的声音。他慷慨陈词，激烈又严肃，随着他拔高嗓门，所有人的脸——白皙的或黝黑的——似乎都因为被唤起同一种情绪变得容光焕发。斯维辛能感觉到这些脸上白热化的情绪——这太不得体了！整个演讲中他只听懂了一个词——“马扎尔人”，这个词被提到了一遍又一遍，到最后他几乎睡着了。洋琴的声音惊醒了他。“什么？”他想，“又是那该死的音乐！”玛吉特倾向前悄声对他说：“听！拉可兹[①]！这是禁乐！”斯维辛看到萝思已经不在她的座位上了，原来正是她，敲打出那些禁止的音符。他四处环顾，到处都是同样纹丝不动的面孔，同样的着迷出神的表情，同样的暗藏着激烈情绪的死寂。音乐听起来沉闷压抑，好像它要在沉默中灭亡一样。斯维辛觉得自己内心深处一阵恐慌。这里是虎穴吗？这些人听音乐的样子，他们寂静中藏着的激烈之情，太吓人了！他抓着椅子，浑身冒汗，难道没有办法离开此处吗？“等音乐一停，”他想，“肯定会有什么骚动！”结果全场却更加寂静了。他脑中闪过一个念头，此时若是任何一个敌人进来，铁定会被撕成碎片。一个女人抽泣着。这一切难以言表地令人不快。他站起身来，偷偷地从边侧溜向门口。

有人叫道：“警察！”接着整个人群都开始从他身后往外挤。斯维辛本来就要出去了，但是他看到后面不远处萝思跌倒在地。她恐惧的眼睛让他怒气冲冲。“她不该受这个罪！”他愠怒地想，“让场面失控！”他费力挤回到她的身边。她紧紧依靠着他，他顿时觉得热血贲张。他紧紧抱着她，挤撞着人群往外走。当他们终于挤出去时，他才松开了她。

“我很害怕！”她说。

“害怕！”他低声说，“我早该想到的。”不再触碰她后，他感到

---

① 弗朗西斯·拉可兹（Francis Racoczy，1676—1735），匈牙利贵族，一七〇三年至一七一一年领导匈牙利起义，被认为是国家英雄。

自己的怨恨之情又涌上来了。

“但是你真的好强壮!”她低语。

“这不是你该待的地方,”斯维辛低吼道,“我送你回家。”

“哦!”萝思叫道,“但是爸爸还有玛吉特!”

“他们自己当心就好了!”他催促她离开。

她的手悄悄滑上来挽住他的胳膊。她柔软、凹凸有致的身体轻轻抚过他,每一次触碰都让他脾气更坏。他怒火中烧,好像他体内所有的激情都蓄势待发,即将沸腾一样;好像是毒物要穿透他冷漠的血肉之层,在他身上找到出口似的。他保持着顽固的沉默,萝思也一言不发,当他们走到大门时,她抽回了手。

“你在生气。”她说。

“生气!”斯维辛低声说,“不! 你怎么会这么想?”他蠢蠢欲动想去吻她,他被这股欲望折磨着。

“你就是生气了。”她又说了一遍,“我要在这里等爸爸和玛吉特。”

斯维辛也靠在墙上等着。他目光锐利,偶尔会注意到她偷偷地看着自己,投来一种恳求似的目光,他心生快感,更加硬起心肠来。五分钟后,鲍勒斯基、玛吉特和凯斯特利兹出现了,看到萝思他们大大舒了一口气。凯斯特利兹看看斯维辛,然后吻了吻萝思的手。萝思的表情在说:“难道你不想这么做吗?”斯维辛转身走了。

五

整夜他几乎无法入睡,人生里头一次因为发烧而饱受折磨。他跳下床,点了一支蜡烛,走到镜子前,长久地、焦虑地仔细审视着自己。之后他睡着了，但全是噩梦。他醒来的第一个念头是："我的生活出问题了！"他将头猛地塞进冷水里洗了一把，然后匆忙穿好衣服出去了。很快他就远离了酒店。一切都覆盖着露水，乌鸦在灌木中鸣叫，空气新鲜甜美。他从男孩时代起，就没起过这么早了。为什么他大清早在一片潮湿的树林里散步？一定是什么无法忍受的、陌异的东西促使他出了门。他觉得没人会做这样的事！于是他猛地停下脚步，又摇摇晃晃地折回去。重回酒店后，他又去睡了，梦见在某个荒郊野外，他住在一间满是昆虫的房间里，女仆萝思，正拿着扫帚，用悲伤的眼睛看着他。似乎有什么不能解释的原因，他必须马上出门。他请求她将他的东西寄给他，要她在把东西放进箱子前，先仔细抖干净。他知道寄送费是二十二先令，觉得太贵，便有些优柔寡断。"不，"他低声说，"打包，我自己带走。"女仆突然变成了一个瘦瘦的人，此刻他便惊醒了，感到一阵心痛。

他看了看自己湿湿的靴子。整件事越想越恐怖。他跳起来，开始将他的衣服扔进箱子里。他下楼时已经十二点了，发现他的哥哥和特拉奎尔仍然坐在桌边安排着行程，他说他也来，这让他们吃了一惊。他没再解释，开始吃饭。詹姆斯听说邻近地区有个盐矿，他提议出发，在路上停上一个小时左右去看看。他说："每个人都问你去过盐矿没，我可不想说我还没有。他们会说，如果你去那儿都不看盐矿，还去干什么呢？"他还在想，他们是否需要给第二个侍者小费——那个游手好闲的家伙！

接下来他们又是一通讨论，斯维辛却闷闷不乐地吃着饭，意识到自己脑子里一直胡思乱想着一些大事。突然他看见在大街远远的另一边，萝思正和她的姐姐经过，胳膊上挽着篮子。他猛地站起来。此时萝思正四处乱看，她的脸太诱惑人了：下巴翘起，下嘴唇微向前嘟着，她圆圆的脖子扭向一侧肩膀。斯维辛咕哝道："你们自己做决定吧，我不去了！"便急匆匆地从房间里出去了，留下旁边的詹姆斯，半是好奇半是惊讶。

然而，等他跑到街上时，两个女孩已经不见了。他招了一辆马车。"驾车！"他一挥手杖对车夫喊道。车轮开始在石板路上发出咔咔声，他靠在座位上，锐利地左右张望。很快他就放弃了找到她们的念头，但还是让车夫调头转了几遍。他一整天都坐车四处漫游，连乡间也去了，一路上他不断要求车夫加快车速。他处在一种奇怪的匆忙和得意之中。最后，他在一家乡间小馆子吃了饭，晚餐糟透了，这让他更加烦躁不安。

他晚上很晚才回到酒店，发现特拉奎尔留的一张字条。"你发疯了吗，先生?"字条上说，"我们没时间在这里磨蹭。如果你还想跟我们一起的话，就到威尼斯的丹尼利酒店来。"读这张字条时斯维辛轻声发笑，只觉得非常疲惫，倒床便睡得死沉。

六

三周后他还逗留在萨尔茨堡，不过不住在金色山脉酒店了，而是住到了鲍勒斯基家附近一家店铺的楼上。他花了一小笔钱在买花上。玛吉特为花儿柔情吟唱，但是萝思，却只是冷静地丢下一句："太感谢了！"好像花儿是她理所当然应该拥有的。她别一朵在头发上，在镜子前久久地照来照去。斯维辛对她们不再感到惊奇，对她们的任何事都不再感到惊奇。一天晚上，他发现鲍勒斯基和一个面色苍白、头发蓬乱的人聊了很久。

"我们的朋友福尔赛先生，德……伯爵……"鲍勒斯基说。

斯维辛不可避免地有点闹情绪，但是他看看那人的裤子，心想："看起来不怎么像伯爵嘛！"他讽刺地向沉默的女孩们鞠了一躬，戴上帽子转身出去了。但是当他下到黑漆漆的楼梯底层时，他听见一阵脚步声。萝思跑下来，向门外看了看，双手抱胸，似乎很失望，突然她环视了一圈四周，看到了他。斯维辛抓住了她的胳膊，她却巧妙挣脱了，脸上似乎浮现出一丝挑衅的意味，又或者只是笑意？她向上跑了三阶楼梯，停下来，回过头看看他，然后继续跑上去了。斯维辛迷惑又恼怒地走出门。

"她想跟我说什么呢？"他一直在想这个问题。这三周里，他问过自己各式各样的问题：他是不是被愚弄了？她是不是爱上了他？他在那里做什么？……夜晚有时候，他把所有的蜡烛都点亮了，好像他真的需要光似的。风从窗户吹进来，他手里夹着雪茄抽了一半，呆坐在那里，一坐一个多小时，盯着墙壁。"够了！"每天早晨他都这么想。有两次他都完全打好行李包了，其中一次他连旅行马车都订好了，但是第二天又改变主意不走了。

他到底在希望什么？他打算做什么？他决心要做什么？他自己也不知道。他整天想着萝思，但是却读不懂她脸上的谜语。他被她迷得神魂颠倒，尽管关于她的一切都与他的生活方式不合。还有鲍勒斯基！每次看到他时斯维辛都想："要是他能干净点就好了！"然后他自己就机械地整理起他本来已经系得很好的领结。跟这个家伙讲话，也像被迫去看白天无法注目的东西一样。自由，平等，自我牺牲！

"为什么他就不能安下心来找个事做做呢，"他想，"而不是整天说这套东西？"鲍勒斯基这个人，还经常突然间丧失自信，自我贬低，深陷绝望，这些也都让他恼怒。"病态的乞丐！"他抱怨道，"谢天谢地我不是个敏感的人。"那个家伙还很骄傲！太奇怪了！一个像他那样没钱没势的家伙有什么理由骄傲！何止如此，一天晚上，鲍勒斯基喝醉了回到家，斯维辛好说歹说才劝他进了自己的卧室，帮他脱掉衣服，陪在那儿直到他睡着。“太不像样了！”他心想，“在他的女儿面前！”正是这次事情之后他订了旅行马车。他第二次打包是因为一天晚上吃饭时，他发现不仅鲍勒斯基，还有萝思都用手指捡鸡骨头。

早晨他常去米拉贝尔花园抽雪茄，他盯着花园里的雕像——半英雄式的男人们抢走半是苦恼神情的女人们，陷入漠然的沉思中。他在那儿愉快地打发了一个小时光景，帽子斜斜地戴着，为了给鼻子遮住阳光。从萝思逃开他跑上楼梯的那天起，他就经常去那里了。这天早晨，天空湛蓝，阳光照在整洁的旧花园里，照在园里的紫衫树上，照在那些半严肃半诙谐的雕像上，照在被杏树和李子树覆盖的墙上。当斯维辛走到他常坐的位置上时，发现……还会有谁？正是萝思！“早上好！”他结巴地说，“你知道我常坐这里？”

萝思看着地面说：“知道。”

斯维辛迷惑了。“那你知不知道，”他说，“你一直在戏弄我？”

令他惊讶的是，萝思把她的小手放下来碰了碰他的手，然后一句话不说跳起来跑走了。斯维辛愣了片刻才回过神来。现在花园里有人，他不想跑着去追她，但是还是在桥上赶上了她，将她的手挽到自己的胳膊上。

“你不该那么做，”他说，“你不该从我身边逃开，你懂的。”

萝思笑了。斯维辛撤回了他的胳膊，他突然想探探她的心意。他走了几步，然后说：“你能行行好，告诉我你为什么去那里找我吗？”

萝思瞥了他一眼。“明天是游乐会。”她说。

斯维辛轻声说：“就这些？”

“如果你不带我们去，我们就去不了了。”

“如果我拒绝呢，”他闷闷不乐地说，“还有其他很多人。”

萝思低下头，独自急匆匆地走着。“不，”她轻声说，“如果你不去的话，我也不想去。”

斯维辛将她的手放回他的臂弯里。那只手多么圆润，多么柔软啊！他设法去看她的脸。当她快到家时他道了别，出于他内心某些不可告人的想法，他不希望被人看见自己和她在一起。他一直注视着她，直到她消失了，然后慢慢地折回到米拉贝尔花园。他回到她刚才坐过的地方，慢慢地点上雪茄。雪茄都抽完了时，他还坐在那里，久久地对着那些沉默的雕像。

七

一群人在小摊前徘徊，斯维辛发现自己不得不把胳膊供给两个姑娘挽着。“我这样子像个伦敦东区的小职员！”他愤愤地想。可是他的愤怒没有人注意到，她们有说有笑，喧闹的游乐会上每一处景色、每一个声音似乎都直入她们的心。他嘲讽地看着她们——她们急切的嗓音、嘀嘀咕咕的说话声对他来说都显得粗俗。在拥挤的人群中他将手臂从玛吉特那里抽回来，但是，正当他觉得自己自由了时，那只不受欢迎的手又伸过来挽住了他。

他又试了一次，但是玛吉特又一次出现在他身边。她安安静静的，情绪愉悦，他这次的逃脱失败让他觉得滑稽可笑。但是当萝思依靠着他时，她圆脸蛋上的光泽，她弯曲的唇线，她灰眼睛中闪烁着的谜一样的光芒，都让一种强烈的渴望之情传遍他的全身。当她们和一个吉卜赛人谈话时，他不得不站在旁边，吉卜赛人纠结的发结和皮包骨头的手让他毫无由来地觉得恶心。当萝思伸开手掌时，他忍不住咕哝道："愚蠢！"老妇叽咕了一阵，用恶毒的眼光瞥了他一眼。萝思收回她的手，在身上划了个十字。"愚蠢！"斯维辛又一次这么想，抓住姑娘们的胳膊，催促她们离开。

"那个老巫婆说了什么？"他问。

萝思摇摇头。

"你不会真相信她说的话吧？"

她的眼里充盈着泪水。"这些吉卜赛人很聪明的。"她轻声说。

"说吧，她告诉了你什么？"

这时萝思匆匆看了看四周，逃进人群中去了。他们找了半天才找到她，斯维辛吓得要命，低吼道："你不该这么做，这不体面！"

在高一点的地方，一片空旷之地的中心，一支军乐队正在演奏。为了进入这个不容易挤进去的小圈子，斯维辛付了三克朗①，自然挑了最好的位子。他还点了酒，在倒酒的时候，用眼角余光瞟着萝思。在这个人多杂乱的地方，昨天他那股保护她的柔情都消失了。毕竟，人各为己。她脸颊上的颜色更红了，她笑着，撅着嘴。突然她将杯子放到一边。"谢谢你，非常感谢！"她说，"够了。"

玛吉特，她漂亮的嘴角挂满了微笑，叫道："我的天啊！这生活太美好了！这难道不是太美好的生活吗？"这可不是斯维辛能回答的问题。乐队开始演奏一曲华尔兹。"现在他们要跳舞了。我的天啊！那些灯光多棒啊！"灯笼在树下闪烁不定，像一群萤火虫。嗡嗡的声音好像是从一个巨大的蜂巢发出来的。经过此处

① 奥地利旧金币。

的路人们抬起头，然后又消失在人群中。萝思站在那儿看着他们，一副入迷的样子，好似看着往来的路人是一种乐趣。

场上很快就挤满了旋转着的一对对舞者。萝思开始摇头晃脑打拍子。“哦，玛吉特！”她悄声说。

斯维辛的脸上一副严肃、心神不宁的表情。一个男人举了举帽子致意，将胳膊伸给玛吉特。她扭头回望了一下斯维辛，以确定他知道。“是我朋友。”她说。

斯维辛看看萝思。她的眼睛闪亮，嘴唇颤抖着。他的手顺着桌子滑过去，触了触她的手指。她向他瞟了一眼——恳求、责备和温柔全部蕴含其中。她是想让他请她跳舞吗？她是想和那群乱七八糟的俗人混在一起，想让他当众出丑吗？这时一个声音说：“晚上好！”凯斯特利兹站在他们面前，穿着深色外套，腰间扣得紧紧的。

“你不去跳舞吗，萝思小姐？那么，请允许我邀您共舞一曲，我的荣幸。”他伸出胳膊。斯维辛盯着前方。就在她要去跳舞时她看了他一眼，眼神明白如话：“你不来跳舞吗？”斯维辛的回答就是将眼睛瞥向别处，等他再看过来时她已经走了。他付了酒钱挤进人群里。但是当他离开时，她正好跳舞跳到他附近，脸色红红的，喘着气。她犹豫着似乎是要拦下他，他发现她眼中泪珠闪闪。然后他又一次看不到她了。

刚刚还和她在一起，现在就被丢到一边，还是为了那个小脑袋、眼神暴烈的傲慢家伙！这太过分了！突然他意识到她是单独跟凯斯特利兹在一起——晚上，且在远离家的地方。“好吧，”他想，“我在乎个什么劲！”他挤出人群。跟这些下等人混在一起，是他活该。他离开了集市，但是他走得越远，他就越生气，觉得她的冒犯就越可恶，他的嫉妒也变得越强烈。“一个鄙贱的男爵！”

他想。

这时一个身影靠过来，是鲍勒斯基。他一个眼神就让斯维辛明白了他的状况。又喝醉了！这是压垮骆驼的最后一根稻草！

不幸的是鲍勒斯基已经认出他来。他似乎极度兴奋。“我的女儿在哪儿……哪儿呢？”他发问道。

斯维辛冷冷地想擦身而过，但是鲍勒斯基抓住了他的胳膊。“听着，兄弟！”他说，“我的国家的新闻！明天之后……”

“留给你自己听吧！”斯维辛吼道，抽出他的胳膊。他径直奔向他的住所，灯也不开，就倒在硬沙发上，任由自己沉浸在苦涩的思考中。尽管他非常愤怒，但萝思那动人的身影，她撅起的嘴唇，调皮的、恳求的眼神，仍然萦绕在他的脑海中。

八

第二天早上没有马车，斯维辛不得不将离程推迟一天。这一天天色灰暗，雾气蒙蒙，他四处游荡，带着丧家之犬那种紧张的、探寻的眼神。

傍晚时他回到了住所。起居室一角站着萝思。一阵胜利和满足感瞬间抓住了他的心，悄悄爬上他的嘴角，让他露出一个淡淡的微笑。萝思没有出声，双手捂着脸。她的沉默让斯维辛心情沉重。她在逼迫他打破沉默。她捂着脸干什么？她明显已经看到他了！她为什么不说话？她为什么在这儿？一个人？这肯定有问题！

突然间萝思垂下了手，她红红的脸颤抖着——似乎哪怕一个词，甚至一个手势，都会让她哭泣。

他走向窗边。“我必须给她一点时间！”他想。然后，对这种沉默不可理喻的恐惧攫住了他的全身,他转过身来,抓住她的胳膊。萝思向后退缩,又向前摇晃了一下,将脸埋在他的胸前……

半个小时后斯维辛收拾好了行李,在房间里踱来踱去。玫瑰叶子的气味还没有完全散去。一只手套掉在地板上,他捡起来,站在那里久久掂着它。各种让他糊涂的想法和感受困扰着他。她屈从于他之后的那一刻,是他人生中最纯粹、最无私的一刻。他深深感激于她努力克制住了自己,但这种感激之情并没有持续多久,紧接着他感到一阵小小的获胜感,还伴随着一阵局促不安。他仍在手里掂着那只小手套,此时又有个来访者登门,原来是凯斯特利兹。

"我有什么可以为您效劳的?"斯维辛讽刺地说。

凯斯特利兹似乎情绪激动,质问道,为什么前一个晚上斯维辛放弃了自己的责任?他有什么借口?他认为这是种什么行为?

斯维辛,此时就像头斗牛犬,反问道:"这关你什么事?"

凯斯特利兹寸步不让,这是一个绅士该管的事!英国人有什么权利追求一个年轻少女?

"追求?"斯维辛说,"你在暗中监视我?"

"监视!我,凯斯特利兹·毛如斯·约翰,你这是对我的侮辱!"

"侮辱!"斯维辛讥笑道,"你是不是想告诉我,刚才你不在街上监视着我家呢?"

凯斯特利兹哼了一声回答道:"你要是不滚出这个城市,我会用我的剑赶你出去的,你明白吗?"

"如果你不滚出我房间的话,我会把你扔出窗外!"

凯斯特利兹说了好几分钟的匈牙利语,斯维辛等待着,挤出一个微笑,眼睛定定地看着他。他不懂匈牙利语。

“如果明晚你还在这个城市，”凯斯特利兹最后换成英语说，“我会在大街上唾你口水！”

斯维辛转向窗口，看着他的访客离开，心里有种奇怪的感觉——混合着逗乐、倔强和焦虑。“哼，”他想，“我猜他恨不得一剑刺穿我！”这个念头不断浮现，令人不悦，但它反而让他更加坚定了自己的决定。他的脑子忙着考虑去见萝思的各种计划，她给过他的一吻，让他热血沸腾。

九

斯维辛对第二天的行程考虑了很久。他决定下午五点钟再去找萝思。“不能让自己显得太低贱了。”他想。五点刚过，他出发了，走向鲍勒斯基家时心怦怦直跳。他抬起头看看窗户，满心希望看到萝思在窗边，但是她不在。他稍微有些惊讶，因为窗户压根就没开，窗外的植物也看起来奇怪地毫无生气。他敲了敲门，没人应门，他又狠狠地敲了一阵。最后一个留着红胡子的男人开了门，那张脸是典型的日耳曼血统鞋匠的脸，满脸嘲笑之意。

“搞出这么大响动，你想干什么？”他用德语问。

斯维辛指指楼梯。那个人咧咧嘴，摇了摇头。

“我想上楼。”斯维辛说。

鞋匠耸了耸肩，斯维辛冲上楼去。房间是空的。家具都还在，但是生活的迹象全部没了。他送的那束花，插在玻璃瓶里，已经枯萎了；炉火的灰烬完全是冷的，一点纸屑撒在壁炉边，房间散发出一股霉味。他走进卧室，两个女孩的床挨着墙并排放着，看着她们的床他有种麻木的感觉。他注意到一小根缎带，便捡起来放进口袋里——这证明她曾经存在过。镜子那边一些发夹散落着，一点香粉撒出来。他看着镜中自己忧虑不安的脸，心想："我被骗了！"

鞋匠的声音惊醒了他："见鬼！你，快一点！时间就是金钱！无法再等你了！"[①]他慢慢走下楼去。

"他们去哪儿了？"斯维辛痛苦地问，"你每说一个英文词，我给你一英镑。一英镑！"他用手指比画出圆圈型。

鞋匠的嘴角弯了弯："钱！呸！快滚！"[②]

斯维辛闷了一肚子火即将爆发："如果你不告诉我，"他说，"我就让你吃不了兜着走！"

"真是个可笑的家伙！"鞋匠说，"这儿住的是我的妻子！"[③]

一个看起来面容憔悴的女人从过道匆忙走过来，用德语喊着："别让他走！"

鞋匠吼了一声，转过身，拖着脚步走了。

女人偷偷地往斯维辛手里塞了一封信，悄悄地等着。

信是萝思写的。

"原谅我，"信里这么写，"没有和你告别一声就离开了。今天爸爸收到了我们故乡某个人传来的消息，我们等这个消息等了很久了。我们两个小时内就准备好出发了。我向圣母祈祷保佑你平安，也祈祷让你不要忘记我。不会忘记你的好朋友，萝思。"

斯维辛读着信，他的第一个感觉就像一个人在沼泽里不断下陷，然后他的倔脾气又上来了。"我不会就此罢休的！"他想。他拿出一英镑金币，试图让那个女人理解，只要告诉他他们去哪儿了，她就可以得到这么多钱。最终他让她把话写在他的笔记本

① 鞋匠说的是德语。
② 鞋匠说的是德语。
③ 鞋匠说的是德语。

上，把金币丢给她，然后匆忙去了金色山脉酒店，因为那里有个侍者会说英语。女人的话翻译过来是这样的："三点钟的时候，他们坐着马车出发去林茨[1]了，他们的马不好，那位先生骑着匹白马。"

斯维辛立即招了辆马车，飞奔赶往林茨。经过米拉贝尔花园外围时他看见了凯斯特利兹，冲他笑了笑。"不管怎么说我欺骗了他，"他想，"他们都只会说空话，一群没用的东西，那些外国人！"

他打起精神来，但很快又情绪低落。他追上他们的几率有多大？他们先出发了三个小时！最近连着两晚下雨，道路变得泥泞难行，他们的马不好，又带着行李；但他的马是好马，他的车夫也已经打点好了，这样看来，也许十点钟左右就可以追上他们了！但是他真的想这么做吗？他真是愚蠢，没有带上他的行李，如果带着行李就体面多了。他都没有带换洗衣服，也没有带剃须工具，他看起来是多么狼狈不堪啊！他恐惧地看着自己，胡子拉碴，穿着脏脏的亚麻布衣服。人们肯定觉得他疯了。"我让自己露了马脚，"他的脸红了，"见鬼，我要跟他们说什么？"他闷闷不乐地盯着车夫的背。他又读了一遍萝思的信，信纸上有股她的香味。天渐渐黑下来，在马车奔驰的摇晃中，他为自己的小心谨慎和满腔激情饱受折磨。

天越来越黑，越来越冷。他竖起衣领，立到耳朵处。他眼前浮现出皮卡迪利大街[2]的景象。这种荒谬无益的追逐突然变成了一件既危险又高深莫测的事。灯光，友谊，安全！"再也不要这样了！"他沉思着，"为什么它们就不能让我静一静？"但是他不清楚

---

① 奥地利北部城市。

② 伦敦市中心的一条街道。

这个“它们”,到底是指习俗、鲍勒斯基一家、他的激情,还是他对萝思挥之不去的回忆。如果他带着行李包就好了！到时候他要说什么好呢？他这么做又能得到什么？对这些问题他没有答案。他的感知能力反倒比黑夜本身更模糊不清了。

他时不时拿出表来。每到一个村庄车夫都要打听一下。过十点钟时,车夫猛地停下了车。星星像铁片一样明亮,路边一个芦苇丛生的湖反射着月光。斯维辛有些发抖。一个骑着马的人停在路中央。“继续走!”斯维辛喊道,脸上无动于衷。拦路人正是鲍勒斯基,他骑在一匹瘦弱的白马上,看起来像是什么有翅膀的生物。他站在路中间拦住马车,举着一把手枪。

“夸张的乞丐!”斯维辛想,紧张地微笑着。鲍勒斯基显然没有认出他来。他牵着瘦马缓缓地靠近马车。当他看到斯维辛坐在马车里时,立刻就露出惊奇和喜悦的神情。

“是你?”他叫道,拍了一下他细瘦的大腿,向车厢靠过来,他的胡子都碰到斯维辛了,“你过来了？你跟着我们来的?”

“差不多吧。”斯维辛咕哝着说。

“你跟我们一条心,是吗？你——你是个骑士,侠客!”

“老天啊!”斯维辛说。鲍勒斯基鞭打着他的倦马,在月光中向前跑去,然后给他带回来一件旧斗篷,坚持要斯维辛披上。他还递给他一大瓶酒。

“你看起来很冷啊!”他说,“了不起！了不起！你们英国人!”他充满感激的眼睛一刻也没离开斯维辛。他们赶上了另一辆马车,但是斯维辛,弓着背缩在斗篷里,并没有看他面前有什么。他打心底对匈牙利人的感激非常愤怒。最后他徒然地讽刺说:“你们似乎走得匆忙啊!”

“如果我们有翅膀的话,”鲍勒斯基回答道,“都要迫不及待地飞了!”

“翅膀!”斯维辛沙哑地说,“我的腿足够好使。”

十

他们抵达旅馆过夜。斯维辛等着,希望能不被人注意地进入房子,但是当他最后下了马车时,女孩们已经站在门口了。玛吉特用崇拜的语气低声问候了他,然而他似乎从中觉察到了讽刺的味道。萝思,脸色苍白,颤抖着,用半吓坏了的眼神看着他,向他伸出手,又快速收回,缩到姐姐身后。当她们进了她们的房间后,斯维辛找到鲍勒斯基。

他劲头十足。“让店主给我们准备晚餐,”他说,“我们要喝上一瓶,庆祝我们的幸运。”他急匆匆地催促店主准备。房间的窗户对着一片树林,离得那么近,斯维辛几乎伸手就可以触到树木了。松木的香味飘进窗户。他从那片芳香的黑暗中转过身来,开始拔酒瓶的软木塞。这个开瓶的声音似乎召唤出了鲍勒斯基。他走进来,浑身泥水,还有点马厩的味道。之后,玛吉特出现了,她精神饱满,安安静静的,但是萝思却没有来。

“你妹妹呢?”斯维辛问。她回答说萝思似乎太累了。“吃点东西对她有好处。”斯维辛说。鲍勒斯基也喃喃道:“她必须为我们的国家喝上一杯。”便去叫她。玛吉特跟着他去了,斯维辛则留下来切鸡。他们回来了,她却没有来。因为她“精神不济”。

斯维辛的脸拉下来了。“喂!”他说,“我去试试。不要等我。”

“好的,”鲍勒斯基说,悲哀地陷进椅子里,“试试吧,兄弟,各种方式都试试,试试。”

斯维辛沿着走廊走着,心中涌起一股混合了奇怪、甜蜜和镇定的感觉。他敲了敲萝思的门。过了片刻萝思才向外窥视,她头发披散着,露出疑惑的眼神。

“萝思,”他结巴地说,“如今什么让你这么害怕我了?”

她看着他,没有回答。

“为什么不来?”

她仍然不说话,但是突然将自己裸露的手臂伸向他。斯维辛将脸贴在她的手臂上。她颤抖着低声说:“我会来的。”就温柔地关上了门。

斯维辛不声不响地折回去,在起居室停了片刻,以恢复自制。

鲍勒斯基手拿酒瓶的样子让他镇定下来。

“她就来。”他说。很快她确实来了,厚厚的头发粗粗地辫成了发辫。

斯维辛坐在姑娘们之间,但是没有说话,因为他是真的饿了。鲍勒斯基也沉默着,陷入忧郁中。萝思也不说话,只有玛吉特喋喋不休。

“你要来我们的故乡吗?我们要带你好好看一看呢。萝思,我们要带他好好看一看,是不是?”萝思用带着点恳求的手势重复道:“我们要带你好好看一看!”她似乎突然能说话了,脸颊又焕发了光泽,嘴里塞满了食物,眼睛亮得像松鼠一样。他们谈起了对“亲爱的故乡”的回忆,还有“亲爱的朋友”和“亲爱的家”。

“一个贫穷的地方!”斯维辛忍不住这么想。这种对家乡的热爱对他来说没什么特别的,但是他还是很小心地装出一副感兴趣的样子。他从萝思焦躁不安的眼睛时不时对他的一瞥中获得了力量。

酒入愁肠,鲍勒斯基越来越忧郁,但是时不时地有一丝闪光溜过他的脸。最后他站起来。

“让我们不要忘记，”他说，“我们也许要走向毁灭，走向死亡，但我们面对着这一切艰难险阻前进着，因为我们的国家需要我们这样——在这点上谈不上功劳，不论是对我还是对你们，我的女儿们。但是对这位高尚的英国人，我们该说什么呢？我们谢谢上帝，为他这颗伟大的心。他来了，不是为了国家，不是为了荣誉，不是为了钱财，而是为了帮助弱者和被压迫的人。让我们为他敬上一杯！让我们为了英雄福尔赛干杯！”在死一般的沉默中，斯维辛看到萝思眼里露出恳求和嘲笑之意。他看看匈牙利人，他也在嘲笑他吗？鲍勒斯基喝干了酒之后，又陷入他的椅子里，突然让所有人惊讶的是，他开始打起呼噜来。

玛吉特站起来，像个妈妈一样弯下腰，小声说：“他累坏了，骑马累坏了！”她用强有力的臂膀扶起他，将鲍勒斯基靠在她的肩膀上，步伐不稳地走出了房间。斯维辛和萝思被单独留在房间里。她放在粗桌布上的手离他很近，他的手滑向她的手。那只手似乎在等着他的触摸。他有些失控，千言万语涌到嘴边；那一刻他忘记了自己，忘记了所有一切，只记得他在她身边。她的头伏在他的肩膀上，他嗅着她头发的芳香。“晚安！”她轻声说，那悄语声就像一个吻，斯维辛还没来得及拦住她，她就已经走了。她的脚步声在过道上渐渐消失，但是斯维辛，依然坐在那儿一动不动，呆呆地盯着一滴洒出来的闪亮酒滴在桌边颤抖着。

那一刻，她，处于无助和情绪起伏中的她，是他的一切——他的生命一钱不值，所有真实的东西——他的习俗、信仰、教养和他自己——所有一切似乎都变得遥远，隐藏在一片激情与奇怪的骑士精神的迷雾之后。他小心地用一小块面包吸干了那颗闪亮的酒滴。突然他想：“这太可怕了！”他在窗边站了很久，那些黑黑的松木近在眼前。

十一

一大早他就醒来，这个陌生的地方和混杂的梦让他倍感不适。他躺在床上，鼻子嗅着被子的味道，产生了一个可怕的怀疑。当他无法再忍受时，他在床上坐了起来。也许这一切都是阴谋，只是为了让他娶她？这个念头虽然是胡思乱想，但却让他微微感到反感。她可能也不知道这些！但是她真的那么单纯吗？哪个纯真无邪的姑娘会来他的房间呢？是怎样头脑简单的姑娘啊？

她那假装只关心国家大事的爸爸！不太可能每个人都是那样的傻瓜。这一切都是游戏的一部分——那个诡计多端的流氓！凯斯特利兹也是，他的威胁同样是个计谋！他们想让他娶她！斯维辛对婚姻的尊重让他更加信服于这个可怕的念头了。婚姻是门当户对，体面的结合！他真的害怕这种私通——这太原始粗俗了！一想到那桩婚事，他简直就毛骨悚然。考虑到她已经屈服了，他感到更可恶了！

在冷冷的、异常清晰的晨光中，他第一次完全看清楚了自己的处境。他对着揭开的真相喘息着，好像一条被钓出水面的鱼。对这个迫使他结婚的阴谋，他阴郁而愤怒。

他坐在床上，手托着头，严肃地思考这样的婚姻意味着什么。首先，它很荒谬；其次，荒谬；再次，还是荒谬！她用手拿着鸡骨头啃——那些手指，他还炽烈地吻过！她竟然跟其他男人狂野地跳舞。她会谈起她“亲爱的家乡”，然后她的眼睛一直越过他看着什么，看着什么他不知道的地方。他跳起来在房间走来走去，那一会他都觉得自己要疯了。

他们想让他娶她！即使是萝思自己，她也想让他娶她！她不可思议地逗弄着他：她突然的小小温柔，她伶俐的笑声，她迅速的、炙热的吻，甚至她的手势，她的泪水，都是证明她企图如此的证据。她的天性驱使她做的事情没有一件能为她开脱，但是这一切怎么就煽动起他的渴求、他的欲望、他的悲痛了呢！他走到镜子前，试图用手指分开头发，但是他头发本身就很细，现在变成了稀疏的一绺绺。他也没有从梳理头发中获得什么安慰。他穿上沾满泥巴的靴子。

突然他想："如果我能单独见她的话，我还可以做些安排！"然后，在一种麻木状态下，他发现所有安排都可能是危险的，甚至是孤注一掷的。他抓起自己的帽子，像只被枪瞄准的兔子，从房间冲了出去。他垂着头，在潮湿的树林里步伐沉重地慢慢走着，心中满是怨恨和沮丧。但是，随着太阳升起来，空气携着松木的气味变得甜美起来，他慢慢恢复了一些平静。毕竟，她已经屈服了，并不像是……他自己沉重的步伐让他安静下来，他觉得一切都会好的。

"得实际地来看待这事。"他想。他走得越快，越坚信自己可以渡过这个困境。他拿出手表看了看，已经过了七点了，他开始加快脚步折返。在旅店的后院里，他的车夫正在给马装上挽具，斯维辛走向他。

"谁叫你给它们套上的？"他问。

车夫回答说："是先生。"

斯维辛转过身。"十分钟后，"他想，"我将又坐在那辆马车里，然后脑子里想着这些事！离开英格兰，离开我所熟悉的一切，驶向……驶向何处？"他能面对这一切吗？他能面对他早晨所经历的一切吗？他能夜以继日地面对它吗？他抬起头，看到萝思从敞开的窗户往下看着他。她从没有像此时看起来这么甜美，这么俏皮过。一种无法解释的恐惧抓住了他,他跑进后院跳上他的马车。"去萨尔茨堡!"他叫道,"开车!"

马车咔哒咔哒地驶出院子,斯维辛头也不回地逃离了此地。他给了马车夫一镑金币。马车在来时的路上飞驰,比来时还要快。他脸色苍白,眼神茫然,像只哈巴狗一样目不转睛地盯着前方,一句话也不说,直到他回到了住处的门口,才让车夫勒马停了车。

十二

五天后的晚上,斯维辛坐着一艘贡多拉[1]到达了丹尼利酒店,他脸色蜡黄,一副被旅行累倒的样子。他的哥哥,站在台阶上,用不安又好奇的眼神看着他。

"怎么是你!"他咕哝道,"一路平安?"

"平安?"斯维辛低吼着。

詹姆斯回答道:"我以为你不会离开你的朋友们!"然后,他突然怀疑地问道,"你没把你的朋友们带来?"

"什么朋友?"斯维辛咆哮道。

詹姆斯换了话题。"你看起来脸色不大好。"他说。

"真的吗?"斯维辛低声说,"跟你有什么关系!"

晚餐时他来了,但是在喝咖啡时睡着了。特拉奎尔和詹姆斯都没有继续盘问什么,他们也没有提到萨尔茨堡。在威尼斯的四天,斯维辛昂着头四处溜达,但是他的眼睛却是半闭着的,像个打

① 意大利威尼斯的一种特殊的水上交通工具,是一种小船。两头翘,底部平,船型狭长。

瞌睡的人。直到他们在热那亚坐船后,他才显示出对生活恢复了勃勃兴致的迹象来。当时他发现船上有个男人在不断地胡乱弹琴,他锁上了钢琴,将钥匙扔进了海里。

那个冬天,他在伦敦,行为举止一如往常,但是常会突然郁郁寡欢,那种时候他不喜欢有人接近。

一天晚上,他和一个朋友在皮卡迪利大街散步时,一个从小巷走过来的姑娘用德语跟他搭讪。让他的朋友极为惊讶的是,斯维辛沉默地盯着她看了好几秒,然后给了她一张五英镑的钞票。斯维辛自己也无法解释他怎么会突然奇怪地这么慷慨。

他再也没有听到过萝思的音讯……

这些就是他躺在病床上回忆起的事情了。他伸出手,按了铃。他的贴身男仆出现了,像只猫一样穿过房间。他是个瑞典人,服侍斯维辛好多年了。他个子小小的,有张干巴巴的脸,浓密的胡子,病态的敏锐的神经,对他的主人有种古怪的忠心。

斯维辛虚弱地动了一下手。"阿道夫,"他说,"我情况很糟糕。"

"是,先生!"

"你干吗像头牛似的傻站在那里?"斯维辛说,"难道你看不出来我很糟糕吗?"

"是,先生!"男仆的脸抽动了一下,好像竭力隐藏着心里的情绪波动。

"等我吃过晚饭后会感觉好点。现在几点了?"

"五点钟。"

"我以为已经过了五点了。下午总是很漫长。"

"是,先生!"

斯维辛叹了口气,好像期待从中获得什么安慰。

“很可能我会小睡一会。六点半的时候端点热水来,晚餐前给我剃须。”

贴身男仆向门口走去。斯维辛坐起身。

“詹姆斯先生对你说了什么?”

“他说你应该再请一个医生;他说两个医生比一个好;他还说,他回家路上再过来看看。”

斯维辛哼了声:“唔!他还说了什么?”

“他说您没照顾好自己。”

斯维辛怒目圆睁:“有没有其他人来看过我?”

男仆将眼睛转向别处:“两周前的周一,托马斯·福尔赛太太来过。”

“我病了多久了?”

“到星期六就五周了。”

“你认为我情况很差吗?”

阿道夫突然皱起眉头:“您无权问我这样的问题!我不是受雇来回答这样的问题的。”

斯维辛虚弱地说:“你这个急躁的笨蛋!开一瓶香槟!”

阿道夫从橱柜中拿出一瓶香槟,用钳子卡住瓶口。他盯着斯维辛:“医生说……”

“开酒!”

“这不……”

“开酒!我警告你!”

阿道夫拔开了软木塞。他仔细地擦了一只玻璃杯,倒满酒,小心翼翼地端到床边。突然他扭动着胡子,绞着自己的手,喊道:“这是毒药。”

斯维辛虚弱地咧嘴而笑。"你这个外国笨蛋!"他说,"出去!"

男仆出去了。

"他忘了自己是什么身份!"斯维辛想。他慢慢地举起玻璃杯,又慢慢地将它放回,倒回枕头上喘着气。他几乎立刻就睡着了。

他梦见他在自己的俱乐部里,晚餐之后坐在拥挤的吸烟室里,三叶形的灯把吸烟室的墙壁照得亮亮的。那就是他每晚都去的地方。他耐心地、严肃地、孤独地坐在那里,有时会睡着,睡着时他那方方的、苍白的老脸歪向一侧,点着头。他梦见自己盯着壁炉上方的画看,画上是个老政治家,高高的衣领,极为精致的脸,怀疑的眉头——那幅画的风格优雅平稳,像封蜡一般含蓄克制,画中人似乎永远会在不动声色之间做出最终裁决。斯维辛周围,他的伙伴们在喋喋不休。

只有他自己——一个又老又病的家伙,沉默着。如果那些家伙知道独自坐着、一直被病痛折磨是什么滋味就好了!他们说的话他已经听了上百遍了。他们谈论着投资、雪茄、马、女演员、机器。什么?一个清理锅炉的外国专利?根本就没这样东西,锅炉是不能被清理的,任何一个傻瓜都知道这点!如果一个英国人无法清理锅炉,那么外国人也不能。他望着老政治家的眼睛,但是这双眼睛似乎迟疑了,模糊了,给不出最终裁决来。它们消失了。替代它们的是萝思小小的深邃的眼睛,看着广阔的、遥远的地方。他注视着那对眼睛,它们似乎变得像铁片一样明亮,对他说着话。

慢慢地萝思整张脸都浮现出来,漂浮在漆黑的背景上,像幅画。它是粉红色的,冷淡的,高深莫测的,迷人的,还有她蓬松的头发,灵活的嘴唇,就像他最后一次看到她时那样。"你在找什么东西吗?"她似乎在说,"我可以告诉你在哪。"

“我一切东西都好好地放着呢。”斯维辛回答道，在睡梦中他咕哝出声来。

他感到有手指触碰着他的额头。“我在做梦。”他在梦中想。

她消失了。从那幅画后面远远地传来一阵脚步声。

在睡梦中斯维辛叫出声来：“我找不到了。”

他又一次听到那些瑟瑟的脚步声，靠近他的耳朵旁传来一个声音，像一声抽泣。他醒过来了，原来是自己的抽泣声。他的额上满是大滴的汗珠。“是什么？”他想，“我丢了什么？”他在脑中把他的投资扫过一遍，想不起来有哪一项是不安全的。那么是什么呢？他丢失了什么？他在枕头上挣扎了一番，抓住酒杯。他的嘴唇沾到了酒。“这不是海德塞克[①]！”他生气地想。在这种不悦的现实前，所有暗淡的幻象都消逝了。但是正当他要喝酒时，什么东西突然裂开了，福尔赛叹了口气，溘然长逝，杯中的香槟正冒着气泡……

当詹姆斯·福尔赛在回家路上又一次探访时，贴身男仆颤抖地接过他的帽子和手杖。

“你的主人怎么样了？”

“我的主人去世了，先生！”

“死了！不可能！我一小时前离开他时他还好好的。”

斯维辛的遗体像个麻袋一样瘫在床上，他的手还抓着酒杯。

詹姆斯·福尔赛顿住了。“斯维辛！”他喊道。他把手放在耳朵上，等着一个回答。但是，没有回答。酒杯中慢慢泛起最后一个气泡，然后炸裂开来。

1900年12月

① 一种有名的香槟酒品牌。

骑　　士

一

一八九几年的一个春天，我在蒙特卡洛[①]，经常能见到一个老人。他穿着灰色衣服，戴着一顶系着黑带子的遮阳草帽。每天上午十一点，他下山来到广场上，身后跟着一只斑点花纹的德国猎狗，绕着广场走上一两圈，然后在赌场对面的长椅上坐下来。他在那里晒着太阳，将草帽微微前扣，细瘦的两腿分开，交叉着棕色的双手，大狗将它的鼻子枕在他的膝盖上休息。大概一个多小时后他便站起身来，稍微伸一伸腰，绕着广场慢慢地散步一圈，然后回到山上去。下午三点前，他又会出现在广场上，穿着一样的衣服，走进那个赌场，把狗留在外面。

一天下午，受好奇心的驱使，我尾随了他。他穿过赌场大厅，对那些赌室瞧都不瞧一眼，径直走进音乐厅。从那以后，观察他就成了我的习惯。当他坐在广场上时，我能透过我房间的窗户看到他。我最感困惑的是，他到底是哪国人。他清瘦的短脸皮肤黝黑，像皮革一样，颌骨长而凸出，下巴尖尖的，脸颊凹陷了下去。他的前额上爬满了皱纹，眼睛是棕色的，嘴边有一小撮白胡子。

---

① 摩纳哥的著名赌城，位于地中海沿岸。

他那细瘦的颈脖和高而窄的肩膀显得他的后脑勺格外凸出，灰色头发剪得很短。在离开蒙特卡洛去马赛[①]的火车餐车上，我曾遇见过一位英国人，跟他长得几乎一模一样，但是也有什么地方截然不同，不同之处就是他身上毫无那位英国人的警惕机敏之气和近乎独断专行的傲慢之感。他安安静静的，不露声色，不怎么关心周围的情况，仿佛与外界冲击、外部世界完全隔绝。他肯定不是法国人。的确，他的眼睛是棕色的，但是是浅棕色，眼神温和——不是法国人那种棕红色的、带有肉欲感的眼睛。他是美国人？但是美国人中有这么冷漠的吗？难道他是德国人？他的小胡子梳得整整齐齐的，但是显得谦卑，几乎有点可怜的样子，一点也不像日耳曼人的风格。他似乎不符合任何国籍的描述，于是我放弃了猜测，给他取了个外号“世界客”。

我四月底离开蒙特卡洛时，差不多都快忘了他了。第二年四月我又去了蒙特卡洛，一天，我去音乐厅，发现我的邻座就是他。管弦乐团正在演奏迈耶贝尔[②]的《先知》，而我的邻座却在呼呼大睡，轻声打着鼾。他还穿着那件灰色外套，膝盖上放着那顶草帽（或许是另一顶，只是跟之前那顶一模一样罢了），十指交叉搁在膝头。他的睡相并不难看——白胡子仍然梳得整整齐齐的，嘴唇阖着，一副非常安详温和的表情。他的右太阳穴那儿有道弯弯曲曲的疤，颈脖一侧也有一道割痕，左手戴着一只旧手套，小拇指那儿是空的。进行曲快要结束时他醒来了，轻快地捋了捋他的胡子。

① 法国东南部港口城市。

② 贾科莫·迈耶贝尔（Giacomo Meyerbeer，1791—1864），德国作曲家，钢琴家。

节目单上接下来的曲目是博思[①]创作的《美丽的吉尔斯》中的一曲，由柯桑尼戈先生用小提琴演奏。我碰巧瞥了一眼他，发现一颗泪珠挂在他凹陷的脸颊上，另一颗正要从眼角滑落。他的嘴角挂着淡淡的微笑。到了幕间休息时刻，趁着管弦乐团和观众都在休息，我问他是否喜欢音乐。他抬起眼睛，没有一丝对陌生人的不信任，弓着背，用微弱但温和的声音回答说："当然。尽管我不懂音乐，也不会什么乐器，五音不全，但是我爱音乐！谁不爱音乐呢？"他的英语足够好，但是着重语调的地方既不像美式口音，也不像其他国家的外国口音。我打趣说他肯定不喜欢迈耶贝尔。他笑了笑。

"啊！"他说，"我睡着了吗？那太糟糕了。他的音乐有一点吵——我对音乐知之甚少。不过，举个例子来说，我知道巴赫。你相信吗？他的音乐一点也不能让我舒心愉悦！一个命运多舛的人不应该当音乐家！"他摇着头说。

"对我来说，"他说，"我喜欢的音乐都是鼓舞人心的那种。人们说有些音乐对他们有不好的影响。我从不觉得什么音乐能让我产生不好的念头，没有，从来都没有。恰恰相反，就像被你刚才逮到的那样，我有时会听着音乐睡着了。但是那小提琴演奏得多棒啊！"他的脸颊微微有些发红，接着说，"就像人的灵魂离开了躯体。奇怪的是，我晚上听到远方的号角时也会产生这样的感觉。"管弦乐队又回到了台上，他交叠双手，目光转向舞台。音乐会结束后，我们一起走出来，他的狗在出口处等着他。

"你的狗很漂亮！"

---

① 让·亚历山大·费迪南德·博思(Jean Alexander Ferdinand Poise，1828—1892)，法国作曲家。

“啊，是啊。芙蕾达，我亲爱的，伸出爪子来！”[①]狗蹲坐在地上，像所有被要求表现出礼仪的狗一样，茫然地、无聊地举起它的爪子。它是只漂亮的母狗——纯种的斑点狗，一个白色的斑点都没有，也不像这个品种的大多数狗那样斑点分布不均。

“够了够了！”[②]他面带歉意地转向我，“我们俩同意说意大利语，这样我可以保持我的意大利语不退步，令我惊讶的是，这狗能听懂不少话呢！”我正要告辞时，他恳请我能否陪他走一段：“如果您有空的话。”于是我们向街上走去，芙蕾达远远地跟在它主人的一侧。

“你在这里赌过一把吗？”我问他。

“赌博？没有。那一定很有趣，最刺激不过了。但是，事实上，我负担不起。如果一个人没什么钱，他就会很谨小慎微的。”

他在一家小理发店的门口停了下来。“我住在这里。”他说，又一次抬了抬他的帽子，“再见！我可以请您喝一杯茶再走吗？都是现成的，进来吧！我让你偏离了你本来要走的路啦，不过有你陪伴很愉快！”

我从来没有遇到过这么大大咧咧，但同时又心思缜密、谨慎胆怯的人。这两种气质混合在同一个人身上，真是少见。我们顺着陡峭的楼梯走上二楼的房间。我的同伴打开百叶窗，将嗡嗡叫的苍蝇赶出去。窗外一棵法国梧桐的树顶差不多和窗户平齐，它们小小的棕色毛球迎风摇曳起舞，触手可及。像他刚才说的那样，水壶正在桌上嘶嘶作响，桌上还有一个棕色的小茶壶，一些糖，柠檬片和玻璃杯。房间里有一张床，一个脸盆架，一个柜橱，一个锡皮箱子，两把椅子，一小块地毯，这些就是全部家当了。

①② 原文是意大利语。

床头上钉着两枚钉子，挂着一把装在皮套里的剑。关着的炉子上放着一幅女孩的照片。房间的主人走到柜橱那儿拿出一瓶酒、一个玻璃杯和另一把汤匙。当他拔下瓶子的软木塞时，朗姆酒的味道立刻在空气中弥漫开来。他闻了闻酒香，往两个玻璃杯里都倒了大约一茶匙的量。“这是我离开普列文①后跟俄国人学的一手，他们砍去了我的小拇指，所以我理应获得一些回报。”他环顾了下四周，眼睛闪着光，整个脸颊似乎都容光焕发。“我保证这酒值得一喝——味道与众不同。试试吧！”他又将茶添进去。

“你同情土耳其那方吗？”

“弱势的一方……”他突兀地顿住了，然后又补充道，“但是不是那样的。”他的脸上突然挤满了无数道鱼尾纹，眼睛抽动着。他继续匆忙地说：“那时我必须找到点事做，必须。”他盯着手中的玻璃杯，我等了一会，才敢贸然问他是否亲眼见过很多战事。

“是的，”他阴郁地说，“大概前后有二十年吧。六〇年我曾在加里波第②的军队里。”

“你真的不是意大利人吗？”

他双手搁在膝上，身子前倾：“那时我在热那亚③学习银行业。加里波第是个了不起的人物！没法不加入他的阵营。”他简单地这么解释说，“可以这么说，就像看到一个小个子的人勇敢地对抗一圈人高马大的家伙一样，于是我就去了。要是你当时在场，你也会去的。我并没有跟他们一起待很久——我们国家的战争开

① 保加利亚北部城市。

② 朱塞佩·加里波第(Giuseppe Garibaldi，1807—1882)，意大利将领、爱国者和政治家。献身于意大利统一运动。一八六一年美国南北战争爆发之际，加里波第自愿为亚伯拉罕·林肯总统效力，以废除奴隶制为目标而战。

③ 意大利西北部城市。

始了，我不得不回到家乡。”他说这些话的口气，好像从世界诞生迄今，就只有那一场战争似的。“从六〇年，”他略有所思，“直到六五年，想想看吧！可怜的国家！哎哟，在我故乡所在的州，南卡罗莱纳州——我经历了一切——没有人可以免于参战，我们一个对三个。”

“我猜你非常喜欢战斗？”

“唔……”他说，似乎是第一次考虑这样的问题，“有时我以战斗为生，但有时，仅仅是因为我身负义务理应如此。一个人应该努力去做个绅士的。你要不要再加一点茶？”

我谢绝了，准备离开，这位老人站在楼梯顶端目送着我下楼。他一手背在身后，一手卷着他的白胡子，喃喃地说：“保重！我亲爱的先生，转角那儿还有步台阶。”

“一个人应该做个绅士！”我在街上重复着这句话，不小心撞到一位法国老妇人，让她失手掉了太阳伞。我花了两分钟向对方鞠躬致歉，她也微笑地表示谅解，然后各自前行。我感觉心绪愉快。

二

一周之后，我去听音乐会时又和他坐到了一起。那段时间我也时不时能看到他，但都是匆匆擦肩而过。他似乎有些消沉。他的嘴角紧绷着，晒得黑黑的脸颊显得死气沉沉，眼神也焦躁不安。在两个节目之间，他手指轻敲着帽子，低声说：“你有过倒霉的日子吗？有过吧！那些日子真叫人开心不起来，是不是？”

接着发生了一件事，以下我要告诉各位读者的故事，皆是由此事而起。一个女人走进了音乐厅，随便你怎么概括吧，就是那种吸引了全世界眼光的风流韵事、罪行或错事里的女主角。她跟她的情人经过我们身边，在我们右边几排之外的位子上坐了下来。她不停地扭头环视四周，她每次回头我都注意到她那双心神不安的眼睛。我们身后的一个人说："那个厚颜无耻的荡妇！"

我的同伴转过头去，死死盯着刚才说这句话的人。他咬紧牙关，眉头紧锁，太阳穴上的伤疤涨成了红色，和刚才简直判若两人。

"啊！"他对我说，"那些叽叽喳喳的指责声！太卑鄙了！太可恨了！但是你不会理解我的……"他突然住口，慢慢恢复到平常那副自闭的样子。他甚至看起来有些羞愧，试图把他的胡子捋得更高，似乎注意到他一时怒发冲冠把它们弄得不整齐了。

"每次一谈起这类事情我就有点失态。"他突然说，然后开始看节目单，但是拿反了。一分钟后，他用一种奇怪的腔调说："有人反对解剖动物，但是却能肆意辱骂一个女人！你说说看这有理吗，因为她们遭遇过一些悲剧——相信我，那种事总是悲剧——我们就该把她们赶尽杀绝吗？她的女性同伴们就该把她驱逐出境吗？我们，这些大老爷们，就该把她当做攻击对象？每当我想到……"他又一次突然顿住，死死盯着前方，"是我们让她们变成了那样的人，即使不是这样——哎！如果我认为这世上还有哪一种女人不值得我脱帽致敬的话——光是有这样的想法就让我……让我晚上无法安睡。"他从自己的座位上站起来，用颤抖的手戴上旧草帽，碰翻了椅子腿，头也不回地走出去了。

我坐在那里，心乱如麻，他的那句话——"一个人应该努力做个绅士"总是在我的脑海里回响。当我走出音乐厅时，他正站在出口处，一只手放在臀上，另一只手摸着他的狗。从他等待的姿势看，他是个很有耐心的人。阳光照在他身上，他的衣服越发显得破旧单薄，他棕色的双手手指修长，枯瘦得很，指甲因为常年抽烟而被染成了黄色。看到我出来，他走上台阶，举帽致意。

“我很高兴你没走。请忘了刚才那些吧！”我询问他能否赏脸到我住的旅馆一起进餐。

“进餐？”他重复了一遍这个词，脸上露出孩子般的笑容，就是你给小孩一盒玩具时会看到的那种表情。“乐意至极。我很少在外面吃饭的。但是我得找件合适的外套来。可以……没问题……那我几点钟过来？七点半，好，那你住的旅馆是……行啊！我会准时到的。芙蕾达，我亲爱的，今天晚上你要孤单在家了。我估计您不抽卡波尔①，我觉得挺好抽的，尽管它味儿太冲。”他带着芙蕾达走开了，边走边抽着那根细细的卡波尔烟卷，一副吞云吐雾的样子。

路上他停下来一两次，好像迷惑于或陷入什么突生的怀疑或突然冒出来的回忆中似的。每次他停下来时，芙蕾达都会舔着他的手。他们在街角处消失了，我回到所住旅馆安排晚餐。回去的路上我碰到了朱利斯·勒费里埃，顺便也邀请了他。

“我会来的！”他说，带着法国编辑那种快活的悲观主义调调，“人必须吃饭嘛！”

六点半的时候我们碰面了。我的“世界客”穿着件旧旧的镶边的双排扣长大衣，严严实实地扣到下巴底下，这让他瘦削的肩膀和瘦骨嶙峋的背部比平时显得更加突出了。他还戴了一顶深色尖顶的、军帽形状的帽子，显然是精心挑选过的，他觉得这比那顶草帽更搭这身衣服。他身上略微有点草药味。

我们坐下来吃晚餐，吃了两个小时。他是位可爱的客人，对

---

① 法国产烟丝的一种。

每一样菜都赞不绝口——不是陈词滥调的那套溢美之词，他说的每一句话，都让你觉得他是真的很享受这些食物。最初，每当朱利斯说出什么尖刻的话来时，他看起来好像很痛苦，但是似乎突然就打定主意，意识到这些话就像光叫不咬人的狗，所以后来再遇到这种情况，他都会转过来对我说："啊哈！真不错，是不是？"随着酒一杯杯下肚，他变得更加温和亲切，坐得笔直，衣服仍然扣得紧紧的；他的白胡子翘起的胡尖儿似乎要离开他寻求一个更好的世界。

尽管我们不断提问，引他多说，但还是无法让他多聊聊自己。即使是朱利斯这个最最玩世不恭的家伙，也认识到他是个具有浪漫主义情怀的英雄。我们的每一个问题，他都会温和细心地给予回答，坐在那儿卷弄着他的胡子，一点没意识到我们其实想知道得更多。不久，随着美酒入肠，他细细高高的声音越来越小，脸颊红红的，眼睛更亮了。晚餐最后，他说："我希望我没有话太多。"

我们都肯定说他没有。"你们在笑话我，"他说，"我可是一直说个不停！"

"我的天啊！"朱利斯说，"我们都等着听你讲讲你打仗的事儿呢，但是你什么都没说——什么都没说！你说的都不够喂只青蛙的！"

这位老伙伴看起来忧心忡忡。

"真的啊！"他略有所思地嘀咕道，"让我想想！有关卡尔霍恩①在葛底斯堡的事情，还有加里波第和磨坊主的故事。"他投入到讲故事里去了，一点也不提自己的事。这些故事原本挺无趣

① 爱蒙德·卡尔霍恩（Edmund Calhoun，1821—1897），美国内战时期的海军军官。

的，但是他眼睛里的那份笃定，还有他停顿和评论的方式让它们变得生动起来。“所以你们看，”他最后说道，“加里波第就是那样的人！我还有个关于他的故事。”看到朱利斯眼里有种反省着自己的神情，我提议到对面的咖啡馆里抽抽雪茄。

“太棒了！”那位老伙伴说，“我们应该听听乐队伴奏，呼吸呼吸新鲜空气，好好地抽一回雪茄。我可不愿在这种有女士用餐的房间里抽烟。”

他先于我们出了餐馆，非常愉快地抽着烟。朱利斯穿着白衬衫和西装马甲，显得光彩照人，他悄声对我说：“老天啊，他真是个好人！”然后又叹了口气，忧愁地加上一句：“也是个可怜的人！”

我们在一张小桌旁坐下。附近一棵梧桐树发出沙沙声，黑色的夜幕下，树叶无精打采地耷拉着，树影斑驳，像鸟儿的胸脯一样。一阵清风拂过，树叶随风舞动。

这位老伙伴坐下来，头向后仰，脸上露出微笑，他好似沉醉于美梦之中，又时不时好似从梦中醒来，喝上一口咖啡，回答我们提出的问题，或是跟着乐队的演奏哼上几句。他的雪茄灰越积越长。这里每晚都有一些穿着东方服的奇怪家伙以诱人的价格卖着些来路不明的商品，其中一人出现在白色的灯光下，看看老人的脸，偷偷露出微笑，看他毫无察觉，又悄悄回到老人背后，知趣地走开了。这是梦幻般的一夜！空气中弥漫着一种半东方的、黑烟草和香料的淡淡香气，其他小桌上几乎没坐什么人，服务生从容悠闲，乐队演奏着柔和的曲子。他梦到了什么呢，以至于雪茄灰积了那么长都没有注意？他梦到了他的青春，他的战斗，还是那些努力想成为绅士的人们必须要做的事？或许只是梦到了他的晚餐，又或许只是什么朦胧闪着金光的东西，就像在梧桐枝丫上闪烁的光？

朱利斯拉拉我的袖子："他睡着了。"是的，他微笑着不知不觉睡着了，雪茄灰——他梦中的羽毛塔——断落到他的袖子上。他突然惊醒，拍掉身上的灰。

我们周围的小桌逐渐上座了。乐队的一员在铙钹上演奏了一曲匈牙利民间音乐。我们旁边的桌子上坐着两个法国人，大声地聊着天。他们谈论着下午音乐会上的那个女人。

"我打赌说，"其中一个人说，"今天她带的那个人，不出三个星期，肯定就甩了，这只是第一步……"

我的老朋友的雪茄掉在了桌子上。"先生，"他结巴地说，"在公共场合你就这么说一位女士？"

那个年轻人瞟了他一眼，对他的同伴说："这人是谁啊？"

我的朋友一把抓起朱利斯放在桌子上的手套，我们俩还没来得及动一下手指，他就已经用手套扇了那个法国人的脸。"够了！"他吼了一声，扔下手套走开了。

我们赶紧跳起来。我丢下朱利斯去追他。他面色铁青，那眼神就像一个人被戳到了痛处一样。他摆摆手示意我："别管我，请让我一人待一会。"

我回到咖啡馆。那两个年轻人已经不在了，朱利斯也走了，但是其他一切依旧，乐队成员依然弹奏着匈牙利民间音乐，服务生送着酒饮料，东方人试图推销他们的地毯。我买了单，找到经理道了歉。他耸耸肩，微笑着说："你朋友真是个怪人啊，是吧？"我问他知不知道朱利斯·勒费里埃先生去哪儿了，他说不清楚。我离开咖啡馆去找朱利斯，但是没找到，于是我悻悻地返回了住处。

我对我的老客人表示遗憾，但是也对他生气。我真想弄明白，到底干他何事，能让他的堂吉诃德主义闹到令人不快的地步啊？时钟敲了十一下，一群人从赌场出来，广场似乎比往常人更多了，然后人群又渐渐散去。夜更黑了。我一时兴起，出去走走。夜色正浓，宁静又温暖。广场上的椅子上，一对男女相拥而坐，另一张椅子上一个女孩在哭泣，第三张椅子上——奇怪的景象——一个牧师在打着瞌睡。突然，我发觉我身边多了个人，是我的老客人。

“如果你不急着回去休息的话，”他说，“能抽出十分钟时间给我吗？”

“当然可以，要不要去我那坐坐？”

“不不，不用了，我们走下去到台阶那边坐会儿吧。我不会耽搁你很久的。”

我们在鸽子觅食的广场上找了张椅子坐下来。城里灯火通明，衬得夜色更黑了。直到这时他才开了口。

“我该给你道个歉。”他说，“下午那次，还有晚上那次——你的客人，你朋友的手套！我那会的所作所为太不绅士了。”他身子前倾，双手压在手杖的手柄处。他的声音听起来断断续续的，似乎很不安。

“哦！”我轻声说，“没关系的。”

“你是个好人，”他叹了口气，“但是我觉得我应该解释一下。我认为我应该向你解释清楚。我承认，要不是还有另外一个原因的话，我是没有勇气开口的。你看得出来我没有朋友。”他带着不太确定的微笑看着我。我弓起身子，几分钟后，他打开了话匣子……

三

“请原谅我，这事说来话长。那是七四年，我得了古巴热[①]。为了让我活过来，他们在圣地亚哥把我送上了船，航行结束后我发现我到了伦敦。当时我几乎身无分文，又举目无亲。我告诉你啊，先生，有一段时间，像我这样的战士找不到任何事做，人们对我说：‘抱歉，恐怕我们这行用不到你这样的人。’我去各种各样的人那里试过，但是说真的，我从六〇年就在各地战斗，我已经不适合做其他事情了——”他摇摇头，“在南方，战前时，我记得人们有句话叫，‘士兵与狗无异’。不过这些，都和我必须告诉你的事情无关。”

他叹了口气，润了润嘴唇，继续说下去：“有天我垂头丧气地走在街上，突然听到有人叫我的名字。真是稀奇，那可是在一条完全陌生的街上啊。顺便插一句，”他干巴巴地正式介绍起自己来，“我想你还不知道我的名字吧？我叫布伦，罗格·布伦。乍一看我还没认出来叫我的人是谁，他刚刚从一辆公交车上下来，是个肩膀宽宽的男人，蓄着浓重的大胡子，戴着副圆眼镜。但是当他跟我握手时我立刻就认出他来了。他是道尔顿，曾经被俘虏关在葛底斯堡，也是来和我们并肩作战的你们英国人中的一员，我在那个军团当上尉，他是那个军团的少校。我们在两场战役中都是同志。因为这份兄弟情，他看到我格外高兴。他拉着我进了一家酒吧叙旧。酒热愁肠，当我们走到特拉法尔加广场的时候，我几乎醉得都无法走路了。

① 热病的一种，一说是疟疾的变种。

“他让我在一条长凳上坐下歇歇。我其实已经酩酊大醉了。喝醉了很丢人，但是也是有些原因的。现在我告诉你，先生，（他讲完整个故事的过程中总是喜欢用这句话，它似乎总能给他带来新的活力，帮助他回忆清楚那些记忆模糊的地方，让他控制好自己的情绪，就好像是一个紧张的人演讲时，手里攥着的那张纸那样重要。）没有什么人比我的朋友道尔顿心肠更好的了。他不聪明，尽管他读过很多书，而且有时候，他的话未免太多了。但是他是位绅士！他倾听我说话，就好像我是个小孩子；他不觉得我很丢人——他那样的绅士，竟然不嫌我这种伦敦街头的醉汉丢人！天知道我们坐在那儿时我都说了些什么啊！最后他带我回了他的家，扶我上床休息，因为当时我又发起烧来了。”他停下来，微微别开脸去，将手抵在眉头上。

“就是那个时候，先生，我第一次见到了她。我不是个诗人，无法给你描述她给我的感觉。我那会烧得神智不清，但我知道她一直都在那儿。我梦见阳光，麦田，波浪起伏的大海，小树——我从来不会做同一个梦，也不会梦见一样东西很久。当我恢复清醒时我也不敢开口说真话，因为害怕她会离我而去。她一般都坐在房间的角落，头发垂到颈脖，是那种明亮的金色。她没什么事做，也不读书，只是坐在那里低声自言自语，或者用她那双蓝色的眼睛长久地看着我，微微皱着眉。她总是紧抿嘴唇，因为她的牙齿不整齐。当她的父亲回来时，她便跳起来抱住他的脖子直到他叫唤为止，然后跑开，之后又踮起脚尖偷袭他。我习惯听着她的脚步声在楼梯上上上下下，然后是敲门声，门弹回关上或悄声打开的声音——你从来都搞不清楚到底是哪种。她说话时有一点咬舌：‘你今天好点了吗，布伦先生？你神智不清时说了多少好玩的胡话啊！我爸爸说你参加过很多战役！’”

他站起身，不安地踱来踱去，然后又坐下来。“我记得她说过的每句话，就好像是昨天刚说的一样。我记得她说过的话，做过的事，你懂的，我一直想着念着，已经好多年了。好吧，我得告诉你，我能自己起身的第一个早晨，我就开始想念她了。道尔顿进了房间，站在她本该在的地方，我问他她去哪儿了。‘我亲爱的老朋友，’他说，‘我让埃莉去她老乳母开的旅馆了，就在河下游那带。这个季节她待在那边生活会更好。’我们看着彼此，他将她送走的原因，我心知肚明，是因为不信任我。我感觉自己受到了伤害。害了场大病，我被宠坏了。他是对的，真的很有道理，因为他对我的全部了解，就是我是个只会打架醉酒的家伙。我的脾气太急了，决定立刻就离开他，可是我的身体太虚弱了——他不得不又让我卧床休养。

“第二天他进来，提议说我应该和他合伙做生意。他开了一家击剑学校和手枪陈列馆。这听起来像是有神力相助，也许就是吧，谁知道呢？”他陷入遐想之中，取出他的卡波尔烟，给自己卷好一根，点上，然后继续说，“在学校楼上的房间里，晚上我们常常各自坐在炉栅的一侧。那个二楼的房间，我记得，有两扇窗户，看不到什么风景，只能看到对面的房子。家具上都盖着印花棉布。书架上的东西总是摆得整整齐齐的，它们是埃莉的东西，像什么半坏的盒子啦，做好的蝴蝶标本啦，装在瓶子里的死青蛙啦，包着锡纸的马蹄铁啦，一些贝壳，一个硬纸板盒子，里面有三个有斑点的蛋，盖子上这么写着：‘来自露西家树上的槲鸫[①]——第二个窝的，只有一个破壳了。’”他狠狠地吸着烟，吐出的烟圈像是沉重的叹息。

---

① 一种常见的雀鸟，多为褐色，身上有斑点。

"道尔顿将她完全保护起来了。他经常和我谈起她,我也总是乐于倾听。我们收了几个学生。每当晚上我们坐在炉边抽烟时,迟早总是会聊到她。她的卧室连着那间起居室,有一次他带我进了她的房间。那个房间很小,只有走廊那么宽,白色墙壁,清清爽爽的,床头挂着一幅她母亲的照片,还有一只供猫或狗睡觉的空篮子。"他停顿了下,有些烦恼的样子,又坚决地继续讲起来,似乎不愿意提及更重要的事实,"她那时十五岁,她的母亲十二年前就去世了。她母亲是个漂亮的妇人,正是因为她的去世,道尔顿才决定参军打仗。

"先生,八月的一天,天气非常炎热,他提议我们去乡下走走。当我们到达时,猜猜谁在站台上等着!是埃莉!她戴着顶蓝色的太阳帽,穿着蓝色的亚麻连衣裙,她最喜欢蓝色了。我有点生道尔顿的气,因为他没告诉我要见她,我的衣服不够体面,头发也好久没剪了。那时候我的头发还是黑色的,先生。"他补充道,在黑暗中用他的手杖划着什么,"她有一架小驴车,她赶着驴车,我们走在车子两侧,她从太阳帽底下时不时地拿眼睛瞟我。我得告诉你她从未露出笑容,但是她的眼睛闪烁着,脸颊粉粉的,头发在她的后颈上跳动着,遗憾的是她就是不笑。她的老乳母,露西,一个胖胖的善良女人,是那个乡村旅店店主的妻子。

"我从没见到那样的旅店:蔷薇藤一直攀到屋顶!那芳香——我对香味非常敏感!"他垂下脑袋,手里的烟掉在地上。一列有轨电车从下面的轨道开过,擦出一堆火花。他回了回神,又继续说道:"我们在客厅用了午饭——那间屋子我记得特别清楚,因为我在那个旅店度过了此生最快乐的日子。饭后我们走到一片草地上,我的朋友道尔顿在那儿睡着了。然后发生了一件非常美妙的事情。埃莉悄声对我说:'我们去快活一会儿吧。'她便带我去四处走走。那是一次非常愉快的散步！河流就在我们身旁，一条风景迷人的河，你们的泰晤士河，那么宽广，那么平静，就像你们英国人的性格一样。我沉醉其中，忘记了我的朋友道尔顿，只想着如何将她留在我身边。

“多么难忘的一天！有些日子像活在地狱那么惨，但有些日子却真的像活在天堂里。她带我来到一个榆树下的小池塘，我们俩在那儿磨蹭了一个小时。我们发现泥泞里有很多小小的红虫，这种虫可以用来喂她养的那些动物。当她弯下腰时，她的一绺卷发搭到眼睛上。如果你见过她，先生，我想您肯定会说，她就像你看见的第一抹春色。之后我们在果树下萋萋的芳草地上，一起喝了下午茶。如果我善于言辞，我就能描绘出当时美好的情景了。”他弓着腰，好像沉醉于那些他描绘不出的回忆。“我们在那里一直坐到黄昏。乡间的黄昏太美了！很遗憾我们该起身回去了。我们旁边有条林荫道，夕阳的金色余晖从路的那头洒过来，就像阳光洒进那种一端有玻璃窗的教堂的一样。我跟着她沿着那条起伏的路走着。‘你还会再来吗？’她悄声问。然后她突然扬起脸，等着我吻她。

“我像亲吻一个小孩子一样吻了她。在我们道别时，她的眼睛越过她父亲的肩膀看着我，里面半是惊喜，半是忧伤。‘你为什么要离开？’那双眼睛仿佛这样质问着我。但是我必须告诉您，”他仓促地说，“我们还没走出一百码远，就发生了一件事。那会我们正抽着烟，我正想着她，突然她就跳过树篱，出现在我们面前。道尔顿叫起来：‘你又来这里做什么，我的疯丫头？’她奔过去抱住了他，但是当她看向我时，我发现她的表情截然不同——可以这么说，是一种漠不关心、目中无人的表情，这刺伤了我的心。我不理解，一个人不能理解的东西总会让他感到害怕。”

四

“日子就这么一天天过去了。人们说，伦敦没有我这样的剑客或枪手。我们想招多少学生就能招到多少——那是我一生中唯一能够存下钱的时期。我都没空花钱，因为我们一整天都在上课，到了晚上累得不想出门。那一年，不幸的是，我亲爱的母亲去世了。我成了一个有钱人——是的，先生，那时我大概每年赚的钱不少于六百英镑。

“隔了很久，我才又一次见到埃莉。她出国了，跟着她姑母去了德雷斯顿[①]，去学法语和德语。一八七五年的秋天，她又回到了伦敦。那时她十七岁了，出落成了漂亮的姑娘。”他顿了顿，似乎在鼓起全力去描述她，然后继续说下去。

“她个子高挑，像一棵年轻的小树，眼睛像天空一样蓝。我不能说她完美无缺，但是即使是她的瑕疵，对我来说也是极美的。是什么让你爱得如痴如醉？啊！先生，爱总是深藏不露，捉摸不透的。当她意识到自己牙齿不整齐时，她还是习惯紧紧抿着嘴唇。你也许会说那是虚荣，别说对一个年轻女孩来说了——我们哪个又不虚荣呢，是不是？无论是老人还是孩子，无论年轻小伙子还是少女！

“如我所说，她回到了伦敦，住在她的小房间里，晚上总是帮我们备好茶。你不要以为这样她就像个家庭主妇了，我这个人心里总是有点不太喜欢那种家庭主妇般的女子，虽然这是个好品质，但是毫无疑问，我仍然……”他叹了口气。

---

① 德国东部城市。

“不，”他回到讲述中，“埃莉不是那样的，因为她每天都是一个新样子。我说过她的眼睛像天空一样蓝，这一点可是真真正正如此。然而，那时，她身上还有一点是一直没变的，那就是她对父亲的爱。至于对我……我知道我该抱有怎样的期待，反正我在场似乎会让她沉默。我瞥见她皱着眉头看着我，然后跑向她的父亲，亲吻他。她这么做似乎是天性使然——我至死都会记得，她从来没有对我展现过那种柔情蜜意。当我跟她父亲聊天时她故意装作不在意的样子，但是我能看到她的脸色变得冷冰冰的，一脸的倔强。我不是个聪明人，花了很久才理解她是在嫉妒，因为她想要她的父亲完完全全只属于她一个人。我常想，她怎么会是他的女儿呢，因为她父亲一身正气，又是个慢性子的人，但是她却像只小鸟似的急匆匆的。我发现她不喜欢我，但有很长一段时间我拒绝承认这一点——如果一个人不想相信什么，就总会为自己找到借口解释这为什么不可能是真的，至少对我而言是如此。我猜对所有自私的人而言都是这样的。

“我在那里度过了一个又一个夜晚。那时，如果我不是仅仅只考虑到自己的话，我本应该远远离开的。直到有一天，我感觉我不能再自欺欺人了。

“那是二月份的一个星期天。一般周日我都受邀和他们一起吃午饭。起居室一个人都没有，但是埃莉卧室的门却开着。我听见她说：‘那个人，总是那个人！’对我来说，我受够了，我又一次走下楼梯，出了家门，然后漫无目的地走了一整天。

“我躲避了三个星期。当然，学校上课我还是照常去的，但是从不上楼去。我不知道我是怎么把道尔顿糊弄过去的——你告诉他什么理由并不重要，因为他总有自己的一套理论，并且深信那些真理——他是一个非常率真的人，先生。

“但是那会我开始了我一生中最美妙的日子。那一年的早春，我违背了我的决心，又上楼去了——不过真的，也只是偶尔几次。晚上我和他们待在一起，就像往常一样。一天下午，我来到起居室，窗户开着，太阳渐渐西斜，那么温暖。空气中洋溢着春天的气息，一年一度才能感受到的那种——不管你身处何处，无论是在人潮拥挤的大街上，还是独自一人在森林里，每年只有一次——那种感觉像……但是我描述不出来。

“埃莉坐在那里。如果你不懂的话，先生，那么我无法告诉你靠近一个你爱的女人时的那种感受。她靠在窗台上，望着大街，看起来好像在搜寻着什么人。我站在那里，几乎不能呼吸。她扭过头来，看到了我。她的眼神很奇怪，似乎是在问我一个问题。当时我完全说不出话来。我无法告诉你我那会的感受，我不敢说话，无力思考，不怀指望。我参加过十九场战役，几次身陷动一动手指都可能招致死亡的险境，但我从来没有过彼时彼刻的感受。我知道接下来有什么事要发生，我浑身因为恐惧而动弹不得，但又唯恐它不会发生!”他长长呼了一口气。

“我跟着了魔一样，直到仆人提着一盏灯进来，我才恢复过来。我躺在床上翻来覆去睡不着，整夜都在想着她看我的眼神，脸颊慢慢泛红的样子……

“又过了三天，我才鼓起勇气再去那里。我感觉到她的眼睛又一次看着我——她正在用一小段线翻花绳，她本该盯着自己的双手，但她却偷偷地瞄我的脸。她在房间里徘徊，用手抚弄着每样东西。当她父亲问道：‘埃莉，你怎么了?’她盯着他，好像一个犯了错的小孩被抓了现行一样。我直直地望向她，她也试图跟我对视，但她做不到。片刻，她走出了房间。鬼知道我那会都胡说了些什么——我太开心了!

“然后我们开始了恋爱。我无法告诉你那时的情况。道尔顿经常问我:‘那孩子怎么了?我做什么事都无法让她高兴。’那是因为她给予她父亲的爱现在全部给了我,可惜她父亲头脑太简单太直接,以至于看不出到底发生了什么。多少次我都对他抱有负罪感!但是当好运如此青睐你,你又这么开心快乐时,你立即就变成了个懦夫……”

五

“唔,先生,”他继续说,“她十八岁生日那天,我们结婚了。道尔顿过了很久才发现我们的恋情。有一天他非常严肃地对我说:‘埃莉告诉我了,布伦。我反对你们恋爱,她太年轻了,而你——太老了!’那时我已经四十五岁了,但我的头发又黑又浓密,像乌鸦的羽毛一样,我身体强壮,充满活力。我回答他:‘我们一个月内就会结婚的!’结果我们不欢而散。那是五月的一个晚上,我走了很远,都走到乡间了。你能拿愤怒怎么办,或者说,没有比走路更能平息愤怒的了。当我停下来时,我已经走到了一块野地里,没有一栋房子透出一丝灯光,夜空繁星闪烁,好像珠宝一样。

“我走得浑身冒汗,感觉到自己热血沸腾。我问自己:‘你老吗?’然后我像个傻瓜一样大笑不止。一想到我有可能会失去她,我就蒙蔽自己说,我只是愤怒,但其实我是害怕,恐惧和愤怒对我来说几乎别无二致。我的一个有点诗人气质的朋友,先生,曾把恐惧和愤怒称为‘自我的一对黑色翅膀’。它们的确如此,的确如此!第二天早晨我又去找道尔顿了,不知怎么的,我竟然使他让步了。我不是个哲人,但是对我来说似乎是:人生中我们想要得到什么,就会在某些地方同等地失去什么,但那就能阻止我们吗?

不，先生，不经常会……

“我们于一八七六年的六月三十日在教区教堂结婚了。来宾只有道尔顿和露西家两口子。露西的丈夫是个红脸的大块头家伙，蓝色的眼睛，金色的八字胡。按照安排，我们要在他们开的旅店度蜜月。我的妻子、道尔顿和我，去一家餐馆吃了午饭。埃莉穿着一身灰色的裙子，像鸽子羽毛的那种灰色。”他顿了顿，身子倾向手杖的手柄，毫无疑问，他在努力回想着多年前他年轻的妻子穿着“像鸽子羽毛一样灰”的裙子的模样，她那双碧蓝的眼睛，金色的秀发，微微皱着的眉，紧抿着的红唇，还有她轻启朱唇许下婚姻誓言：“无论未来是好是坏，是富裕是贫穷，是疾病还是健康……”

“先生，结婚时，”他突然继续说道，“我打扮得有点儿洋气。我记得，我穿着蓝色的长礼服，白裤子，戴着顶灰色礼帽。即使现在我也更愿意穿得潇洒点……

“那顿午餐很棒，我们喝了凯歌香槟[1]，那种酒你今天是买不到啦！道尔顿陪我们走到火车站。我无法忍受分别，但是，分别的时刻还是来了。

“那天晚上我们沿着山杨树小路，迎着凉爽的夜风出去散步。我会终身铭记那个晚上的：小公牛在围栏里‘哞哞’叫着，剪秋萝花沿着树篱盛开，月影朦胧，蝙蝠在草木间出没，村舍的影子，就像村子那边的大海一样，黑黑的，柔柔的。我们在河岸边的一棵酸橙树下站了很久。那些酸橙花的香味啊！呵，一个男人只能承受他一半的快乐和一半的悲伤。露西的丈夫，”他停顿了一下继续说，“名叫弗兰克·托尔，长得像古代的维京人，只吃牛奶、面包

① 凯歌香槟（Veuve Clicquot），创立于一七七二年，法国巴黎产，属于高档品牌。

和水果。他们夫妻二人对我们非常好！住在那个旅店里简直就像身在天堂一样，虽然我得承认，他们能提供给我们的食物也是有限的。

“那些蔷薇藤蔓一直攀到我们卧室的窗户上，当微风拂过蔷薇花时，我们就像浸在芬芳浴中一样。我们在那里度蜜月期间，埃莉的皮肤晒成了棕色，像吉卜赛姑娘那样。我觉得世上没有人比我更爱她了。但是有时候，我的心死气沉沉的，因为她好像并不知道我有多爱她。我记得有一天，她要我带她去露营。我们一整个下午都沿河漂流而下，晚上的时候我把船停在柳树下的芦苇里，生了堆火好让她煮东西吃，尽管其实我们带的都是熟食。但是你懂的，真的生一堆火比较浪漫嘛。‘我们不要假装。’她一直这么说。我们正吃着晚餐，一只野兔来到我们所在的空地——好大一只野兔，它看起来非常惊讶！‘高大的兔子’，埃莉这么称呼它。

“之后我们坐在火堆的余烬边，看着树影婆娑，直到最后她从我身边走开，不知漫游到什么地方去了。时间过得非常慢，我起身开始找她。那时候太阳已经完全落山了，我一遍遍地喊着她的名字。我花了很久才找到她——她简直就像只野生小动物，浑身热乎乎的，脸上红红的，她漂亮的连衣裙划破了，手和脸也都擦伤了。她的头发披散下来，好像美丽的林中仙子。如果一个人深爱另一个人，对方出了一丁点小事情都会吓到他。我觉得她并没注意到我的惊吓，但是当我们回到船上后，她伸手环住我的脖子说：‘我再也不会离开你了！’

“夜里我醒来一次——一只水鸟啼鸣着，月光下，一只翠鸟飞过。河上的奇景——月光和树的奇景，明亮又柔和的雾气，那种倾世的寂静！我感觉自己好像身在另一个世界，那个世界格外安宁,充满魔力,比我们的世界神圣多了。就像是一个人脑中的幻想变成了实景——多么难得!仿佛他要是伸手抓住这一切,它们就会消失一样。那么不可思议!那么充满诗意!那么神圣!”他沉默了片刻,然后用惆怅的声音继续说,“我看看她,安睡得像个孩子,她的头发散开着,嘴唇微微分开,我心想:‘如果我会给她带来伤害的话,就让上帝惩罚我吧!’我怎样才能理解她的心呢?她的灵魂那么神秘!那么纯洁!

“那条河见证了我所有的欢喜与忧郁,见证了我最快乐的日子与绝望的时刻。我喜欢回忆起它,你知道,因为随着时间的流逝,苦涩的记忆终将褪去,只有美好的部分留了下来……但是美好的回忆也有让人痛苦之处,那是一种不同的痛,因为我们无法再经历一次彼时的美好,先生,”他边说边转向我微弱地笑了笑,“覆水难收,为此后悔是徒劳无益的……露西旅店的邻区,萝斯和玫布什[①]——还有比这更好听的名字吗?我去过世界各地,在任何地方都没有找到比英国乡间更美的名字了——那里也是青草蔓延,鲜花盛开,花儿们都有种骄傲劲儿,仿佛知道人们会被它们的美所吸引,所有的路、树、村舍,似乎都确信它们会长长久久地在那里……但是我想告诉你的是:离旅店半英里远有栋非常古老的房子,我们那时叫它‘修道院’,尽管我认为它其实是个农场。我们在那里度过了许多个下午,擅自闯入它的果园——埃莉很喜欢这么做,如果有什么路穿过别人的私人属地,她就偏要挑那条路走。我们躺在那个果园的长草里,度过了蜜月的最后一个下

① 萝斯(Rose),意为玫瑰;玫布什(Maybush),意为五月的灌木丛。所以下文作者才称赞这些乡间地名的美丽。此处取地名所以采用了音译。

午。我第一次读到了《恰尔德·哈罗尔德游记》[①]，写得很棒，令人难忘！我读到了斗牛的那段，记得是这样的：

‘号角吹响了三声，看！信号发出，
喧嚷声起，而期待却沉默了。’

“埃莉突然说：‘如果我不再爱你了呢？’这话就像有人当面给了我一巴掌似的。我跳起来，试图抱住她，但她却逃开了，然后她转过身来，温柔地笑着。不知为何，我也笑了……”

六

“第二天我们就回到伦敦了。我们住在学校附近，每周大概有五天道尔顿会过来和我们一起吃饭。如果他是那种只顾自得其乐的人，他本该每天都来的。我们的学生也更多了。闲余时，我教我的妻子击剑。我从没见过哪个人像她那么身段柔软，反应灵敏，也没见过哪个女人穿上击剑服和刺绣的鞋子，像她那么好看。

“我真的非常高兴。通常当一个男人的渴望得到满足了时，他就会变得粗心和自满，然而我却一直很注意这点，因为我知道我本性上是个自私的男人。我学着安排时间，学着攒钱，好给她我所能给的最多的快乐。她最爱的事情就是骑马。我为她买了匹马，春夏两季的晚上我们一起出去骑马。但是当天黑得早了，

① 拜伦的著名长诗。发表于一八一二到一八一八年间，描绘了年轻主人公背井离乡独自游历的所见所想。

不宜太迟出门时，她就自个儿出去骑马。她会骑很远，有时骑上一整天，回来的时候累得筋疲力尽，几乎爬不上楼梯来——我不能说我喜欢她那样。这让我很紧张，她是那么轻率，但是我认为干涉她也是不对的。我对家里的开支问题非常焦虑，因为尽管我辛苦工作，赚的钱也比之前多，可是钱似乎怎么也不够花。我急于存钱——当然，我希望多存点钱——尽管我们还没有孩子，但是钱的事很让我烦心。

“她变得越来越漂亮了，我觉得她过得很快乐。你有没有突然产生过这样的念头：其实，我们每个人都像生活在随时会喷发的火山边上一样？我想，没有什么人会是这样吧——他的某种情感或兴趣太强烈了，以至于他觉得除此之外的一切都一无是处。毫无疑问，一个男人可能过了一辈子都不会领悟到这一点。但是我们中的一些人……我不是抱怨，而是……是……”他将帽子往下压了压，双手紧紧抓着手杖的顶端。他就像一个骑马飞驰的男人冲向绝望的篱笆似的，不愿给予自己时间，因为害怕在最后一刻变得踌躇起来。“七八年的春天，我收了个新学生，一个打算参军的年轻人，二十一岁。

“我挺喜欢他的，于是竭尽所能，想把他培养成一个好剑客。但是他身上有种任性的鲁莽，不出几分钟我就感觉出来了，之后他就变得彻底散漫不羁了。‘弗朗西斯，’我说，‘如果我是你的话，我会感到羞愧的。’‘布伦先生，’他这么回答，‘我有什么好羞愧的？又不是我要让自己变成这样的。’天啊，我希望对他说句公道话，他还是有副好心肠的——有一天他坐着马车过来，抱着他可怜的狗，那只狗被车碾过，快要死了。后来他守着那具尸体，把自己关起来哭了半个钟头，我们听见他呜咽得像个小孩。等他走出来时，两只眼睛都哭红了，并且叫喊着：‘我知道那个轧死了它的畜生在哪里!'然后就跑走了。他是意大利人,有双漂亮的眼睛,身材苗条,不是很高,黑头发,一点黑色的小胡子,嘴唇总是微微分开。他走路的步态,眨眼的样子,让他有一种特别的、温柔又骄傲的神情。

"我那时常告诉他,他成不了一个战士!'哦!'他回答道,'时机到了自然就会的!'他相信当时机成熟时,会有一种运气为他做到一切事情。一天,我正在给埃莉教课时,他走了进来。这是他们俩第一次见面。从那之后他就来得勤快了,有时还会留下来和我们一起吃晚饭。我不能否认,先生,我很欢迎他过来,我认为这对埃莉好。还有什么比我这种自满的盲目愚蠢更可憎的了?"他脱口而出,"有人说,'可怜的家伙,他居然有这样的信念!'信念,先生!高傲自大!我是个傻瓜!在这个世界上,一个人一定会为自己的愚蠢付出代价……

"夏天来了。六月初的一个星期六,埃莉,我,还有弗朗西斯——我不会告诉你他的完整名字了——一起出去骑马。昨夜下了雨,所以路上没什么灰尘,天也晴了。多么美好的一天!我们骑了很久。大概晚上七点钟我们开始慢慢地往回骑,因为天还是很热,我们想等到夜晚凉快下来再赶路。九点的时候我们到了里士满公园。里士满公园是个很大的地方,在那美丽的暮光中,鹿群轻柔地移动着,你会觉得它们像精灵一样。我们沉默了,参天大树让我沉默下来……

"世事无常谁能言,就像风向变化、老者过世、你换了新貌一样。我现在告诉你的就是那样的一种变化。事先一点预兆都没有,埃莉突然策马飞驰。'你在做什么?'我大喊。她回过头嫣然一笑。弗朗西斯也加速超过了我。可能是马蜂叮了他们的马,只见他们骑马跃过倒地的树,从低垂的树枝底下穿过,沿着山丘上上下下飞奔。我不得不眼睁睁地看着他们俩的那股疯狂劲儿！我的马跑不了那么快。我已经骑得飞快了，但还是落在他们后面。我不是一个遇事镇定自若的人。最终我赶上了他们俩，盛怒之下，我简直说不出话来。他们并行骑着，手握着马脖子上的缰绳，互相看着对方的脸。‘你应该小心点。’我说。‘小心！’她叫了起来，‘生活不总是得这么小心翼翼的！’我的怒气消失了。我落在后面，就像马夫跟在他的女主人身后一样。嫉妒！没有什么比嫉妒更无休止地折磨人心，没有什么比嫉妒心更阴暗的了……

“短短的几分钟里，我的脑中思绪万千，各种回忆席卷而来，真实的，不真实的，我知道什么？我的灵魂被下了毒。我试图跟自己讲理。我竟然想着这些事情，真是太荒谬了！太有失男子汉气概了！即使这是真的，一个人也应该去做个绅士！但是我发现自己大笑起来，是的，先生，对那个词发笑。”他加快了语速，好像不是对着一个大活人倾诉心思，而是对着夜色自言自语。“那晚我辗转反侧无法入眠。睡在她身边，脑中却盘旋着那些想法，我根本躺不住！我找了个借口起身，翻翻报纸。人生中最艰难的事情，莫过于看着一件事情发生却无力阻止它。

“我能做什么呢？你有没有注意过，人们只需要一个念头，甚至连一句话都不用说出口，就可以变成彻头彻尾的陌生人？第二天她便说：‘我想去趟露西家。’‘一个人？’‘是的。’那时我便打定了主意，既然她想去，就让她去。也许我这么做是错的，但我真的不知道这种情况下一个人该怎么做才好。她走之前我对她说：‘埃莉，我们到底怎么了？’‘我不知道。’她回答。我吻别了她，事情就是这样……一个月过去了，我几乎每天都给她写信，也曾收到她短短的回信，但是她很少提及自己的生活。

“道尔顿对我来说也是种折磨，因为我不能告诉他这些，他认定她已经怀孕，要当妈妈了。‘啊，布伦！’他说，‘我可怜的妻子当时也是那样。’先生，人生啊，有时就是让人啼笑皆非！他——我觉得他的名字让我很难说出口——一周来学校两次或三次。那时我发现他身上起了些许变化，他的鲁莽不羁中开始多了一种目的性，他挑衅我的剑刃时，身上似乎有一种暴力勃勃欲发。我享受着这种自己掌控着全局的愉悦感——我随时可以挑掉他手中的铁剑，轻而易举得就像挑走一根稻草似的。我很惭愧，但是我对此感到得意。嫉妒是很低俗的，先生，非常低俗、卑鄙！当他询问我的妻子去哪儿了时，我直言不讳，也许我太骄傲了，所以丝毫不想隐瞒。之后不久，他就不来学校了。

“一天早晨，我再也无法忍下去了，就写信给我的妻子，告诉她我要去乡下找她。我不会强迫她做什么，但是我请求她下午四点到‘修道院’老房子的果园里碰面。我一直持有这样一种想法，一个男人既不该向一个女人乞求什么，也不该强迫她做什么。女人们是很慷慨的，她们会把自己的一切都给予你。我封好信，亲自寄出去。去乡间的路上我一直对自己说：‘她一定会来的，毫无疑问，她一定会来的！’”

七

“我兴致高昂，但是第二天又像得了疟疾的人一样害怕得发抖。我在约定时间之前就到了果园，但她还没来。你知道等待的滋味。我静静地站着，听着动静。我走到视线可以看得更远的地方，心想：‘心急水不开，如果我不想着找她，她就会来了。’我盯着地面，踱来踱去。我简直都有病了！看了不下一百次的手表，安慰自己，也许我的表快了，她的表慢些——我无法告诉你我在希望和恐惧中煎熬着的滋味。果园的一角有口泉眼，我坐在它旁边，回想起上次我在这里的情景——我感觉心都要碎了。

“五点钟时我几乎失去了所有希望，其实当你觉得希望已逝，那一刻你又会觉得庆幸，这意味着你可以休息了。‘都结束了，’你说，‘现在我可以行动了。’但是我该做什么好呢？我躺下来，脸贴着地。当一个人陷入麻烦时，唯一有帮助的事，就是紧紧抱住或抓住任何一样不会垮掉的东西。我在那里躺了两小时，清楚自己一直以来都是个懦夫。

七点钟的时候我离开了果园，往旅店那儿去。我打破了自己的承诺，但是我感到非常开心。我要去见她，先生，一切都不重要了，除了我要去见她这件事之外，一切仿佛都不重要了。托尔正在花园里修剪玫瑰花。他走了过来，我看得出他不敢直视我的脸。‘我的妻子呢?’我问。他回答说：‘我们去露西那里吧。’我跑进旅店里。露西交给我两封信，第一封是我写的那封，压根就没有打开过。第二封则是：‘我离开你了。你对我很好，但是现在——再好也没有用了。埃莉。’

“她告诉我说，一个男孩前天给我的妻子送去一封信，是船上的一位年轻绅士让他转交的。当露西把信件交给她时顺便问了声：‘埃莉小姐，是谁的信？布伦先生会怎么想?’我的妻子生气地看着她，没有回答，然后那一整天她都缄默不语。晚上的时候她就走了，将这封短笺留在床头。露西说着说着就哭了起来，好像心都碎了。我扶着她的肩膀将她扶出房间，我无法忍受女人的哭声。我坐下来试图思考。正坐在那儿时，托尔带来一封信。它写在某个旅店提供的一张便笺上，那个旅店在河的上游，离这里有十二英里。信上说：‘埃莉是我的。随便你挑个地方，我已准备好会你一面。’”

他用一种极力在痛苦中保持平稳的声音继续说道："当我看到这封信时，我只有一个想法：找到他们。于是我跑到河边，挑了一只最轻便的船。正当我准备出发时，托尔跑了过来。'你忘带这封信了，先生。'他说，'一对臂膀胜过单打独斗。'他也跳上船来。我摇起桨，将船划到河中心。我像个疯子一样划着船，托尔光着臂膀，双臂交叉，像一个黄褐色的大力士，坐在我对面。一会儿他换到了我的位置，我拿着舵索。我看见他布满胸毛的胸肌，随着摇桨肌肉一上一下地动着，这给了我一种安慰。我们离目的地更近了。

"天色渐晚，那天也没有月亮，我几乎看不见岸，黑暗中似乎有某种东西可以让一个人更接近本真。人们都说总有一个时刻，你的本性已经决定了是为善还是作恶，就像他们说的，是'获得拯救'还是'任由迷失'。这话不对，你本性是什么样的就是什么样的，无法改变。但是先生，我相信在极大的痛苦中，一个人会判断出他可为的事和不可为的事；你开始了解你自己，仅此而已。我就是这样的。每一个想法，每一点回忆，每一份狂怒，都是那么清楚，那么强烈！我想杀死他，我也想杀死我自己。但是她——不！我们总是被教导说我们'拥有'我们的妻子，从身体到灵魂，我们从小就是被灌输这种信念长大的，我们被要求对此深信不疑——当我直面它时，这些话都毫无意义！那个信念，那些要求，它们对我毫无意义！它们是卑鄙可耻的！噢，是的，我想在那些话中找到安慰，我想继续坚守那些信念和要求，但是我做不到。

"你也许可以强迫一尊肉身，但是你如何强迫一个灵魂呢？不，不，胆小懦弱！但是我想——我想杀死他，然后强迫她回到我身边！突然，我感到自己好像正好戳到了自己内心最隐秘之处！我似乎看见了她颤抖着的苍白的脸，好像我要一脚践踏在上面一样。人们说这个世界是由强制力来统治的，这也许是对的。我知道我内心有个脆弱的地方，我无法忍受这点。最后我跳起来大喊：‘把船调个头！’托尔看着我，好像认为我疯了一样。我那会确实疯了。我抓过钩头篙威胁他，对他破口大骂。‘先生，’他说，‘谁骂我我也不听！’‘你会听我的，’我大叫着，‘把船调个头，你这个白痴，卑鄙小人，笨蛋！’我发了很大的脾气，我这脾气真是对我的绝佳诅咒。他似乎很惊讶，甚至有点害怕，突然他就坐下来，将船头调转了方向。我瘫倒在座位上，捂住了自己的脸。我敢肯定月亮升起来了，周围雾气也起来了，因为我冷得像个死人一样。这一生中，先生，我们无法掩藏我们的脸，但是伤口的疼痛会逐渐减少。有些人会因遭受致命的打击而留下极为痛苦的伤口，但事实上那些伤口也会愈合的。时间是很仁慈的。

“第二天一早我就回了伦敦。我发烧了，神智不清。我敢说，要不是我一直和武器打交道，我本该自杀的。我想，就是因为我对它们太熟悉了，就像老朋友一样，因此我才下不了手——我也解释不了。过了很久我才能起床走动。道尔顿一直照顾着我，他那一把浓密的黑胡子都变成了白色。我们从不提起她，提她有什么好处呢？当然有一些事情必须要解决，律师要介入——这令我非常不快，那种不快无法用语言形容。我告诉律师，一切都按她的意愿来，但是这家伙来我这里，带着他的……好吧，我不想说难听话。我多希望他说这都是我的错，但是他说——我现在还记得他的微笑——他说，那是不可能的，事情迟早要被拆穿的，还谈起了通奸什么的。我不理解那些事情，更重要的是，我无法忍受那些。它们很……肮脏。

“两年后，在俄土战争[1]之后，我又回到了伦敦，收到了一封她的信。现在我还带着它。”他从一个皮革袋子里拿出一张发黄的旧纸，用手指展平，坐在那儿盯着它。他沉默了几分钟。

“同年秋天她死于难产。他抛弃了她。对他来说幸运的是，那一年他也战死于印度前线。如果她还活着的话，明年六月就三十二岁了，也不算太老。我知道我是人们眼中的怪人，医生说，你得的重病不会痊愈，你也无法再变回原来的自己。如果你是个古怪的人，强迫把你变成正常人，必然会使你在其他什么地方变得脆弱。我总是，也将永远对女人们怀有好感——诋毁她们的每一个举动、每一句话都是往她的尸体上扔石头。面对这种情况，你能坐视不管，任由他们大放厥词吗？”他好像被自己提出的问题所驱使，站起身，走来走去，最后又回到座位上。

“先生，这就是我下午，还有今天晚上有那番举动的原因。你真是太好了！我一直非常想告诉你我的故事的。她有一个小女儿，现在露西在替她抚养。我的朋友道尔顿已经去世了。本来我们手头还很宽裕，但是，非常不幸，他遭遇了诈骗——太丢人了！他死后由我料理他的事务——他从来不知道，其实他死时已经身无分文了。他错误地相信了一些骗子，以为那些人会让他发大财。

“我很快就发现，那些骗子已经毁了他。这些债务不可能让露西来承担——她是那么善良的一个女人。我是试图存点钱好为将来作打算的，但是，你看，”他握住我的衣袖，“我，也不太走运，事实上，每年一百九十镑的收入，我也很难攒下多少大钱，但

---

[1] 俄土战争，指十七至十九世纪俄罗斯帝国与奥斯曼土耳其帝国为争夺高加索、巴尔干、克里米亚、黑海等地区进行的一系列战争，断续长达二百四十年。

至少我的钱毫发无损。我用攒的四千七百一十镑，立即还了债。我常被怂恿去投资高利贷，但是我从来不敢。不管怎么说，总归是不欠债了，我不得不定下个规矩，绝不买我当场无法付得起的东西。现在我真的要麻烦你了——但是我真的很想告诉你这些，以防万一我出什么事。”他似乎自己也被吓了一跳，身子僵硬，捋着胡子，喃喃地说，“你太善良了，我永远也不会忘记的！”说完他就匆匆走开了。

他消失了。他的脚步声、手杖击地的声音都变得越来越小，渐渐听不见了。他走了。我立刻站起身来加快脚步去追他，然而我又停了下来——即便追上了，我又该对他说什么呢？

八

第二天我不得不去尼斯，半夜才回来。门童告诉我朱利斯·勒费里埃来找过我。早晨，我还没起床，就看见朱利斯推门走了进来。他脸色异常苍白，刚站定，汗水就从他的脸颊上快速滑落下来。

“天啊！”他说，“他死了！唉，唉！你那表情多傻啊！我的手下正在打包行李，还有半个小时火车就要开了，我的证人将从意大利过来。我做好了我这边的事，剩下的就交给你了。唉，你为什么要请我们吃那顿晚饭啊！那个堂吉诃德！傻瓜！可怜的家伙！唉，你别动！你有雪茄吗？听着！当你起身去追他时，我跟踪了那两个人。我可恶的好奇心！还有比这更蠢的事吗？那两个人走得很快，他们摸着自己的脸，好像两个都挨了打似的，你知道的，真可笑。很快他们就看到了我，眼睛瞪得滚圆，脸颊上还有手套的打痕。”

朱利斯的脸色渐渐恢复了，他抽着雪茄比划着，动作越来越夸张："他们等着我。'是他！'一个人说，'这个绅士是跟他一起的。'他对我说：'我的朋友是什么什么男爵先生，打他的男人是个相貌奇怪的人。请告诉我，我的朋友能否见见他？'"朱利斯评论说，"唉！他确实冒犯了人家！我岂能让我们有失尊严？于是我便回答说：'没问题，先生！''既然这样的话，'那个人说，'那请告诉我他的名字和地址……'我记不清他的名字了，至于地址，我压根就不知道呀！我想了一会，说：'出于一些特殊的原因，我没法告诉你们这些。''啊哈！'他说，'我猜猜，还有什么原因会阻止我们的斗士？''恰恰相反，'我说，'我会将你们的请求传达给他，不过我得提醒你们一句，我听说他是欧洲最好的剑客和枪手。晚安！'

"我是想让他们掂量掂量，你懂的……耐心点，我亲爱的朋友！耐心点听我说！我跑来找你，我想，我可以让他们把问题留到第二天再解决，起码还有足够的时间！但是昨天早晨我走到广场上，看见他正坐在长椅上，带着一条大狗。我得告诉你，他脸红得像个小姑娘。'先生，'他说，'我正想见见你。昨晚我惹了乱子。我这么冒失，不可饶恕。'然后他将一个信封放在我手中。我的朋友，你猜猜里面是什么？一双手套！真是个讲究细节的先生！是不是？你的这位朋友，真是个魔鬼啊，他用他温和的眼睛和白胡子迷惑住了我，他的谦逊，他的热情——可怜的人！我告诉他有人让我请他去参加决斗。我说：'如果有什么事是因这而起，有什么能帮上忙的地方尽管说！''就这些？'他说，'你的好意我心领了，我很感激。让我想想——我已经很久没有跟人决斗了。结束得越快越好。你能给我们安排在明天早晨吗？武器嘛，好吧，让他们选。'你看，我的朋友，没必要还在这里磨蹭了，我们还要赶火车。”

朱利斯拿出他的表：“我还有十六分钟。你昨天不在这里，真是太走运了，否则你现在就会处在我目前的境地了。我定下了地点，就在去罗克布吕[①]的路的右边，铁路穿过的地方。时间是早上五点半。按照安排，我去接他。决斗时间太令人不爽了，自从八五年我与雅克·特尔鲍特打仗之后，我就没起过这么早了！五点钟我发现他已经起来了，正在喝茶——一个人！那茶里添了朗姆酒，他让我也喝了一些。呵！他特意刮了胡子，还穿着那件旧外套。他的大狗跳上了马车，但是他命令它下了车，将它的爪子搭在他的肩膀上，对它的耳朵轻轻说了些意大利语。大概是咒语吧，呵！它立即就夹着尾巴往回跑了。

“我们缓缓地驾着马车，为了把他稳稳地送到决斗地点。他比我还高兴。一路上他跟我说着你：你是多么地善良啊！你对他多么好啊！‘你都没说说你自己！’我说，‘难道你没有朋友吗，没有什么要说的吗？有时总会发生意外的！’‘哦！’他回答道，‘没什么危险的，但是万一我有不测的话，我口袋里有封信。’‘如果你杀死了他呢？’我问。‘我不会的，’他立刻会意，‘你以为我会对他开枪吗？不，不，他太年轻了。’‘但是，’我说，‘我……我不能看着你受伤啊！’‘啊，’他回答道，‘我欠他一枪，但是没什么危险的，一点点危险也没有。’我们到了那里，发现他们已经到了。啊呸！你知道那些准备工作，那些礼貌客气——这个决斗，你懂的，毕竟还是挺荒谬的。

“我们将他们分开有二十步的距离。那个地方不错。周围都是松树和岩石，那个时间点天气凉爽，天色像教堂一样灰灰的。

① 法国滨海省份的一个市镇。

我把手枪交给他。我该怎么向你描述他那时的样子呢？他站在那里，用手指摩挲着枪管！‘一把好枪是多么美丽啊！’他说。我说：‘只有傻瓜或疯子才会浪费生命！’‘当然，’他回答说，‘当然！但是没有什么危险的。’然后他抬了抬他的胡子，向我示意。

“他们都站好了，各自背对着对方，枪口指向天空。‘你们俩！’我叫道，‘预备！开枪！’他们转过身，我看见他枪管里冒出的烟像个祈祷者一样笔直地冲向天空，他的手枪掉到了地上。那些笨蛋跑过来。‘怎么回事？’一个人喊道。我向他鞠了一躬：‘如您所见，’我说，‘您这一枪打得漂亮。我的朋友朝天开了一枪。先生，您可以在意大利好好享受顿早餐了。’我们将他抬进马车里，用一块毯子盖住了他，其他人向边境驾车而去。我将他带回他的房间。这是他的信。”朱利斯停下来，眼泪从他的脸上滚落。“他死了，我替他合上了眼睑。看看这个，你知道，我们都是些不尊重女性的卑鄙男人——大家都是这样，但是他——他，也许，是个例外。”他没再说什么，就匆忙离开了……

我的老伙伴的住处外，一个马车夫顶着太阳，郁郁不乐地站在马车边。“我怎么知道他们是去决斗的？”他一见到我就嚷嚷开了。“他一头白发，我叫你来证实一下他是白头发。这对我来说太糟糕了：他们会剥夺我的驾车执照的。唉！你看看，这对我来说真是坏事儿了！”我趁他不注意溜开了，找到楼梯上了楼。我的老朋友孤单地躺在床上，他的脚上盖着块毯子，好像他感觉很冷；他的眼睛闭着，但是在死亡的永久沉睡中，他仍然有种微微惊讶的神态。芙蕾达趴在那里，专心地看着床，就像每夜他睡觉时它守在旁边一样。百叶窗半开着，房间里依然弥漫着些许朗姆酒的味道。我站在床边长久地注视着他的脸。他的小小的扇形白胡子依旧翘翘的，脸颊凹下去，显得那么安详。他就像某个古代的骑士。他的狗打破了这种气氛。它坐起来，将爪子搭在床沿，舔着他的脸。我走下了楼梯，因为我无法忍受狗的哀号。这封信是写给我的，字迹尖尖的：

亲爱的先生：

如果你读到这封信，就说明我已经死了。要麻烦你我非常不好意思——一个人本该做好安排，免得麻烦别人。但是我相信，你不会认为我是在强求你做什么。如果此时你正为我这个老家伙处理后事，我请求你让我的剑、这封信，还有炉子上的那幅画像跟我一起下葬吧。我的遗嘱和财产承认书在那个锡皮箱子里的拜伦诗集里夹着，请转交给露西·托尔——地址也在那上面。我留下的那些书里，如果有你喜欢读的，尽管拿去吧。

在《天路历程》[①]里你会找到一些不错的烹饪诀窍，教你做土耳其咖啡、意大利菜和西班牙菜，还有一些清理伤口的方法。房东的女儿讲意大利语，我相信她会乐意收养芙蕾达的。可怜的狗儿会想念我的。我读到过，旧时的印度战士会带着他们的马和狗一起去猎场上快活一把。芙蕾达也喜欢出去遛遛——狗是多么高贵的动物啊！她每天吃一顿——分量十足、丰盛的一餐，需要补充不少盐分。如果你自己也养宠物，先生，不要忘记所有动物都需要补充盐分。谢天谢地，我没有债务！我口袋里的钱足够体面地安排我的后事的，妥妥当当地。我很抱歉，这样不厌其烦，事无巨细。一个人至少可以做到的就是不要小题大做，但是他必须做好一切

① 《天路历程》(*Pilgrim's Progress*)，英国作家约翰·班扬的代表作。

准备。先生，怀着深深的谢意，你的仆人，罗格·布伦。

一切都如他所述。炉子上的照片是一个十九、二十来岁的年轻姑娘，穿着旧式的衣服，头发束起来挽成一个髻。她的眼睛看着你，眉头微皱，嘴唇紧紧抿着，脸上的表情，几分热切，几分灵敏，几分倔强，总之，她是那么年轻。

那个锡皮箱子里有股干草药的香味，沉放的干草药来历无人知晓……里面有几件衣服，但数量非常少，而且比他平常穿的衣服还要旧。除了拜伦诗集和《天路历程》外，还有司各特的《昆汀·杜沃德》，马瑞亚特船长的《海军候补生易随先生》，一本口袋书版的圣经，还有一本长长的、质地非常硬的书，介绍城市防御的艺术，被他翻阅过很多次，书上印着的日期是一八六三年。然而，我找到的最有意思的东西是一本日记，日记一直记到去年的圣诞节。

这是本令人心酸的日记，里面记的全都是关于饭菜的价格、决心要对这件事或那件事小心谨慎、怀疑自己是否不该戒烟、寥寥数语担心芙蕾达没有吃饱。看起来他似乎精打细算靠着一年九十镑的钱过活，将另外的一百镑寄到露西家养育那个孩子。尽管节衣缩食，他还是难以如愿，余下的钱总是比预期少——这些账目表明，这对他来说是个噩梦。最后的几句话，写于圣诞节那天，写的是："写这些有什么用！它记录的都是失败而已！"

房东的女儿和我去了葬礼。同一天下午我去了音乐厅，那是我第一次和他说话的地方。当我出来时看见芙蕾达正趴在出口处，盯着每张经过的脸，徒然地嗅着他们的鞋子。房东的女儿在旁边徘徊着，手里拿着块饼干，她的脸上有种迷惑又惋惜的表情。

1900 年 9 月

寂静无声[①]

一

那不勒斯的火车车厢里，一个煤矿专家正埋首于一袋文件中。强烈的阳光照出他棕色脸颊上的细细皱纹，还有他乱糟糟的短粗胡子。一张剪报从他的手里滑脱，他捡起来，心想："见鬼了，这东西怎么会在这儿?"剪报是从三年前的一份殖民地报纸上剪下来的，他坐在那儿盯着看，好似在那张被遗弃的发黄纸页上，发现了自己过去的什么影子。

他读到的是这些："我们希望，迈向文明过程中遇到的挫折，对商业和发展的遏制，在我们殖民地这个大有前途的地方只是暂时性的。我们相信会再有资本注入，拯救此地。一个人成功的地方，其他人就必定不会失败吗？我们深信，这只需要……"最后一句是："还有什么比此情此景更悲哀的：看着森林被日光拉长的树影，投在无人居住的房子上，宛如失败的象征，那曾经充满了人类欢声笑语的地方，如今寂静无声……"

十三年前的一个下午，他在伦敦金融城煤矿专家常去的一个

---

① 原文的标题是 Silence。作者一箭双雕，本文的主人公经常保持沉默，为一重 silence；主人公生活的煤矿区，森林静谧，为另一重 silence。为保持文章意境，题目的翻译取了"寂静"之意。

商业中心等着新的出差任务，他们喜欢聚集在那儿，就像海鸥喜欢栖息在某块最爱的岩石上一样。一个职员对他说："斯考里尔先生，他们请你下去——新煤矿公司的海明斯先生来了。"斯考里尔拿起通话管，一个声音传来："是你吗，斯考里尔先生？我希望你一切安好，先生，我是海明斯。请稍等，我这就上来了。"

两分钟后他出现了，克里斯托弗·海明斯，新煤矿公司的秘书。他在整个伦敦金融城都很有名，背后人称"冉冉明星"海明斯。他握住了斯考里尔的手——这个手势是恭敬的，也显得很高雅。他生得十分英俊潇洒，并且聪明能干，是个重要人物。他留着铁灰色的胡须，一双漂亮的眼睛似乎总想把人看穿，不断传达着一种客气的邀请，像是在审视它们看人的准确性。他站在那儿，好像金融城里的阿特拉斯①。他的双腿稍微分开，燕尾服上衣拿在手中，金融事务对他而言就好像是阿特拉斯手里的地球，灵巧地平衡于他的股掌之间。"看看我！"他似乎在说，"的确很重，但是我轻易就能托起它！我可不会让它掉下来的，先生！"

"愿您一切安好，斯考里尔先生，"他开了口，"我在我们的煤矿附近转了转。现在我们之间有个问题需要解决，我发现有块新地空出来了，还没被征用。我发现很难让我的董事会给出一个综合意见。简而言之，问题是：你能否替我们去那儿勘察一下，然后做个汇报呢？费用不是问题。"他眨了下左眼，"情况非常……呃……不稳定，我们打算换掉原来的监工。我聘请了小皮平——你认识小皮平吗？"

斯考里尔带着一种含糊的不满之情咕哝着说："哦，认识，但

---

① 阿特拉斯(Altlas)，希腊神话以肩顶天的提坦巨神之一，因参与提坦神反对奥林匹斯诸神而被罚用双肩在世界顶西处支承天宇，通常为一个巨人托着一个地球的形象。这里形容克里斯托弗·海明斯是伦敦金融城里的顶梁柱。

他不是矿工!”

海明斯回答道:“我们认为他能行。”

“是吗?”斯考里尔心想,“算你们走运了!”

他还没有完全摆脱对皮平的崇拜——当他们还是坎伯恩[1]语法学校的学生时,大家都叫他“王者”皮平。“王者”皮平!那个男孩浑身上下总是那么光鲜,油亮的头发,狡黠明亮、难以捉摸的眼睛,宽宽的肩膀,他脖子略勾,走路很快,像只小鸟一样。这个男孩什么都是第一,昂首挺胸好像总在寻找下一个可以让他再夺冠的事情。

他记得有一天,“王者”皮平用他一贯的温和口吻对他说:“斯考里尔,我来帮你做算术题。”他半信半疑地问:“这行吗?”皮平回答说:“当然行了!我可不希望你落后于那个讨厌的布莱克,他不是康沃尔郡人。”(“讨厌的”布莱克是爱尔兰人,还不到十二岁。)他还记得,有一次,“王者”皮平还有其他两个男孩与六个粗鲁的家伙打架,被揍了一顿,之后浑身是血的皮平坐了半个小时,他把头埋在手里,来回摇摆着,流下了屈辱的泪水。第二天,他一个人偷偷溜走,攻击了同一伙人,又一次被打得皮开肉绽。

回想起这些事情,他简略地问:“什么时候出发?”

“冉冉明星”海明斯非常高兴地回答说:“有个人要和你同去!我这就派发任命。很高兴见到你一切安好。”他瞥了斯考里尔一眼,随即就离开了。斯考里尔仍然坐在那里,觉得自己无足轻重,还莫名感到压抑,这两种感觉弄得他心情沉重,好像灌了一大杯甜波特酒下肚一样。

一周后,在皮平的陪伴下,他登上一艘邮轮。

---

① 英国西南部城市。

学生时代的“王者”皮平现在已经是个四十四岁的中年人了。他唤醒了斯考里尔心中朦胧的好奇心，人们总是带着这样的好奇心回望他们青涩的少年时代。他们在大西洋的波涛中，步伐不稳地在甲板上上上下下，斯考里尔偷偷注视着他的同伴，好像期待从中窥见一些关于他的故事一样。皮平仍然保留着学生时代那头光泽漂亮的头发，短短的胡子也显得光彩照人。他依然容光焕发，声音温和，只是脸上添了皱纹，他还是那样，具有狡猾的幽默感和带着几分嘲讽之意的同情心。从一上船，他就丝毫不带商量余地地坐在了船长的桌子旁，第二天斯考里尔就发现自己也得坐到这张桌子旁，像皮平开玩笑说的那样，“你不得不坐在大人物们之间了。”

在整个航行过程中，只有一件事让斯考里尔印象深刻，但事由令人尴尬。船的前甲板处通常都是移民。一天晚上，他靠在围栏上看着那些人，突然感觉有人碰了碰他的胳膊，他扭头一看，看到皮平的脸和胡子在灯下颤抖着。“这些可怜的人们啊！”皮平感叹道。这句话在他脑中一闪而过，他就像某种精密的有线录音设备一样，将此一丝不落地刻录下来。

“我猜他要支撑不住了！”斯考里尔心想。为了证明这个想法，他脱口而出：“你真是个神经敏感的家伙。瞧瞧你盯着那些可怜人的样子！”

皮平催促他离开甲板。“走走走，你让我放松了警惕，”他小声说，狡黠又温和地笑了一下，“这不公平。”

斯考里尔发现自己一直对皮平很好奇。皮平，在这把年纪，放弃了伦敦的安稳生活和交际圈，四处漂泊，在新的国家开始了是否能成功目前还是个未知数的新职业。“我总听说他各方面都很强，”他想，“我想，也许，他总是试图让自己变得更好。他是一个真正的康沃尔郡人。”

抵达矿区的早晨天色灰暗阴沉，萦绕的烟雾好似被毛毛细雨淋落，紧紧附着在森林上空。街道乱糟糟的，木屋呆板地散落两边，反衬着背后无边无尽的寂静森林。一种茫然的沮丧之气笼罩了一切：起重机闲置着，伸出的吊臂下面，卡车空空的；长长的码头渗出黑色的泥浆；矿工们无精打采地站在雨里；狗刨着地。去旅馆的路上，除了一个擦盘罩的中国人，他们一个忙着或闲着的人都没碰到。

前任监工是个胖胖的人，事先得知他们要来，款待了一顿午饭，算是为他们接风。那些饭菜油腻腻的，让人毫无胃口；他对他们俩的态度就像那些食物一样，油嘴滑舌、格外谄媚，但让人提不起兴致。他们这两个新来的人又一次陷入孤单的境地，悲哀地对视了一眼。

“天哪！”皮平叹了口气，“我们必须改变这一切，斯考里尔，不成功誓不回乡，绝不。我不会再失败，一定会荣归故里的！你将用我的盾牌抬着我回乡①。”然后他狡黠地打趣道，“太重了抬不动，嗯？可怜的家伙！”接着他沉默良久，嘴唇动着，似乎在计算总成本。突然他叹口气，抓住斯考里尔的胳膊说：“我太迟钝了，是不是？你打算怎么办？将我写进你的报告里，说，‘新监工，一个悲观、迟钝的家伙，跟人一句话都没的说！’”皮平又一次陷入沉思中，好像这个新任务对他来说是太过沉重的担子似的。那晚他跟斯考里尔说的最后一句话是：“这里非常寂静。很难想象有人来这里是为了生活。但是，我觉得我就是这样的人。我不必做个懦

① 西方文化里，古代打仗时，人在盾在，弃盾意味着逃跑，是懦夫的表现，带着盾牌返乡表示一个战士英勇地战斗过。受伤或战死的士兵被放在盾牌上抬回家乡，是一种荣耀。

夫！”他抹了把额头，好像是把这个念头从一堆软弱的想法中拎出来，然后就匆匆走掉了。

斯考里尔留在走廊里抽烟。雨已经停了，夜空中几颗星星隐约闪烁着。小镇虽然肮脏不堪，但森林清新的气息弥漫在整个小镇上。那似乎无边无尽的森林，若隐若现。他想起小时候看过的童话书里的一幅画：一个留着胡子的小个子男人，踮着脚抬着头，持一把大剑，猛击巨人的城堡。这画让他想到了皮平。突然间，在斯考里尔看来，皮平的生活就是不断迁徙到陌生的地方。虽然夜晚看不见森林，但是闻得到它们散发出的浓郁的、健康的气息；林间细小的声音——像捏小玩具时发出的吱吱声，从阴郁的寂静中传出……这一切似乎都让人无法忍受，出于自我保护的本能，似乎应该回避这一切似的。

他想起在“冉冉明星”海明斯家度过的一个晚上，在那里他接到了他的上一个任命。那栋郊区别墅防护严密；它的名门贵气令人沮丧；海明斯小姐极度尖酸刻薄；他的耳边充斥着大承包商、公司赞助商、同辈人高贵的名字；那些人，谈话中尽挑些炮车般重的话题，又假装驾驭自如；海明斯则是一派掌控全局的样子，哪儿有矛盾管到哪儿，到处都是他刺耳的声音。他手下的一切事务看起来都安全妥当，好像全都稳稳地拴在一只锚上，那只锚就沉在他家客厅地毯上的粉红色卷心菜下！海明斯，送客时将他送到门外，悄悄地说：“小皮前途大好。我们会给他薪水涨到……他会成为一个伟大的人物——王者一样。哈哈！”

斯考里尔将烟斗里的烟灰抖掉。“薪水！”他仔细听着海明斯侃侃而谈，心想，“每年五千镑，换我可不干，尽管是个不错的矿区。”他带着强烈的嘲讽之意又重复了一遍，“哼，不错的矿区！”

十天后，他完成了关于新煤矿区的报告。他站在码头上，等着登上回家的船。

"一路平安!"皮平说,"告诉他们,他们不用担心。回家了偶尔也想想我,哈?"

斯考里尔与他挥别登船。他隐约记得皮平眼中噙着泪,手不住地颤抖。

二

八年后,命运的车轮重新将斯考里尔带回那个让他感到幻灭的地方。这次,他不是为新煤矿公司的生意而去了,而是为另一家煤矿公司出差,那个公司的矿区距他们的矿区大概三十英里。在出发之前,他拜访了海明斯。这个秘书被成堆的文件包围了,比以前更加神采奕奕。斯考里尔对他谦恭有礼、容光焕发的样子熟视无睹。一个灰色胡子、满脸疑问的小个子男人,坐在壁炉边的扶手椅上。

"你认识布克先生的,"海明斯介绍说,"我的上司之一。这位是斯考里尔先生。先生,他曾替我们出差勘察过矿区情况。"

他这几句话说得巧妙,暗示了这件事的重要性。那位主管将二郎腿放下来,鞠了一躬。斯考里尔也回鞠躬,海明斯靠在后面,慢慢地整理着他的西装马甲。

"那么,现在你要为别的公司出差了,斯考里尔?布克先生,我告诉斯考里尔先生,你要为我们的对手公司出去跑腿了。你曾给我们找到了好煤矿,可别为他们找到这般好的煤矿啊,我们有个好帮手在矿区呢。"

那位小个子主管突然问:"看到我们上次的分红了吗?百分之二十!嗯,什么事?"

海明斯动了动一根手指，仿佛是在反驳他上司的话。“我不会对你隐瞒什么，”他低声对斯考里尔说，“我们和对手公司之间有些冲突，你非常了解我方的立场，而且有点过于了解底细了，是不是？不言自明。”

他用眼神圆滑地奉承着斯考里尔，斯考里尔一手掩眉，说：“当然。”

“皮平和他们合不来。在我们自己人之间，他有点妄自尊大了。你懂的，一个人处在他的位置上，突然得到晋升，会变成什么样。”

斯考里尔发现自己正盯着地板看着海明斯的靴子，他略感内疚地抬起眼睛。秘书继续说：“我们是期待他时常汇报情况的，但是实际上，我们不太经常收到他的报告。”

斯考里尔脱口而出：“那是个寂静的地方！”这句话一出口，他自己也吃了一惊。

秘书笑了笑。“很好！布克先生，斯考里尔先生说，那是个寂静的地方，哈哈！我认为他说得好！”但是突然，一种隐秘的愤怒之情似乎从他身上窜出来，他几乎是激烈地爆发了，“但他无权因此受到影响，是不是？这事请你评评理，斯考里尔先生，我也征求你的意见，布克先生！”

但是斯考里尔没有回答，很快起身告辞了。海明斯请他代为转达皮平，他们欢迎他多写信来。等着过马路的时候，他站在皇家交易所的建筑影子里，心想：“皮平啊，你必须发出点声音，必须——你得抽出点精力，给这边写点汇报……”

当他到达矿区时他给皮平打了电话，问自己到矿区镇上时能否去他那里住上几天，得到的回答是：“当然，来吧。”

一周后，他到达了镇上（现在那里通铁路了），发现皮平在一辆四轮马车里等他。斯考里尔都快认不出这个地方了：一切都闪着光，好像什么人用魔棒点化过一样。小路变成了大路，在明亮的阳光下，黑黑的道路显得厚实，笔直地穿过森林；木屋都刷了漆；在闪闪发光的港口之外，绿色的群岛之间停着三艘蒸汽船，每艘都带着一队忙碌着的小船；到处漂浮着小型艇，就像是海面上的海鸟。皮平赶着他的长尾巴马，马车飞奔着，他的眼里饱含微妙的亲切之意，似乎是在欢迎斯考里尔的到来。

在他住在皮平这里的两日，斯考里尔一直觉得这里充满了魅力。他有很多机会观察皮平，看他如何掌控着大小一切事情的。他住的平房，木门和木墙一点都不隔音。他听着皮平和三教九流的人谈话。来访者通常一开始都会拔高嗓门——生气的声音，不满的声音，不带感情的声音，有时是带着鼻音的口音，或是带着喉音的慢腔慢调，然后就会传来皮平在房间里踱来踱去的声音，他的脚步声很轻，吧嗒吧嗒的。随后一个停顿，接下来是沉重的呼吸声，快速的提问声，接着又是来访者的声音，又是脚步吧嗒声，然后是皮平安抚来访者的一些好言好语和他坚决果断的低语声。那些出来的来访者，脸上的表情斯考里尔很快都看熟了，他们都是一种生气、困惑又无助的表情，似乎在说："他就这么把我打发了，我来时就知道会这样。"

说到"家"，皮平惆怅地提了很多问题。他想谈论音乐，绘画，戏剧；他想知道伦敦现在是什么样子，有什么新街道，尤其是，最近斯考里尔有没有去过英国西南部①。他谈论明年冬天要离开这里，问斯考里尔认为家乡人能不能"容忍得了他"；然后，他变得焦虑不安——这种状态之前也让斯考里尔担心过，他补充道："啊！

---

① 根据小说，皮平是康沃尔郡人，康沃尔郡位于英国西南部。

但是我现在已经不适应家乡了。我已经被宠坏了，这里又广阔又寂静。我干吗还要回去呢？我自己似乎都没意识到这点。”

斯考里尔想起了海明斯。“当然，那边约束是多些。”他低声说。

皮平继续滔滔不绝，好像在揣测他的想法。“我猜我们的朋友海明斯会说我是个笨蛋，他可不屑于想象力的那点小缺陷了，是吧？是的，这里非常寂静。有时候晚上我会在脑中跟想象的什么人说说话——我想海明斯可从不会这么做。而且，即使回国，我也没法面对他们了。我已经被宠坏了！”他俏皮地说，“如果董事会听到这些，他们会说什么？”

斯考里尔脱口而出：“跟你说实话吧，他们抱怨说不大听到你的消息。”

皮平伸出一只手，好像将什么东西推开似的。“让他们试试这里的生活！”他叫道，“就像坐在活火山上——什么？！‘和我们的朋友们一起’？！那叫‘对手’！就在那边，那些人，美国的竞争对手！我想方设法让煤矿保持运转，斯考里尔，但是我付出了多大的代价！多大的代价！”

“确实——给他们写点书面信函呢？”

皮平只是回答说：“我试试，我试试吧！”

斯考里尔感到一阵懊悔，心想自己干吗说了实话。第二天他出去视察了。在“对手”的营地里，他听到的内容大都是关于皮平的。

“哎呀！”他的东道主①——对手矿区的监工，一个长着形似猫头鹰脸的小个子男人说，“你知道镇上人都叫他什么吗？‘王者’！

① 斯考里尔此次是为海明斯的竞争对手公司出差。

很厉害，是不是？他让他们沿着这条海岸线彻夜干工。我很喜欢他，他是个好心人，相当神经敏感，但是我的手下们不管怎样都无法再忍受他了。先生，他统治着这块殖民地。你别看他表面上看上去老实巴交的，但是私底下相当有一套手腕，这是激怒工人们的地方。就是这点和他煤矿的大获成功激怒了大伙。

“这让我迷惑了，你以为他只是一个神经过敏的人，来这里只是因为太喜欢安静的生活了，但是你错了，只要他不争夺什么，他就永远不会快乐。凡事有一线机会的事，他都一定要夺得胜利。我不能说他喜欢这样，但是，老天啊，看起来他非这么做不可。可笑啊！我告诉你一件事，如果某天他要是破产了，我也不会惊讶；我再告诉你另一件事，”他阴郁地补充道，“他是在铤而走险，我指他签的那些大合同。我可不会像他那么冒险。

“他们爱罢工就让他们罢工好了，或者让他们停矿一段时间——记住我的话，先生，皮平那一切都会完蛋的。但是，”他私下总结道，“我希望能像他那样管理好这些人。在这个乡镇，用好人是件大事。不像在家乡，你可以随便走到哪里再找到一伙人。你必须让你现有的工人做到最好，因为你无法在本地再找到另一个人，出于热爱或出于爱钱为你卖命干活了。”他皱了皱眉，对着森林挥了挥胳膊，暗示那片土地很贫瘠。

三

斯考里尔考察完毕，到森林里去打猎。在回来路上，他碰到了他的东道主。“看看这个！”他举着一份电报说，“太可怕了，是不是？”他的脸上挂着一种深切的同情，但又滑稽地混合着羞愧的满意之情——人们面对对手遭遇不幸时就是这副表情。

电报发出的日期是昨天，里面这么写着："今早新煤矿公司发生骇人大爆炸，造成重大伤亡。"

斯考里尔中了邪似的想："皮平现在肯定很需要我。"

他立即告辞，他的东道主喊住他："你最好等船来！坐车过去相当远！"

斯考里尔摇摇头。他连夜坐车往皮平的矿区赶，粗糙的铁轨穿森林而过，在火车车轮撞击铁轨的震动中，他一整夜都想着皮平。他无心考虑这场灾难的其他受害者，几乎都没想到那些在矿井下窒息而死的人，但是皮平的挣扎——想到矿难好似一头多头怪物，皮平正在与之单打独斗，这让他牵肠挂肚。他睡着了，梦见皮平被一条蛇慢慢地缠住、窒息，他那张和善的、带着嘲讽神情的脸露在两圈闪亮的盘蛇间，显得极度痛苦。那个可怕的噩梦简直像真的一样，他吓得惊醒过来。

这是黎明前的时刻：漆黑的枝干挡住了天空，车轮每一次颠簸，车厢的灯光都随之摇晃，奇异的圆形蕨类植物和树干，蔓延深入到森林冰冷的腹地。有一个多小时，斯考里尔试图假寐，以此来躲避这种寂静，躲避这片浩瀚森林压倒一切般的阴暗。突然，一阵轻柔的呢喃响动从前方悄悄传来，光线搅动了森林，直到晨光慢慢地完全照亮天空。但是清晨的阳光并没有带来温暖，斯考里尔裹紧了斗篷，感觉自己似乎一下子进入了晚年。

临近中午时他到了镇上。小镇上似乎仍然魅力无穷。他一路赶往煤矿。提升机正转动着，井架顶部的滑车旋转着，看起来一切正常。"是误报！"他心想。他又驱车到了煤矿建筑区，飞奔下车，爬到升降机井的顶部。通常，那里应该充斥着手推车的轱辘声和煤块的吱嘎声，但是现在，那里一片寂静。不远处就站着皮平，浑身沾满尘土。下矿的罐笼，从井底下快速地、沉默地升上来，笼门弹开，发出一声刺耳的嘎嘎声。斯考里尔弯腰向下看。那儿躺着个死者，脸上还带着微笑。

“多少人?”他低声问。

皮平回答说:“已经拉上来八十四个，还有四十七个在底下。”并将这个人的名字记在小笔记本上。

接下来一个年纪更长的人被拉上来了，也是微笑的表情，好似他品尝到了比尘世的喜悦更多的滋味。这些奇怪的微笑，比他看到过的其他死者脸上痛苦或绝望的表情，反而更触动他。他问一个老矿工，皮平已经工作了多久没休息了。

“三十个小时。昨天他下矿井去了，最后我们不得不把他抬上来。他还要再下井，但是工人们都不肯再带他下去。”老人叹了口气，“我在等着我儿子上来。”

斯考里尔也等着——那些死者微笑的遗容上有种魅力。对这些永不会再呼吸的人的救援工作继续展开着。斯考里尔在太阳下感觉昏昏欲睡。老矿工叫醒了他，说:“这里最危险的就是窒息瓦斯了，看，他们全像醉死了一样!”接下来拉上来的是总工程师。斯考里尔对他很熟悉。他是个苏格兰人，四十来岁，将永远停在这个年龄了。他的脸——他是唯一一个没有微笑的人，似乎在为他的职责剥夺了他最后的享受而悲痛。他的眼睛瞪得大大的，嘴唇闭得紧紧的，死时保持着抗议的姿态。

傍晚时，老矿工碰了碰斯考里尔的胳膊说:“那就是他——我的儿子!”他缓缓地离开了，用手推车推着他儿子的尸体。

太阳渐渐下山了，矿井底下的一群矿工上来了。直到难闻的气味都散掉之后，进一步的搜救才有可能进行。斯考里尔听见一个人说:“还有一些人我们无法找到了，他们肯定已经被埋了。”

另一个人回答他:“我还可以拉些人上来!”矿工们经过他身

边时，他发现他们眼睛的眼白部分显得闪闪发光，因为他们的脸都黑得像墨汁一样。

和斯考里尔回家的路上，皮平驾车飞驰，一言不发。当他们转向主街时，一个年轻女人拦下马车，皮平不得不勒马停车。他看了斯考里尔一眼，那眼神似乎在说他早就知道会被人问起矿难的事，迟早要饱受折磨。这个女人问他讨要自己的丈夫。后来他们又被拦下来好几次，女人们询问她们丈夫或儿子的下落。“这是我必须要经受的。”皮平轻声说。

吃过饭后，他对斯考里尔说：“谢谢你过来支持我！他们认为我是个可怜虫。可是，我还有办法让矿工们再下井吗？他们都被吓到了。我真希望我是那些可怜小伙子中的一员，带着那样的微笑死去！”

斯考里尔感到自己过来什么都帮不上，皮平还是一人承受着那种炙烤和重压。他能受得了吗？又或者，过去的一切成功都会化为废墟？他一遍又一遍督促他该休息了，但是皮平只回给他一个古怪的微笑。“你不知道我有多强韧！”他说。

四

斯考里尔睡得很沉。他在黎明时分醒来，下了楼。皮平仍在办公桌前，他的笔掉在地上，已经睡着了。墨水还未干，斯考里尔瞥见了开头：

“先生们，自从矿难发生后我一直未眠……”

他便悄悄走开了，心里愤愤的，因为无论什么事皮平都必须自己扛着，没有人可以为他分担那些挣扎和压力。他想到伦敦的公司董事会肯定已经炸开了锅。他想象着海明斯装腔作势的严肃样子，他的表情、声音以及举止似乎在暗示：单靠他自己就能挽救整个形势。六个董事，都是具有判断力和仁慈之心的人，坐在炮塔形状的大墨水壶后，评论着："太可怕了！""我猜皮平正在尽力而为！""发电报给他，叫他不得让煤矿停工！""可怜的家伙！""拨款？当然，不然我们还应该给什么？"

他坚信，这一切都不会干扰他们的情绪，他们照样回家吃着羊肉。这倒也是件好事，他们对这事在意得越少越好！但是斯考里尔感到愤怒。这场斗争太不公平了！一个天性敏感的人，却没有一个人能帮助他！好吧，这是皮平自己的问题！他选择了将一切都大包大揽到自己身上，让自己背负一切。如果他现在屈服，他的事业之船一定会沉没！斯考里尔对他仍有一丝英雄崇拜。"皮平是在与自然对抗，"他想，"我支持他。"对皮平的这场斗争，他深感无能为力，帮不到他什么，但是他强烈地觉得这也是他自己的事，好像这里面包含了他自己的信念。

第二天他们又去了矿井口，斯考里尔亲自下了井。矿井里难闻的气味基本上已经散去，但是还有一些无法到达的地方。这天结束时，只找到了四具尸体。"到了审判日[①]那天，"一个矿工说，"他们四个会从这里出来。"那些无人认领的尸体让斯考里尔烦扰。他看到了死者留下的只言片语——那是他们等着被窒息而死时写下的感受。一处地方写着时间、"犯困的"一词，还有签名；另一处写着"A.F.留名。"当他最终上来时，皮平还在等着，手里拿着小笔记本。结束后他们又一次飞驰离开。

两天后，斯考里尔去了升竖井，发现它的四周已经荒废

① 审判日，指基督教神学思想里，世界终结之时，决定人类命运的一天。死者将从坟墓中复活，所有人被召集到上帝的审判席前接受审判。

了——没有一种活物，除了一个中国人用棍子翻着垃圾以外。皮平去了海岸那边招聘工程师，他回来时，斯考里尔不忍心告诉他那边已经荒废的事。他连试着开口提及都没试，因为皮平说："别害怕。你有什么坏消息？工人们去罢工了？"

斯考里尔叹了口气："全部去了。"

"我也这么想。看看我收到了什么！"他将一份电报推到斯考里尔面前：

"不惜一切代价继续运营——停工是致命的——想办法处理这事。海明斯。"

皮平急速地呼吸着，说："就好像我不知道该怎么办一样！'想办法处理这事'，有点难！"

"还有什么要做的？"斯考里尔问。

"你看，我也是被逼的！"皮平苦涩地回答说，"他们是对的，我们必须继续开工——因为我们的合同！现在我是真够沮丧的，没有一个人让我省心！"

第二天，矿工会议在小镇郊区召开了。皮平曾经清理了镇子外围区域，使之成为一个公共娱乐场地，这也是公司值得夸耀的地方。但现在，它变成了一个决定公司存亡的地方。

西方的天空有一线云，像捶打的金条一般，树影向这群人悄悄移过来。夜晚的味道，还有森林浓烈的香气，让空气都变甜了。矿工们在烧焦的树桩之间围成一个圈，似乎被矿难吓到了，都是一副闷闷不乐的表情。他们看起来似乎动弹不得，也说不出话来。正是这种无力表达的瘫痪状态让斯考里尔有些害怕。他看着皮平站在马车上讲话，那一双双阴郁的、焦躁的眼睛盯着他。他还能坚持下去吗？还能撑到最后吗？这就像完成一场赛跑一样。他捕捉到皮平脸上那缕受挫的表情，似乎他对打破这种可怕的瘫痪状况绝望了。人们的眼睛开始四处游移。“他失去对这里的控制了，”斯考里尔想，“都完了！”

一个站在他旁边的矿工低声说：“小心！”

皮平身子向前倾，拔高了嗓音，蹦出来的语句像皮鞭一样抽在人们的脸上：“你们不能背弃我，难道你们认为，我会放弃我为你们做的一切？我会让你们成为这片殖民地最有权势的人！难道因为遇到点事，你们就要逃跑吗？你们是一群懦夫，我的小伙子们！”

斯考里尔周围的每个人听着他的讲话，手上都是不同的动作——一个人搓了搓手；一个人握紧了手；另一个动了动他紧握的拳头，似乎要从背后攻击什么人一样。一个长着一把大胡子的老康沃尔郡人，皱着眉头，眼睛闪着光，咕哝说：“他不用担心那些。”皮平的目标似乎是想让工人们杀死他似的；工人们聚集得更紧了，一副准备冲出去的样子。突然间皮平的声音降成了低语：“我觉得很丢脸。伙计们，你们还会支持我吗？”斯考里尔旁边的老矿工突然叫出来：“这里还有没有康沃尔郡人会支持这个监工的？”一群人很快聚集起来，他们比划着手势，窃窃私语，就这样散会了。

夜晚，一个工人代表团来拜访皮平，斯考里尔整夜都能听到他们的谈话声和皮平的脚步声。第二天一早，皮平就去了矿场。晚饭前代表团又来了，斯考里尔又一次听见说话声和脚步声，持续了好几个小时，直到他睡着了。黎明前他被一道光照醒了。皮平站在他的床边。“工人们明天去上工，”他说，“我说过的吧！你将用我的盾牌抬着我回乡，嗯？”

一周后，煤矿又完全运转起来了。

五

两年后，斯考里尔又一次听到了关于皮平的消息。从海明斯那儿来的一份通知送到了他手里，问他是否方便下周四参加他们的董事会议。他比约定的时间到得早。秘书海明斯接待了他，并回答了他的询问："谢谢你！我们经营得不错！我们这些人，都干得不错！"

"皮平呢？"斯考里尔问。

秘书皱了皱眉。"啊，皮平！我们请你来就是为了他。皮平给我们添了不少麻烦。我们已经有两年没有收到他的任何消息了！"他说话的语气里饱含了个人苦衷，斯考里尔对他感到十分抱歉。

"一点儿消息也没有，"海明斯说，"自从那次煤矿爆炸事故后——那时你也在那，我记得！就是这件事让情况变得棘手了。我认为他是故意针对我的。"

"但是怎么会……"斯考里尔说。

"我们收到了电报。他不给任何人写信，甚至连家人也不联系。为什么？告诉我为什么？我们听说他在那边是个大人物了。他要是甩手不管殖民地的事，那边就什么都做不了。他最后也会完全不听我们的了，因为他不同意我们的铁路继续扩展——这表明他不是个傻瓜。另外，再看看我们的资产负债表！"

原来，他们请斯考里尔来，就是想听听他的意见，是否该派海明斯去看看皮平到底出了什么状况。接下来的会议讨论中，斯考里尔非常不情愿地听着董事会对皮平的沉默大加指责。"那起爆炸事故，"他最后说，"那段时期非常困难！"

布克先生抓住机会抨击他:“困难！确实是,而且对我们所有人来说都是。但是这算个什么借口啊,斯考里尔先生,这算什么借口?”

斯考里尔不得不承认这个借口站不住脚。

“工作就是工作——嗯,什么?”

斯考里尔环顾这间整洁的董事会会议室,点点头。一个一直不发言的董事,几个月都不曾开过口,突然言辞激烈地说:“这太可耻了!”很明显,他是将一直未曾说出口的反对意见和积压的愤怒全部爆发出来了。还有一个衣着非常整洁、慈眉善目的老家伙,进了会议室也不脱帽子,竟然还将一个捆着细绳的牛皮纸包裹带进了会议室,他说:“我们必须给予补助。”然后开始大谈自己年轻时的例子。海明斯温和地提醒他遵守会场秩序。斯考里尔也被问到了意见。他看着海明斯。“我可是个重要人物”,这句话简直就写在这位秘书的脸上。斯考里尔素来对皮平忠心耿耿,受这股忠诚之心的驱使,他说:“好吧,让我知道你何时出发,海明斯,我愿意去一趟。”他这番回答,好像派海明斯去矿区查看情况的事已经定下来了一样。

他正要出门时,董事长老乔里恩·福尔赛向海明斯严肃地眨了下眼,示意他到一边来。“我很高兴听到你说你愿意去,斯考里尔先生,但是我们必须谨慎。皮平是非常好的干将,就是生性敏感。我们矿区的那位朋友,有点难对付,嗯?”

斯考里尔确实和海明斯一起去了矿区。他可记得清楚,海明斯晕船晕得身体虚脱,却还要装着体面高贵,一路上哼哼唧唧的。没想到他那种充满优越感的人,也有不得不屈服的时候。他还逢人便讲起这段经历,他添油加醋讲起这事的样子,真是十分滑稽。

皮平特意到镇上来接他们,好像他们是皇室贵族一样。为了让他们舒舒服服的,他带他们坐专列去了矿区。

皮平结实了一点,脸色更红润,胡子更灰,从他的声音和呼吸中看,他似乎更加神经敏感了。他对海明斯客客气气的,明显在讨好他,但是他狡猾的、嘲讽的眼神在秘书装腔作势的外表上漂移。然而,对于斯考里尔,他甚为亲切热情。

第一个晚上,当海明斯回到他房间了后,皮平像一个放了学的男孩一样跳起来。“我要挨骂了,”他说,“我想我也活该,但是你知道吗,要是你知道的话……外面人人都称我‘王者’,他们说我统治着整个殖民地,但是我却没法管好自己!”他情绪激动,斯考里尔从来没看过他这样。皮平继续说:“他们为什么派这个人来?他怎么能知道我所经历的一切?”片刻他平静了下来。“好了,好了,我刚才太愚蠢了,让你担心了!”他温和地看了斯考里尔好一会,催促他回床睡觉。

皮平没有再情绪失控,尽管怒火似乎在他彬彬有礼的嘲讽中焖烧着。显然海明斯也隐隐察觉到了危险,因为他不敢暗示此行的目的。有些时候,海明斯不在场的时候,斯考里尔也觉得皮平压抑着满腔怒火。

“毕竟,”他心想,“这也只是个小小的请求——不就是让他每月写封信给公司汇报下情况嘛。怎么会有这样的事呢。”他们还能忍受皮平,太好了!这说明他们非常重视皮平!皮平到底是怎么回事?他到底烦扰的是什么?

甚至海明斯也承认,矿区有了“相当大的转变。”那是在他们从公司的试验矿区最边远的地方驱车回来的路上,穿过森林八英里。那一带的树木被森林大火烧焦了,小路从中穿过。皮平驾着马车,把马儿赶得飞快。海明斯坐在斯考里尔旁边,一副惊恐的表情,因为皮平的驾车速度足以让任何人露出这种表情。天空不可思议地黑了下来，微弱的光线从不知道的什么地方透过树丫照进来。大家几乎屏息凝视，车轮和马蹄在深深的蕨类地面上发不出一点声音。四周都是烧焦的树桩，光秃秃的，参差不齐，好像是立在那里的萎缩的巨人。树桩之间的通道黑黑的，天空黑黑的，连寂静都是黑黑的。没有人说话，真的，唯一的声音就是皮平的呼吸声。到底是什么东西，让人觉得如此恐惧？斯考里尔有种自己被埋葬的感觉——没有人可以来救他。这种感觉就是人类直面大自然的感觉，好像所有人类语言和规则带来的舒适感和安全感都慢慢离他而去。结果什么事也没发生。他们安全到了家，吃了饭。

晚饭间，斯考里尔看着皮平抬起握着切肉餐刀的手，回答海明斯谈到公司前景时的一些问题，他不禁又联想起记忆中的那幅画：一个小个子男人挥剑去砍一座城堡。皮平扬起的下巴里透出的乐观主义，他低语声中包含的充沛精力，让斯考里尔比之前更清楚、更生动地窥见了他的本性。这片新领地，除了皮平自己无人能助他一臂之力的新领地，就是那座城堡！难怪皮平无法忍受被人掌控，难怪他们无法控制他，难怪他总是保持沉默——他要斩掉那座城堡！突然他想："是的，人们一直以来都心知肚明，大自然最终会打败他！"

当晚，海明斯道出了自己的责备之意。一开始他坐在那里，反常地沉默。斯考里尔认为他有点醉了，他一言不发的严肃样子仍然那么自命不凡。然而，他突然站起来说，一个人在他的位子上是多么难，董事会（他说起董事会的口吻就像说起一个有许多小孩的家庭），一直都这么缺乏矿区反馈来的信息。实际上，他不得不编造答案去应付股东们的问题。这很痛苦，也很丢脸，他从未听说过哪个秘书要靠编造回话的！他还说，这简直是种侮辱！

他为公司卖命地工作，一年年变老。斯考里尔先生能证明他说的话，他要保持自己的地位——他在金融区的名声很响，而且，老天啊！他打算继续保持这个好名声，他不允许任何一个人将他的名声拖进烂泥里——这一点他们必须清楚。他的上司们觉得他把他们当小孩要，不管是不是那样，想到他，堂堂秘书海明斯，被人当小孩要，太荒谬了！秘书顿了顿，他的眼睛似乎威逼着整个房间里的人。

“要是没有伦敦办公室的话，”皮平说，“股东们将得到同等的分红。”

海明斯倒抽了口凉气。“什么!”他说，“这怎么可能!”

“我才到这边时，伦敦那边给了我什么帮助？我从来都没得到过什么帮助!”

海明斯身子一晃，很快又恢复原态，他强逼着自己挤出一个笑容，回答道，如果这话属实，那这些年他倒轻巧了；他不相信这么久以来公司没给过他帮助；站在个人立场上，他本该想到他也许对公司情况有意见，但是不管怎么样，他的这些讽刺话真是不攻自破……关于这些有限公司，皮平先生恐怕巴不得自己一手遮天，扭转宇宙的现行法则，但他想说的仅仅是，皮平不该拿一个他碰巧担任秘书的公司下手。斯考里尔先生已经暗示过他有哪些借口了，对他来说，尽管他怀着最诚挚的好意，但他要见工人们的话，非常困难！当然他可以再考察得深入些——他见不到工人们！那场爆炸……

看到皮平明显退缩了，海明斯也开始怀疑自己是不是话说过火了。

“我们知道，”他缓和下来，“那段时间你也很难熬……”

“难熬!”皮平大叫。

“好在没有人抱怨我们没有公平地处理此事。”海明斯安慰道。皮平动了下脑袋。海明斯继续说：“我们认为你是位好监工，甚至可以说是出色。我的意见是：让我们保持合作愉快！我不是在提出什么不可理喻的要求！”他以合宜的幽默语调结束了谈话。他们三人好像达成了什么一致意见一样，一声不吭地各自回了房间。

第二天，皮平对斯考里尔说：“似乎我过去一直非常糟糕。我必须努力做得更好。”他的话里有一点苦涩的幽默感，“他们认为我是个好监工。他们能这么想，已经算是够仁慈的了，你看！之后我必须更加努力。”

斯考里尔插嘴道：“没有人能像你这样为他们做了这么多。”他有股想让大家和解的冲动，于是继续说：“但是，毕竟，时不时写一两封信，这又有什么大不了的呢？”

皮平看了他一眼，眼神的意思难以捉摸。“你也这么认为？”他说，“那我一定真的是个很差劲的人！”说完，便转过身去。

斯考里尔觉得自己刚才似乎粗暴了点，不免心生负罪感。他觉得对不起皮平，生自己的气；又生皮平的气，感到自己对不起自己。他特别希望海明斯早点离开这里回伦敦去。海明斯几天后满足了他这个愿望，乘着蒸汽船离开了，以一脸呆板沉闷的表情对他们表示告别致意，并再三强调他的善意。

皮平没有一点大松一口气的样子，依然保持着礼貌的沉默，只在回答斯考里尔的一句话时，他含沙射影地说：“啊！不要怂恿我！不该在人背后说人坏话！”

六

一个月过去了，斯考里尔仍然待在皮平那里。每一个邮件收发截止日的临近，皮平都有种古怪的、压抑的兴奋感。其中有一次，皮平又把自己关在房间里，当斯考里尔过来喊他去吃晚饭时，他发现皮平双手托腮，面前有一堆碎纸。皮平抬起头看着他。

“我做不到，”他说，“我感觉自己就像个伪君子，我无法再把自己放进那些严格的管束中去了。既然我已经解决了一切问题，为什么我还得询问那些人的意见？如果是个非常重要但他们又不想听的事，他们只会发份电报说：‘想办法处理好！’”

斯考里尔无言以对，但是心想：“这可真能叫人发疯了！”写什么信呢？干吗小题大做非要写信汇报呢？每次一天天临近邮件收发截止日，对皮平来说就像噩梦一样：他变得狂躁，紧张不安，像一个被施了咒语的人一样。当那一天过完后，他又像个获得缓刑的囚犯。自从那次爆炸事故后，这样的情况持续了两年！哎呀，这可真是太疯狂了！

海明斯离开后一个月的某一天，皮平晚饭还没吃完就起身了。因为喝了酒，他的脸红红的。“这次我不会被打败的。”经过斯考里尔身边时他说。斯考里尔听见他在隔壁房间里写东西的声音，一会儿去他房间看了一眼，打招呼说自己要出去散个步，皮平友善地点点头。

那是个凉爽又安静的夜晚，满天繁星在森林上空闪烁着，在天空中构成闪亮的象形文字，在通向大海的黑暗港口处如漫天落雨。斯考里尔走得很慢。他的思绪变得轻盈起来，似乎被卷入那种不同寻常的寂静中去了。最后皮平打破了咒语。他想到皮平，只要他能写好信寄出去了，他就会不再焦虑狂躁，就能恢复正常。这份寂静正处在要被打破的阵痛中，他对皮平涌起了一种奇怪的温柔之情——不是过去对他的英雄崇拜之情，而是一种古怪的、想去保护他的感觉。毕竟，他与众不同。尽管他有着狂热又持久的精力，尽管他在说话时总是幽默又带着讽刺，他身上也有一些女人般的特质！至于他的沉默，对被掌控的恐惧——所有天才都有古怪的想法，皮平就是一个具有独特个性的天才！

他回望镇上。镇上灯火通明，一派繁荣兴旺的景象——他很难相信记忆中十年前的镇子是截然不同的样子。喝酒、赌博、欢笑、跳舞的声音飘进他的耳朵里。“好一座城镇！”他想。

怀着这股奇怪的高兴劲儿，他沿着街道慢慢地往回走，忘记了他只是个老煤矿专家，生着一副邋遢相，就是长期旅行的人常有的那副模样，好像他们的“小睡”总是被打断似的。他想着皮平，这派荣光盛景的创造者。

他经过镇子的边界，走进了森林。一种沮丧感立即攫住了他。镇上过节般喧闹，充斥着酒肉之气，森林的寂静和木香反倒让他觉得难以名状地沉闷和压抑。尽管如此，他还是走了很久，告诉自己他要不打扰皮平写完那封信。最后，当他估计皮平应该写完了信时，他才走回了家。

皮平是写完了。他的额头抵着桌子，胳膊垂在两边——他已经完全断了气！他的脸上带着微笑，旁边躺着一个空了的鸦片酊瓶子。

那封信铺在他面前，写得仔细、漂亮。这是份无懈可击的汇报，内容清晰详实，笔法娴熟巧妙，对公司状况进行了全面回顾，没有任何含糊、隐瞒或略过不提的地方。结尾落款是：“您的谦卑的仆人，理查德·皮平。”

斯考里尔拿了信。他只模糊地记得，他用电报将他的临终遗言发了出去。皮平跨越了那道生死的界线，本来他可以保持心理平衡，继续活下去，然而他到达了那个失衡的拐点，丧失了平衡感。

他很肯定，在皮平自杀的时候，他可能还讨论过复本位制①，或其他什么学问，就是没有考虑过他自己心灵上的问题。然而正是那个问题导致了他的自杀。出于某些不为人知的理由，他再也无法忍受下去了。一瞬间他对一切厌恶到了极点，他的死就是这种情绪的产物——对某一件事顷刻间的疯狂！他发现在那张吸墨水纸上，落款的印迹旁边还潦草地涂写着“无法再忍受了！”的字样。完成那封信对他来说是一场斯考里尔无法理解的挣扎。奴役？打败？违背天性？正义之死？……最好不要再去想了！皮平本该说出他的想法，但是他再也无法开口了。皮平不靠外人帮助，单枪匹马处理了那么多次煤矿事故，然而大自然，到底进行了她的复仇！

那晚，斯考里尔满脸愧疚之情，悄悄从皮平那头漂亮的灰发上剪下了一绺头发。“他的女儿也许想要！”他想……

等到皮平下了葬，他将那封信揣在口袋里，回了英格兰。

一个星期四的早晨他到达了利物浦，然后从城里驱车径直去了公司的伦敦办公室。董事会已经就坐了。皮平的继任者已经面试完毕，斯考里尔进来时他正好出去。新的监工人选是个中年人，留着一把红胡子，生着一张狡猾的、见风使舵的脸。他也是康沃尔郡人。斯考里尔怀着沉重的心情祝他好运。

---

① 复本位制，又称金银复本位制，是指以金、银两种特定铸币同时充作本位币，并规定其币值对比的一种货币制度。

斯考里尔并非是一个多愁善感的人。他对情感怀有适度的敬畏，依靠自己良好的理智生活。但回想起与董事会的那次会面，他依然觉得十分痛苦。皮平之死在他心中激起一股愤怒，当然，现在的他也惭愧于自己当时的愤怒。董事长老乔里恩·福尔赛压根就没来，也许是因为不管董事会对皮平之死持什么样的意见，对他而言都太微不足道了；小个子的布克先生坐在他的位子上。每个人都起身，和斯考里尔握手，感激他特意跑一趟。斯考里尔将皮平的信放在桌上，秘书海明斯严肃地将监工的最后遗言读给董事会听。当他读完时，一个董事说："这不是一个疯子写的信！"另一人回答说："这还不疯，除了疯子哪个正常人会放弃这样的职位！"斯考里尔突然离席。他听见海明斯在背后叫他："斯考里尔先生，您怎么了？是不是哪里不舒服，先生？"

他回头吼道："谢谢你，我正常得很！"

那不勒斯火车沿着城镇外围奔驰着。维苏威火山①在阳光下闪耀着，无烟无云。但是当斯考里尔看过去时，一缕白烟却高高腾空，那是他回忆的脚注。

1901 年 2 月

① 维苏威火山在意大利西南部，是座活火山。

在前的和在后的

“那在后的将要在前，在前的将要在后了。”——《圣经》[①]

一

晚上六点，黑黑的屋子里只有一盏台灯在绿色的灯罩下投出斑驳的光，照在土耳其地毯上；照在从书架上拿下来的书的封面上；照在其中一本打开的书页上；照在一个雕刻着东方刺绣的小小旧凳子上，上面摆放着深蓝色和金色相间的咖啡具。正值冬天，外面的天色非常黑。屋子里，窗帘放下来了，墙壁和天花板是橡木面板的，放着一排排皮边儿的书卷。整间屋子很宽敞，凯斯·达伦特坐在壁炉前火光照亮的地方，就像坐在一片绿洲里一样。那正是他所喜欢的，在一天的工作之后——大清早就辛苦研究他的“案子”，在法庭上度过烦躁、紧张的一日，现在是他休息的时间。晚餐前的这两个小时，他可以看看书，喝喝咖啡，抽根烟，有时小睡一下。

他穿着红色的土耳其拖鞋，棕色天鹅绒旧外套，和周围光与暗的轮廓很协调。要是有个画家在此，一定会贪婪地描画这个形象：他轮廓清晰的微黄色的脸，眼睛上方黑黑的眉毛向上挑起，难

① 出自《圣经·马太福音》20∶16。

以分辨眼睛是灰色还是棕色的，他的头发是深灰色的，尽管日常工作时间得戴着假发。

当他坐在那里时，他很少想到工作。他像往常一样放松着自己，摆脱长时间集中注意力处理头绪纷杂的辩论以及理清证据带来的精神紧张。一般来说，对他清晰的头脑而言，他的工作极为有趣，他被训练得几乎本能地就可以抓住要害，能从一团混杂不清的、精心设计的、与人相关的细节中，经过仔细审视，挑选出法律上最重要的部分。但是有时候这份工作也很乏味，令人厌烦。

比如今天，当他怀疑他的委托人作了伪证时，他几乎确信自己必须放弃他的辩护状。最初他不喜欢那个看起来身体虚弱、脸色苍白的家伙，他回答问题时那么紧张，显得心里有鬼，他突出的、惶恐的眼睛——在现今这种伪善地宣扬容忍、缺乏人道主义精神的世道下，这种人太普遍了。不好，不好！

他拿下来三本书，一本伏尔泰的书——那个法国人笔下所有具有破坏性的反讽，让他的书拥有奇特的魅力！一册伯顿[①]的旅游行记，还有一本史蒂文森[②]的《新一千零一夜》，他选中了最后一本。那个晚上，他觉得自己需要某种镇静剂，渴望清空一切思绪，好好休息。法庭很拥挤，通风不好。他走回家时外面的空气轻柔，微弱的西南风带着湿气拂面而来，他感到舒适、疲倦，甚至有点紧张不安。有那么一刻，他的房子里的那种孤寂感似乎奇怪又令人不适。

他压低了台灯，将脸转向炉火。也许他应该在泰拉森饭店无聊的晚宴开始前睡一觉。他希望这是个假期，那么梅西就会从学

---

① 理查德·伯顿(Richard Burton，1821—1890)，英国探险家及东方文化学者。

② 罗伯特·史蒂文森(Robert Stevenson ，1850—1894)，苏格兰小说家，诗人，散文家。

校回家来了。他独居多年,已经不习惯有女人在身边了,但是今晚,他很希望他年轻的女儿来陪陪他。她机敏伶俐,有一双明亮的、深黑色的眼睛。有些男人终身都离不开女人,真是不可思议!比如他的弟弟劳伦斯,时间都浪费在女人身上了,他的意志力真是衰退得厉害!他是个沦落到生活边缘的男人,糊口度日,他的天赋都浪费于拜倒在女人的石榴裙下了!人们以为他的苏格兰血统本该拉他一把,但是,当一个苏格兰人当真开始走下坡路时,谁还能比他走得更快?他很奇怪,同是一母所生,她的血脉在她两个儿子身上发挥的作用却截然不同。他总觉得他的一切成功都是因为继承了母亲的血脉。

他的思绪越飘越远,直到想起某桩困扰着他法律良心的事件。他相信自己精通法律知识,但他不敢肯定自己是否给出了正确的建议。好吧!尽管心存疑虑,但是如果一个人没有做决定和坚持某个决定的力量,那么这个人就不适合做法律行当的工作,也不适合做其他任何事情。

他活得越久,就越相信,面对生活中的所有事情,采取强有力的、果断的行动是非常必要的。言词和行动——自然要先行动!怀疑,犹豫,感伤……是这个垂暮时代不需要的东西!他那张英俊的脸上浮现出一个近乎恶魔般的微笑——火光的鬼把戏太多了!那个微笑在他的困倦之意中渐渐消失了,他睡着了……

他突然惊醒,感觉灯光后面有什么,于是头也不回地问:“是谁?”传来一个似乎是人挣扎着喘息的声音。他调亮了灯。

“谁在那儿?”

门那边一个声音回答说:“是我,拉里①。”

---

① 拉里(Larry)是劳伦斯(Laurence)的昵称。

拉里这句话的语调，或许是他刚才突然被惊醒的缘故，让他打了个激灵。他说："我刚睡着了。进来吧！"

显而易见，他没有起身，甚至都没有转过头去，他半闭着的眼睛盯着火焰，既然他知道是谁了，就等着他的弟弟走上前。劳伦斯来访可不见得是什么好事。他能听见他的呼吸声，还闻到了一股威士忌的酒味。为什么这个家伙来这里时好歹就不能不喝酒呢！太孩子气了！太有失分寸和体面了！他尖刻地说："拉里，来我这有什么事啊？"

拉里总是无事不登三宝殿。他觉得自己有义务管照弟弟，并且常对这份责任心感到惊奇，正是这股力量让他依然能够容忍拉里带来的麻烦，对他这个弟弟提出的请求都甘愿接受。或者这只是血缘之情？苏格兰人有种古老的品质，总是对亲人朋友忠心耿耿。他的判断力和一半的本能都告诉他这是个缺点，但是，尽管如此，他还不是依然要关心这个麻烦家伙？他喝醉了吗？为什么老是在门边向外窥探？他的口气软了点："你为什么不过来坐下呢？"

拉里走过来，却贴着墙边走，正好避开灯光能照到的地方，他的脚、腿到腰的部分被映亮了，但是他的脸却半在阴影中，黑乎乎的像鬼魂的脸。

"你生病了吗，弟弟？"

他没有回答，只是摇了摇头，举起一只手挡住灯光，然后又将手放到蓬乱的头发下鬼魂似的前额上。威士忌的酒味现在更重了，凯斯心想："他真的喝醉了。对新来的管家来说可真有好看的了！如果他的举止能……"

靠着墙的人影发出沉重的叹气声，显然只有一颗负担过重的心才会发出这样的叹息声，凯斯没有弄明白造成这种奇怪的沉默的原因是什么，因此有些沮丧。他起了身，背对着炉火，一时恼怒，粗暴地脱口而出，尽管这并不是他本意：“怎么了，弟弟？你杀人了吗，站在那儿一声不吭的？”

仍然毫无回答，甚至连个呼吸声都没有，过了一会儿只有一个轻声回应道：“是的。”

一个人遭遇不幸时通常会产生一种不真实感，给他以极大的心理缓冲，此时这种不真实感让凯斯轻快地说：“老天啊，你真是喝醉了！”

但是它立即变成了一种可怕的担忧。

“你说什么？到这儿来，让我看得清你。你怎么了，拉里？”

拉里踉踉跄跄地从阴影中出来，一屁股坐进灯光下的一把椅子里，又一次发出长长的、断续的叹息声。

“我没怎么，凯斯！是真的！”

凯斯快速走上前，俯视着弟弟的脸，很快他就看出来这是真的。没有人会假冒出那种眼神——那么惊恐，那么六神无主，好似它们与所属的那张脸再也不搭调。那种眼神让人心都缩紧了，只有真正的痛苦才会让人有那样的眼神。然后他突然的怜悯变成了愤怒的迷惘。

“老天啊，你在胡说什么！”

但是他不由得压低了声音，又一次走到门边，查看门是否关好了。劳伦斯将椅子拖向前靠近火边——火光映照下他身影细瘦，颧骨高高的脸上，一对深陷的蓝色眼睛，一头波浪形的卷发乱糟糟的，那张脸显得疲倦不堪，但仍然呈现出某种美感。凯斯将一只手放在他瘦弱的肩膀上说：“好了，拉里！振作起来，不要夸大其词。”

“是真的！我告诉你，我杀了一个人！”

拉里突然冒出这句话，像给凯斯泼了一盆冷水。这个家伙，竟然说出这样的话来！此刻劳伦斯突然抬起手搅拧着。这个姿势如此痛苦，凯斯的脸一阵颤抖。

他说："为什么你要来我这告诉我这些？"

拉里的脸有时真的显得怪异可怕，他脸上闪现着奇怪的光芒！

"我还能告诉什么人呢？我来是想知道我该怎么办，凯斯？自首，还是该怎么办？"

突然听见他提出这么实际的问题，凯斯感觉自己的心在抽搐。这是真的吗？但是他很平静地说："告诉我，这事……这事是怎么发生的？"

这个问题将黑暗、可怕又荒诞的噩梦变成了现实。

"什么时候发生的？"

"昨晚。"

拉里的脸上——他总是这样——有些孩子气的诚实。他要是上了法庭，那就一点机会都没有了！

凯斯说："怎么发生的？在哪儿？你最好平静下来，给我从头道来。喝了这杯咖啡，它会让你脑子清醒点。"

劳伦斯接过小小的蓝色杯子一饮而尽。

"好，"他说，"是这样的，凯斯，我认识一个姑娘几个月了……"

女人！凯斯咬牙切齿地说："然后呢？"

"她的父亲是个波兰人，在她十六岁的时候就去世了，留下她一个人。一个名叫沃伦的人，一个混血美洲人，跟她住在一起，娶了她，或者说是假装娶了她。她很漂亮，凯斯，她为他生下一个孩子，六个月大时她又怀上了另一个，但这时沃伦丢下她们母子不管了。第二个孩子死了，她也差点死掉。她忍饥挨饿，直到另一个家伙开始和她交往。她跟他同居了两年，然后沃伦又出现了，要求她回到他身边。那个畜生经常无缘无故地对她实施家暴，打得她鼻青脸肿。后来他又抛弃了她。当我遇见她时，她刚失去她的大孩子，愿意和任何接近她的人交往。”

他突然抬头看着凯斯的脸。

“我从未遇到一个比她更甜美、更真实的女人了，我发誓。女人！她才二十岁！我昨晚去她那里时，那个畜生——沃伦——又找上了她。当他走向我时，那大摇大摆、恃强凌弱的样子——看！”他指着额头上一块深色的伤痕，“我双手扼住了他的喉咙，当我松手时……”

“嗯？”

“死了。我都不知道，直到后来发现她在后面紧紧抓着他。”

他又一次做了这个动作——绞着双手。

凯斯严厉地问：“然后你们做了什么呢？”

“我们在尸体旁坐了很久。然后我背着它走上街，转过一个弯，转进一条拱道……”

“多远？”

“大约五十码。”

“有人……有人看见你吗？”

“没有。”

“时间？”

“夜里三点。”

“然后呢？”

“回到她那里了。”

“为什么？天啊，你为什么要这么做？”

“她一个人，又很害怕。我也是，凯斯。”

“那个地方在哪儿？”

“苏活区[1]，博罗街42号。”

“那条拱道呢？”

“格莱弗巷的拐角。”

“天啊！哎呀！报纸上已经登了！”

凯斯抓起他桌子上的报纸，又一次看了下那段新闻：“男人的尸体于今早在苏活区格莱弗巷的拱道被发现。从脖子上的痕迹看，严重怀疑是谋杀。尸体很明显遭过抢劫，没有发现任何可以证明此人身份的东西。”

这可真是件大事。谋杀！他的亲弟弟！他转过脸说：“你在报纸上看到了这一段，于是就假想了这些出来。懂不懂，这是你的幻想！”

惆怅的回答传来：“如果我真是在做梦的话，凯斯，如果真是在做梦的话就好了！”

这次凯斯差不多要绞起双手来了。

“你从……尸体上拿了什么东西吗？”

“我们扭打在一起的时候，这个从他身上掉了下来。”

那是一个空信封，上面盖着个南美洲的邮戳，地址是：“伦敦法瑞尔街西蒙旅馆，帕特里克·沃伦。”凯斯又一次感到心在颤抖着，说：“扔到火里去。”

然后他突然弯腰将它拨拉出来。他下了这个命令——他就牵涉进这桩……这桩谋杀案里去了！但是他没有将它拣出来。信封变黑，扭动着，化成了灰。

---

① 位于伦敦西部，曾是红灯区，现在仍然是伦敦夜生活的中心。

他又一次说:“天杀的,你干吗来我这里告诉我这些!”

“因为你懂这些事啊!我并不想杀死他的。我爱那个姑娘。我该怎么办,凯斯?”

头脑简单!真是没脑子!来问他怎么办!拉里总是这样子!

他说:“你认为当时没人看见你?”

“是条很黑的街。附近没有人。”

“你回到她那里后,又离开她是几点?”

“大概七点钟。”

“然后你去了哪儿?”

“回我自己的家了。”

“在菲次罗伊街?”

“是的。”

“有没有人看到你进屋?”

“没有。”

“那之后你做了什么?”

“坐在屋里。”

“没有出去?”

“没有。”

“没有去见那个女人?”

“没有。”

“那你不知道之后她做了什么了?”

“不知道。”

“她会供出你吗?”

“绝不会。”

“她会供出自己吗,考虑到她也许会情绪失控?”

“不会。”

“有谁知道你和她的关系？”

“没有人。”

“没有人？”

“我不认为有人知道，凯斯。”

“你昨晚第一次去她那里时，有没有人看到？”

“没有。她住在一楼。我有钥匙。”

“把钥匙给我。你还有什么东西，能把你和她联系到一起？”

“没有了。”

“你的房间里呢？”

“没有什么。”

“没有照片，没有信件？”

“没有。”

“小心点。”

“什么都没有。”

“你第二次去她那里时没有人看到？”

“没有。”

“没有人看到你早晨从她那儿离开？”

“没有。”

“算你走运！坐下来吧，弟弟。我必须好好想想。”

想想！想想这件可憎的事情！根本想不到的事！简直不能相信！他根本无法思考，一个条理清楚的想法都想不出来。

他又开始发问：“这是他第一次又回来找她吗？”

“是的。”

“她这么告诉你的？”

“是的。”

“他怎么知道她住哪儿的呢？”

“我不知道。”

“那时你有多醉?”

“我没醉。”

“你喝了多少?”

“大概两瓶红葡萄酒,不算什么。”

“你说你本来不想杀他的?”

“不想,苍天可鉴!”

“这点很重要。”

“什么促使你选择了拱道那里?”

“那是我最先走到的黑暗的地方。”

“他的脸看起来像是被勒死的吗?”

“别问了!”

“是不是?”

“是的。”

“非常扭曲?”

“是的。”

“你有没有去查看他的衣服是否留下了什么痕迹?”

“没有。”

“为什么不看?”

“为什么不看?老天啊!如果你杀了人……”

“你说他的样子非常扭曲。他还能被人认出来吗?”

“我不知道。”

“她最后一次和他同居时,是在哪儿?”

“我不太确定。我想是皮米里科区[1]吧。”

---

① 伦敦西部的一个区。

“不是苏活区?”

“不是。”

“她在苏活区的那个住处住多久了?”

“快一年了。”

“一直是同一间房子?”

“是的。”

“有没有什么住在那栋房子或那条街上的人,很有可能知道她是他的妻子?”

“我觉得没有人知道。”

“他是个什么样的人?”

“他就是个恶棍。”

“我明白了。他大部分时间都在国外,是吗?”

“是的。”

“那你知不知道警方有可能已经知道这个人了?”

“我没听说过。”

“好了,听着,拉里。你离开我这儿后,直接回家,别出门,直到我明天早晨来找你。答应我!”

“我答应。”

“我有个晚宴得去。我会想出法子来的。不要喝酒! 不要说话! 振作起来!”

“如果你帮不到什么的话,那么凯斯,不要让我等太久。”

那张苍白的脸! 那双眼睛! 那双发抖的手! 凯斯在厌烦、恐惧和憎恶的纷扰情绪下,心里突然泛起一阵怜悯,他将手放在弟弟的肩膀上,说:“拿出勇气来!”

他突然想:“我的老天! 勇气! 我自己都需要勇气了!”

二

劳伦斯·达伦特,离开了他哥哥在阿德菲街的房子,向北走去。他步伐匆匆,接着慢下来,然后又加快了脚步。如果说有人凭借意志力一次只专心做一件事,那么就有缺乏意志力的人,分心一会儿做这件事,一会儿做那件事。即使是照看那些缺乏自制力之人的墨涅西斯女神①,面对具有此类天性的人,也无法让他们更有自制力。相反,她助长了他们恃宠而骄的感觉:"有什么大不了!反正明天我们都会死!"

意志力要求他去了凯斯那里。现在他既感到宽慰,又觉得筋疲力尽,同时也觉得恼怒。这三种情绪让他一会快步走一会慢下步伐。他从出凯斯家的门开始,就下决心回家,在家安静地等到凯斯来。他的命就捏在凯斯的手中,凯斯知道应该做些什么。但是他还没走上三百码,就感到身心俱疲,如果他口袋里有把手枪的话,他一定会在大街上开枪自尽,甚至都不会想到那个姑娘!那位不幸的年轻姑娘,她以自己奇异的忠贞,在过去的这五个月里,让他规规矩矩做人,在他内心深处激起一种他从未有过的感觉——是的,即使这些,都不能够让他克服这个突如其来的黑暗念头——自杀!他为什么要继续苟活于世?一个无家可归的家伙,任由他的天性摆布,就像一根稻草那样,被他身上的每一阵爆发的情绪四处乱吹?为什么不这样一劳永逸了结算了,在睡梦中死去?

他正走向那条和他命运攸关的街。就在那条街上,那天早

① 墨涅西斯(Nemesis),希腊神话中的复仇女神,名字意为"报应"。

晨，他和那个姑娘抱在一起好几个小时，在爱情的庇护下试图把他们的恐惧和担心忘却片刻。他该进去吗？他答应了凯斯不要去。为什么他要答应呢？他在一家药店亮着的窗户玻璃上看见了自己。一个悲惨阴郁的畜生！他突然想起他在佩拉①的街上捡到的一只狗，一只黑白毛色的家伙——与其他狗的品种不同。那是一只被遗弃的狗，不知什么原因走失到了那里。他违反了那个国家的所有习俗，带它回了自己住的房子。他渐渐喜欢上它，但最后又亲自开枪打死了它，因为他不忍再次将它抛弃在街上，任由其他狗欺负。

十二年前，他带回来一个用小土耳其硬币做的袖钮，送给大法官巷一家理发店里的姑娘。他常去她家店理发，她是个漂亮的女人，像朵野玫瑰。他向她索要了一个吻作为偿报。当她的脸凑近他的嘴唇时，那是种多么奇异的感情啊！她红扑扑的脸颊那么柔软，那么温暖，她那么漂亮，对他充满了信任和感激——那种含情脉脉的温柔和羞涩！她很快就会委身于他……那个理发店的姑娘！他再也没有去她那里了！直到今天他都不知道自己为什么放弃了；直到今天他都搞不清楚他对没有采摘那朵野玫瑰是高兴还是遗憾。一切本该变得不同的！奇怪的事——人生是一件奇怪的事！你度过一生，却永远不知道接下来你要做什么。啊！像凯斯一样，沉着稳重，不声不响之间功成名就，成为社会的栋梁之材！当他还是小孩时，有一次差点杀了凯斯，因为凯斯嘲笑了他；在南意大利时有一次他差点杀了一个抽打马匹的马车夫；现在，那个黑脸的、卑鄙的恶棍，毁了他爱的姑娘——他做出了这样的事！杀了他！他这种连一只苍蝇都不想伤害的人！杀了一个

① 土耳其伊斯坦布尔的一个地区。

人！他盯着药剂师的窗户，突然想到，万一警方来逮捕他的话，他家里得有些能保证他安全的东西。他要出门的话，就将那些白色的小药片缝进他外套的衬里。这个想法让他松了口气，甚至感到振奋！人们都说一个人不该结束自己的生命。让他们尝尝恐惧的滋味，那些油嘴滑舌的市民！让他们在伪善的信条之下，过过那个姑娘的生活，过过全世界千百万人过的那种生活！比起看着他们那些该死的残酷无情之举，还不如去死！

他走进药店买安眠药。当药剂师调配药剂时，他像一匹累了的马一样跷起一只脚歇着。他夺走了那个家伙的生命！毕竟，每天都有无数的活人放弃生命，将生命从那尊躯壳中挤出去，但是也许哪一天都没有人像那个可恶的家伙一样那么活该死掉。生命！一口气！一点火焰！一无所有！可是，为什么有种寒冰彻骨的感觉抓住他的心不放？

药剂师拿来了药。

“失眠，先生？”

“是的。”

药剂师的眼睛似乎在说：“是的！一根蜡烛两头烧，这种情况我了解的！”药剂师的人生真是奇特的人生：整天都和药片、药粉打交道，保证人体机制正常运作！恶魔般的奇怪行当！

走出药店时他在一面镜子里看见了自己的脸，那张脸似乎太不像一个杀人犯的脸了。他的脸上焕发着容光，阴影里潜藏着一种亲切友善。怎么——这怎么会是一个做了这种事的男人的脸？他的头脑感觉轻松了些，他的双腿也轻松了些，他又快步走起来。

他既感到解脱又感到压抑，奇怪的感觉！恐惧——他渴望有人陪伴，有人和他聊天，好分散他的注意力，但又害怕这样！那个姑娘——那个姑娘和凯斯现在是最不会让他害怕的两个人了。

不，这两个人中，凯斯不是！谁会想让他来陪自己呢？凯斯那种从来不会犯错的人！一个功成名就的正派绅士！他对自己一无所知，也不想去了解他；凯斯只会采取稳稳的行动！但是像自己现在这样做个像流沙一般的人，危险又捉摸不定，吞噬本来已经下定的决心，也够糟糕的！他又想到，若是自己像凯斯一样，完全在意志力的驱使下不断向前，抑制着自己的感情和弱点……不！一个人不可能和凯斯那样的人成为好友，即使他是你的哥哥。全世界唯一可做伴的人就是那个姑娘了！只有她一个人知道并能体会他的感受，能够容忍他，无论他做了什么，无论他遭受什么，都始终爱他如一。

他停下来，躲进一个门廊里，点了一支烟。他突然涌起一个可怕的想法——一个没有意义、没有目的，也没有任何实质的可怕想法：穿过他抛尸的拱道；他只是产生了一种强烈的渴望——再看一眼那个黑暗的地方。他穿过博罗街到了那条小巷，只看到远远那头有一个人影。那个人缩着肩膀顶着风，矮矮黑黑的身影在闪烁不定的灯光中穿过小巷向他走来。

那是怎样的一张脸啊！一副饱经风霜的样子，面色蜡黄，一茬灰色的胡子几乎快长到眼睛那里了，黑色的牙齿，鬼一般充血的眼睛。他的衣衫是那么褴褛不堪！他一个肩高一个肩低，一条腿还有点瘸，骨瘦如柴！劳伦斯对这个人涌起了一阵同情，觉得他比自己更不幸。还有比他更惨的人！

“嘿，兄弟，”他说，“你看起来过得不太好啊！”

这个人脸上露出笑容，他的微笑似乎不像是一个瘦弱、邋遢的人通常会流露出来的笑。

“好日子可从来不在我的道上，”他用沙哑的声音说，“我是个失败者，一直都是。但是你想不到吧？我曾经是一个牧师。”

劳伦斯拿出一先令。但是那个人却摇摇头。

“留着你的钱吧，”他说，“我敢说，我今天讨得的钱比你多。谢谢你的关心。对一个窘迫的人来说这比钱更有价值。”

“你说的对。”

“是的，”沙哑的声音继续说道，“继续现在这样的生活，我宁可去死。现在我已经失去了自尊。我常想一个失去自尊、饥寒交迫的人还能活多久？不会太久了。你记着我的话。”那个单调、平稳的沙哑声音又补充道，“你看到谋杀案的新闻了吗？就在这里。我来看看这个地方。”

“我也是！”这话劳伦斯几乎要脱口而出，但是他心怀恐惧，话到嘴边又咽了回去。

“祝你好运，晚安！”他说完这句就匆匆走了，感到自己可怕的笑声几乎要破喉而出。是不是人人都在谈论他犯下的谋杀案，即使是这种乞丐？

三

有些人天性如此，十点钟就要被执行绞刑了，八点钟还在悠闲地下棋。这样的人总是会飞黄腾达。他们成为优秀的主教、编辑、法官、经理、总理、放债人、将军，而且，他们在任何掌权的位置上都能管理好自己的下属。他们拥有保持神经系统镇定的精神冷柜。在这些人身上，很少，几乎没有那种流动的感知能力和持续的感觉能力，没有那些模糊的术语，比如思考、诗歌、哲学。讲究事实和决断力的人靠着意志力打开或关闭想象力，让感性屈从于理性……那种看着麦田里风吹麦浪或燕子飞翔的人，断然不会想到他们。

凯斯·达伦特在泰拉森饭店的晚宴上，就需要扮演前一种人。当他从波特兰广场[①]的大宅出来时已经十一点了，他克制自己没叫出租车。他想走一走，这样也许能更好地思考。他的处境是多么残酷，活活一出讽刺剧啊！他等于扮演了一个听杀人犯告解的神父；而他，不久之后将高升为法官！他轻视那种让人坠入深渊的弱点，他觉得这事太可耻，太“不可能”，他几乎无法忍受这样的事情。但是出于两种强大的本能——自我保护和血脉深情，他又必须这么做。

晚风依然像下午那样轻柔，雨却迟迟未落下。天气暖和，他解开了毛呢外套的纽扣。他思考的问题的严肃性让他的脸色更阴沉更肃穆了，他轮廓鲜明的薄嘴唇总是紧抿着，好像抿着嘴更容易有想法一样。他阴郁地沿着拥挤的人行道走着，明亮的街道上充满了节日的气氛，黑夜也随之一起悄然降临，这一切都让他烦恼不堪。他拐向一条更黑的路上去。

这件事情糟透了！拉里已经证实它确实发生了，尽管他没法亲眼看到整个过程。这件事存在于他的脑海中，不是像一幅画那样，而是如同一个无可辩驳的证据。当然，拉里并非蓄意谋杀，但事实上这确实是谋杀，两者没差别。像拉里那样的人——软弱，冲动，情绪化，又爱自我反省——他们是不是自己都不知道自己做了什么?!

那个死者，沃伦，据情况来看，死了比活着好。根本就无需在他身上浪费脑筋！但是，犯下的罪行——这桩丑闻——未被伸张的正义！他们隐瞒了罪行，他自己在这事上也有份！但是，杀人犯是他的弟弟啊！于情于理没有人会要求他采取什么行动！问

① 波特兰广场是位于伦敦中心区的一条街。

题是他要建议拉里怎么做才好？保持沉默玩失踪？那样能行吗？

这也许是可以的，只要拉里的的确确如实回答了他提的那些问题。但是那个姑娘！假定死者和她的关系被查出来，她能不把拉里牵扯进来吗？这些女人都一样，水性杨花，情绪化，得过且过，是社会上的害人精。同时，这桩未破案的罪行，将在他弟弟之后的人生里一直跟着他，成为一个不管他消失到什么地方去都会跟着他的秘密；纠缠着他，伺着某些他喝醉酒的时机，从他的嘴里溜出来。这太糟了！难道建议拉里去自首？但是一想到这，他的内心都在抽搐。著名的王室法律顾问，凯斯·达伦特先生的弟弟，出去寻花问柳，亲手勒死了该女子的丈夫！当事人无意谋杀，但是——人死了！死者被抬出房子，抛弃在一条黑黑的拱道上！挑衅生事！请求宽恕！终身监禁！难道明天早晨他就给拉里这么个建议吗？

他的眼前似乎浮现出一个剃光了胡须的人，满身尘土，跑着播撒种子，就像有次他去本顿维尔监狱[1]拜访一个罪犯时看到的那些犯人一样。拉里！当他还是个小婴儿时，他看着他叉着腿蹒跚学步；长成小伙子时，他照顾他累坏了；上了大学时他惹上麻烦，他一次又一次借钱给他，一次又一次将他拉回正途。拉里！他比他小五岁，自从他们的妈妈去世后，就交由他照管了。想到拉里下半生就要成为那些犯人中的一员，脸色像生病的植物一样，剃着光头，只剩浓密的发茬，穿着印着箭头的黄色囚服，他的心里……拉里！那些囚犯中的一个，像羊群一样被禁闭着，对普通人也要惟命是从！他是个绅士，而自己的亲弟弟，却过着奴隶般的生活，被人呼来喝去，年复一年，日复一日！一想到这，他的

① 伦敦中心区靠北边的监狱。

心就像被人扇了一巴掌似的疼痛。他无法建议他自首。不可能！但是如果不自首，他就必须掌握情况，必须证实案情，必须了解内情。去格莱弗巷——那条拱道看看？

案发地离那个姑娘家不会很远。他想找个人问个路。一个警察站在街角，灯光照在他不动声色的脸上，显得他能干且警惕。毫无疑问，他是一个出色的警官。但是，凯斯却扭过头去，一言不发地经过了他。太奇怪了，他在执法者面前竟然会有种冷酷无情、心神不安的感觉！说可怕都嫌不够！然后，突然间，他发现向左转就是博罗街了。他沿着街道的一边走，穿过街口折回。

他经过了42号，一栋小房子，商业名牌印在二楼和三楼死气沉沉的窗户上；一楼的窗户黑色的窗帘放下来了，只在窗角露出了一丝光线。拉里转向了哪条路呢？在那可怕的重负之下转向了哪条路呢？他走了大概五十步的样子——这条街道，肮脏，狭窄，黑暗，空空如也，突然他发现——天哪！格莱弗巷！就在这儿！大街上的一条小小岔道！这儿！他奔向那条拱道，那儿一座砖桥连接着一个仓库的两部分，确实黑洞洞的。

“正是这里，先生！就是这条巷子！这里就是他们找到尸体的地方，具体的地点还靠里面点儿。他们还没抓到嫌犯。先生，最新新闻！”一个声音叫道。凯斯竭尽全力控制着自己的情绪，装作悠闲地转向说话人。

说话的是一个衣衫褴褛的男孩，伸出一沓破旧发黄的报纸。他山猫般的眼睛从搭下来的一缕头发底下往上瞄，声音中带着一种他手里握着独家新闻的语调。凯斯接过报纸，给了他两便士。看到这个以恐怖事情为乐的年轻人在这儿晃荡，他甚至从中找到了一种安慰：这意味着除了他之外，还有其他人病态地来看过案发地。

借着昏暗的灯光他看到报上写着:“格莱弗巷谋杀谜案。被害者身上没有找到任何可以证明他身份的东西,从他的衣装上看应该是个外国人。”卖报男孩已经不见了,凯斯看到一个警官慢慢地向这条贫穷的街道走来。他迟疑了一秒钟,站稳了身子。除了这个“谜案”外,明显没有什么会吸引他到这来。他安静地站在那里盯着拱门。警官走上来,和他并排站着。凯斯认出了他就是刚才自己经过的那位警官。凯斯注意到,当警官瞥见他敞开的毛呢外套领子下露出鲜亮的白衬衫的前襟时,那双眼睛里的冷酷和逼问之意瞬间都消失了。

凯斯举着报纸说:“这就是那个人被发现的地方?”

“是的,先生。”

“依我看还没破案?”

“唔,我们也不能老是被报纸上的说法牵着走。但是我认为他们掌握的情况不多。”

“挺黑的地方。有人睡在这儿吗?”

警察点点头:“时不时地我们总能在伦敦的拱道下发现那些人。”

“他身上什么都没找到——我看报纸上这么说?”

“一个硬币都没有。口袋都翻得底朝天了。这一带有些古怪的人,比如希腊人,意大利人,各种各样的人都有。”

亲耳听到一个警官这么说,他真觉高兴!这是多么古怪的感觉啊!

“好吧,晚安!”

“晚安,先生。晚安!”

他走回博罗街时回头看了看。警官仍然站在那里,举着灯,灯光照在拱道上,好像试图刺穿它的秘密。

既然他已经查看过那个黑暗的、被遗弃的地方了，在他看来，翻案机会似乎更大了。“口袋都翻遍了！”要么是拉里想到这点，做了这件聪明事；要么是有人在警方发现尸体之前就搜了尸体。后一种可能性更大。一个死水般的闭塞之地，而且是夜里三点，一天中最孤寂的时刻。如此判断，拉里可怕的五分钟往返过程很有可能没被人看见！

现在，都取决于那个姑娘了；取决于有没有人看见劳伦斯回到她那儿去，或者从她那儿离开；取决于死者和她的关系有没有被发现；取决于她是否可以信任，是否能守口如瓶。博罗街现在一个人影都没有，几乎没有一扇亮着的窗户。他做出了一个铤而走险的决定——只有平常习惯于在紧急情况之中承担责任的人才可能做出这样的决定。他要去那位姑娘的住处，亲自去找她。

他来到了 42 号房子的门口，显然，这扇门也是那种晚上才会关的大门之一。他试了试一把大点的钥匙，钥匙和锁孔吻合。他推门进了一条煤气灯照明的通道，地板上铺着油布，左手边有一扇门。他站在那里犹豫不决。他必须让她明白他已经知道了一切；他必须告诉她他不止是拉里的一个朋友；他不能吓到她，但是又必须让她说出实话。一个敌方的证人，又不能以敌对态度对待，他必须要小心处理！他敲了敲门，没人回应。

为了获取法律上的证据他来了这里，他该放弃这种伤脑筋又显得荒唐的努力吗？或者走开得了，直接告诉劳伦斯他给不出什么好建议？然后呢？不行，他必须做点什么。他又敲了敲门，仍然没有回答。他感到受了挫折，格外不耐烦——他的生活造就了他这样的性格，难免会有这样的反应。他又试了试另一把钥匙。钥匙对了，他打开门。里面一片漆黑，但是几步之外传来一个声音，带着外国口音，明显是屏息后松了一口气的样子：“哦！是你啊，拉里！你还敲什么门呢？我害怕极了。开灯吧，亲爱的。进来！”

凯斯在门边摸索着找开关，漆黑中他感到一对胳膊环住了他的脖子，一个穿着薄衣服的温暖身体贴上了他的身子，然后突然后退去，倒抽了一口气，惊恐万分地低声说：“哦！是谁？”

凯斯自己也脊梁骨发寒，一阵颤抖，他回答道：“拉里的一个朋友。别害怕！”

房间里那么死寂，他都能听到时钟嘀嗒的声音，还有他试图找到开关、手指划过墙面的声音。他终于摸到了开关，灯光亮起，他看到深色帘子隔开的是一个卧室，一个姑娘站着帘子前，抱着一件黑色的长外套至颈脖处。她一头淡褐色的头发，卷卷的，剪得齐齐短短的，脸上有种怪异的表情，好像神情与身子分离了一样。她的脸像雪花石般苍白，像一副白色面具，那双受到惊吓、紧紧盯着他的眼睛是深蓝棕色的，那对微张的嘴唇是淡玫红色的，就像是沾在白色面具上的颜色。她脸上奇怪的表情混合着娇弱、真切和哀婉，只有痛苦的折磨才会让人流露出这样的表情。尽管凯斯一向不为审美情绪所动，但这次他奇怪地被感染了。

他温柔地说：“你无需害怕。我不是来伤害你的，恰恰相反……我能坐下来说吗？”他举起钥匙补充道，“要是劳伦斯不信任我的话，他是不会给我这些钥匙的。”

她仍然没有动。他感觉自己是在看着一个幽灵，一个受到惊吓灵魂出窍的幽灵，此时此刻他有这样奇怪的想法也不足为奇。他环视房间四周——干净，俗丽，放着失去光泽的镀金镜子，大理石桌面的边桌，长绒棉的沙发。他已经有二十多年没待过这样的地方了。

他说：“你怎么不坐下来？惊到你了，我很抱歉。”

但是她仍然没动，轻声说："请问你是谁？"

他被那个声音里包含着的恐惧所撼动，突然放下了戒备之心，说："拉里的哥哥。"

她舒了一口气，凯斯也放松下来。她仍然抱着那件黑外套，走过来坐在沙发上。他看见她光脚穿着拖鞋，头发短短的，坦率、受惊的眼神，看起来像个高个子的小孩。他拉过一把椅子坐下来说："请原谅我在这个点来访。你看，他已经告诉我了。"

他本以为她会畏惧、倒抽一口凉气，但是她只是将双手扣紧，放在膝头，说："然后呢？"

他重新感到恐惧和不安："可怕的事情！"

她轻声回应道："是的，噢！是的！可怕！太可怕了！"

凯斯突然意识到那个男人一定就死在他现在坐着的地方，他突然沉默了，盯着地面。

"是的，"她轻声说，"就是那儿。我现在还总能看到他倒下的样子！"

她说这话的口气，带着奇怪的温柔的绝望！这个过着堕落生活的姑娘，她给他们带来了悲剧，怎么竟然会让他产生某种怜悯之情？

"你看起来很年轻。"他说。

"我二十岁。"

"你喜欢……我弟弟？"

"我宁愿为他死。"

他不可能听错她说这话时的语调的。他看着她的眼睛，是斯拉夫人那种深邃的眼睛，深棕色，并不是他一开始以为的蓝色。那是一张非常漂亮的脸，她的生活没有侵蚀这样的面容，这几小时的挣扎也没有使之受损，也许是她深爱着拉里的缘故吧。和这个二十岁的孩子坐在一起他感到迷茫。他，已年过四十，精通世故，对人性的每一面都非常内行，也习以为常。但是现在他有点结巴地说：

“我……我来是看看你能救他多少。听着，你只要回答我的问题就行了。”

她举起双手，紧紧握在一起，低声说：“哦！我愿回答任何问题。”

“那个人，也就是你的……你的丈夫……他是个坏人吗？”

“一个可怕的人。”

“在他昨晚来你这之前，你多久没见到他了？”

“一年半没见了。”

“你最后一次见到他时，你住在哪里？”

“在皮米里科区。”

“这附近有什么人知道你是沃伦太太吗？”

“没有。我的小女儿死后我才搬来这里，我来了后一直过着糟糕的生活。压根就没人认识我。我是孤身一人。”

“如果警方发现了他的身份，他们会去找他的妻子吗？”

“我不知道。他不让人们觉得我已经嫁给他了。那时我很年轻，我想他以这种方式对待过许多像我这样的女人。”

“你觉得警方认识他吗？”

她摇摇头：“他很聪明。”

“你现在叫什么名字？”

“旺达[①]·莉雯斯佳。”

“你结婚之前，别人知道你这个名字吗？”

---

① “旺达”(Wanda)这个名字本身又有“流浪者”的意思。

“旺达是我的教名。莉雯斯佳，我就是这么称呼自己的。”

“我明白了，是你到这儿以后才用的名字。”

“是的。”

“我弟弟在昨晚之前，见过这个男人吗？”

“从没。”

“你告诉了他你的丈夫是怎样对待你的？”

“是的。那个家伙走上来就打他。”

“我看到伤疤了。你觉得有人看见我弟弟来找你吗？”

“我不知道。他说没有。”

“你能告诉我吗，有没有人看见他背着那……那具尸体离开？”

“街上没有人，我一直看着。”

“回来时也没人？”

“没人。”

“早晨出去时也没人？”

“我想没有。”

“你有仆人吗？”

“只有一个女人，早晨九点来一次，待一个小时。”

“她认识拉里吗？”

“不认识。”

“有没有什么朋友或熟人呢？”

“没有，我是个很安静的人。自从我认识你弟弟之后，我就不见任何人了。除了他没人会来这里，这样已经很长时间了。”

“多久了？”

“五个月了。”

“你今天出门了吗？”

"没有。"

"那你做了什么?"

"一直在哭。"

这句话带着某种可怕的率直,她双手紧握着继续说:"他处在危险中,是因为我。我很为他担心。"

他举起手安抚她的情绪,说:"看着我!"

她用深色的眼睛盯着他。她的外套滑落下来。在她裸露的颈脖上,他看到她喉头一动,毅然地咽下了自己的焦虑不安。

"如果万一出现最坏的情况,警方顺着这个男人的线索找到你,你能保证不会供出我弟弟吗?"

她的眼睛闪着光。她站起身走向壁炉:"看!我已经烧掉了他给我的所有东西,甚至是他的照片。现在我没有任何和他相关的东西了。"

凯斯也站起身。

"很好!那我再多问一个问题:警方认识你吗,因为……因为你过的那种生活?"

她摇摇头,用那双悲哀、真诚的眼睛专注地看着他。他感到有点愧疚。

"我不得不问。"他顿了顿,"你知道我弟弟住在哪里吗?"

"知道。"

"你不能去他那儿,他也不能来找你,不能来这儿。"

她的嘴唇颤抖着,低下了头。突然他发觉她离自己很近,几乎是用轻声耳语说道:

"请不要把他完全从我身边带走,我会格外小心的。我不会做任何伤害他的事情,但是如果我无法再见到他,我会死的。请不要把他从我身边带走。"她抓住他的手,绝望地抓住不放。

凯斯停了几秒钟才开口："这事交给我好了。我会去看他，我会安排的，但是你必须听我的。"

"你会发发善心的吧？"

他感到她亲吻着他的手。那种柔软潮湿的触感将一种奇特的感觉传遍他的全身，它含着保护之情，但是又有一丝淫荡，那个吻中还有一种肉欲的颤抖。他抽回手，似乎提醒她刚才太迫切了，于是她恢复了谦恭之态。但是突然间她转过身，浑身僵硬地立在那里，然后用低得几乎听不见的声音说："听！外面……外面有人！"她飞奔着越过他，关了灯。

几乎立即就传来一阵敲门声。他能感觉到，在黑暗中真真切切地感觉到他身旁这个姑娘的恐惧。他也很害怕。会是谁呢？除了拉里不会有人来，她说过的。那么会是什么人呢？敲门声再次响起，声音更大了！他感到她轻语时的呼吸落在他的脸颊上："万一是拉里呢？我必须开门。"他缩起身子紧靠着墙。他听见她开了门，弱弱地问："哎，请问是谁？"

灯光在对面墙上映出一道移动着的细长光线，那人回答说："没事，小姐，你家外面的大门开着。天黑后你应该将它关好。"

凯斯分辨出了那个声音。天啊！是那个警官！而且这是他造成的，因为他进来时忘记关外面的大门了。他听见她用她的外国口音羞怯地说："谢谢您，先生！"接着就传来警官退出去的脚步声和外面的大门被关起来的声音。黑暗中他虽然看不见她，但他感到她又靠了过来。她奇异的青春之美中到底有什么东西打动了他的心，让他一直对她态度温和，连恼怒都恼怒不起来？现在他的恼怒之情又回来了：这些女人，都是一个德性，她们不会说真话的！

他粗鲁地说："你告诉我说他们不知道你的！"

她回答声像一声叹息:“我本来以为他们不知道的,先生。我已经很久没有到街上去了,自从我有了拉里后我就没出去过。”

那些话激发了凯斯内心深处翻涌着的反感。他的弟弟,同母所生的孩子,本该是个绅士,现在竟然如同这个姑娘的财产一样,不得不身心皆束缚于她,就是因为这件难以启齿的罪行!就在此时她开了灯。她难道有几分直觉,知道黑暗是和她作对的吗?是的,她很漂亮,除了嘴唇的红色和眼睛的深棕色外,她柔软的脸颊上一点血色都没有,但是那张脸就像孩子的脸一样,不知怎么地,就是有种打动人心的、难以名状的善良纯真。

“我要走了,”他说,“记住!他不能来你这儿,你也不许到他那儿去。我明天去见他。如果你真的像你说的那么爱他,务必小心再小心!”

她叹息着说:“好的,哦,好的!”凯斯走向门边。她背靠着墙站着,扭过头送他出去。她那张天真无邪的脸和神采奕奕的眼睛似乎在说:“尽管调查我们吧,我们什么都没有隐瞒,全部和盘托出了!”

他出去了。

在过道上他停了一会,然后才打开外面的门。他不想又遇到那个警官,那个家伙现在肯定巡逻到远离这条街的地方了。他谨慎地转动把手,向外看了看,视野范围内一个人都没有。他停了一刻,考虑着是该往右转还是往左转,然后迅速过街。这时,他右手边一个声音响起:“晚安,先生。”

在门口的阴影里站着那个警官。那么他肯定看到他从那里出来了!凯斯不禁吓了一跳,他咕哝了一句“晚安!”,便快速离开了那里。

他走了整整四分之一英里,那种惊吓和不安的感觉才消失,转为嘲讽和恼怒。他，凯斯·达伦特，被人看到是城里一位女子的常客。整件事……整件事！一件可耻的、令人恶心的事情！他觉得龌龊肮脏，喘不过气来。他的精神，仿佛出了窍，然后又缓缓地滑回去，之后他才能集中注意力，重新调整好他的思辨推理能力。当然，他已经得到了他想知道的信息。没有他想的那么危险。

那个姑娘的眼睛！她对拉里的爱！他不会看错，她不会供出拉里的。是的！拉里必须离开伦敦，去南美洲，去东方，去哪里都好。但是他没有因此感到宽慰。他想着在那个廉价的、俗丽的房间里，在那些黄色墙壁和红色家具之间，藏着一段隐秘的、不可告人的爱情，想到房间里面充斥的气氛，在他心中激起的感受，还有那个姑娘的脸！

在那个黑暗和恐惧的居所里，在那个堕落和混乱的巢穴中，她的爱情，真诚，还有美貌，显得珍稀可贵，打动人心！他的思绪又飘到那条漆黑的拱道上，街头流浪儿用欣喜的声音说："他们还没抓到他！"他又记起那对赤裸的胳膊环住他脖子时的感觉，她黑暗中恐惧的轻声低语，尤其是她孩子般无邪的脸，那么真诚！突然他在大街上停住了脚步。天啊！他到底该怎么办？这一切，跟变戏法似的，是多么怪诞、虚幻，是多么奇怪、反常！

他一向尊崇秩序，习惯于按部就班的日常生活，这种力量，连同他的实实在在的日常生活，在那一刻席卷而来，将它们面前的所有一切纷乱思绪都一扫而光。它是个梦，一个噩梦而已，不是真的！荒谬可笑！他，他竟然牵涉进那么黑暗、古怪的事情！

现在他走到了河岸街①，沿着此街走下去就是他每日去法庭

① 伦敦市西敏城的一条街道。

的路了。他的工作是那么严肃、讲究原则，是那么无可指责、那么可靠。不！这件事是一个极可恶的噩梦罢了！如果他将自己的思绪集中在周围熟悉的事物上，比如看看商店的名字啊，看看过往行人的脸啊，这个噩梦会消失的。他看到了大街远远那头老教堂的轮廓，再远处，是法庭大楼隐约的轮廓。

消防车的鸣笛呼啸着，马儿飞奔而过，马蹄铁反射着金属的光芒，伴随着马蹄的哒哒声和车夫粗哑的叫喊声。他在这里有一种感觉：这才是真实的、无害的现实，他高贵的、习以为常的生活！一个女人在街角搔首弄姿，抬头看看他，抛着媚眼说："晚安！"即使如此，这也是可以忍受的。两个警察架着一个喝醉的男子经过，那人扭身反抗着，骂骂咧咧的。这寻常的一幕，让他饶有几分兴趣，又有几分烦恼和反感，但是却很宽慰人心。天空开始落雨点了，他感到雨点落在脸上带来一种愉悦——因为下雨是一件真实的、常见的事，不是古怪的事！

他开始过街。因为最后一班公交车已经停运了，出租车[①]急速飞驰着，这种常见的、有可能带来实际危险的交通工具让他心烦意乱。站在河岸街的十字路口，任由雨点打在他脸上，出租车在他面前"嗖"地开过，他第一次重新恢复了信心，摆脱了那种自己被什么东西死死扼住的不真实感，坚定地迈向回家的方向。但是走进那段更黑的街道时，他又一次停住了。

一个刚才在马路对面的警察也往那条街走去。不，肯定不是他碰到过的那个警察！荒唐！那些警察看起来都一个样！荒唐！他继续快步走着，进了家。但是上楼的时候，他还是忍不住掀起

① 按作者写作时间估计，故事发生的背景时间大约在二十世纪初。那个时期伦敦马车和出租车都有。

窗帘一角，从楼梯的窗户向外看。那个警察严肃地前进着，大概在二十五码之外，显然没有注意到任何事情。

四

凯斯像往常一样，五点钟醒来，暂时没有想起那件烦心事。但是当他走进书房时，那可怕的阴影又出现了。房间里灯亮着，炉火烧着，咖啡已经准备好了，仿佛重现了昨天下午拉里靠墙站在那里时的场景。又想起拉里的事情，他不得不情绪斗争了片刻，然后，喝完咖啡，郁郁不乐地坐在书桌旁，花了三小时研究了当天的案件。

对着辩护状，他一个字都看不进去，脑子里浑浑噩噩的。他忧心忡忡，整整半个小时都被这种精神瘫痪折磨着。上午十点半他要出庭，必须事先了解案件的情况，这迫使他集中注意力，但仍然无法减轻他心底的忧虑。

当他八点半起身走进浴室时，他在意志力的胜利中勉强获得了满足感。九点半前他必须赶到拉里的家。明天有艘船从伦敦开往阿根廷。如果拉里可以立即离开这里的话，他得把钱准备好。早餐时他看到报纸上的这段：

“苏活区谋杀案

“昨晚的调查确定了一个事实，警方已经掌握昨天早晨被勒死在格莱弗巷拱道处死者的身份。已对嫌犯进行了逮捕。”

幸好他已经吃完了早饭，因为这些词让他一阵反胃。此时拉里可能已被关押，等着审讯，甚至可能在他昨晚去拜访那个姑娘之前，就已经被逮捕了！如果拉里被捕，她必然受到牵连。还有，他自己的地位呢？

白痴才会走过去看那条拱道，去看那个姑娘！难道那个警察真的跟踪他到家？凯斯·达伦特，王室法律顾问，有头脸的人！将被定性为事后从犯！他努力迫使自己拿出点英雄主义的气概来，丢掉这种恐慌的情绪。恐慌从来都没有好处。他必须面对一切，看看到底是什么情况。他保持不慌不忙的姿态，平静地收起报纸，看了一两封信件，然后才出门坐车去菲次罗伊街。

灰蒙蒙的早晨，他在外面按下门铃，等着有人应答。他看起来头脑清醒，神情坚毅。其实，他调动了所有的意志力，才让自己的声音不发抖："请问达伦特先生在吗？"才能在听到回答后依然不动声色："他还没起床，先生。"

"没关系，我进去看看他。我是凯斯·达伦特先生。"

在他去劳伦斯卧室的路上，他彻底感到了解脱。他泰然自若地想："这次逮捕算是不幸之中的万幸了。这让他们追查着错误的线索，给了拉里脱身的时间。必须把那个姑娘也送走，但是不能和他一起走。"他坚定了决心，恐慌感消失了。他带着嫌恶之情走进拉里的卧室。

拉里躺在那儿，赤裸的胳膊交叉着垫在蓬乱的头发后，他盯着天花板，抽着烟，旁边的一张椅子上随手丢了很多烟头，空气中一股令人作呕的恶臭。那张苍白的脸，他凸出的颧骨和下巴，凹陷的脸颊和深陷的蓝色眼睛——天啊！一副颓废的样子！

他在一团烟雾中抬眼看了看凯斯，平静地说："哥哥，判决是什么？终身流放，再罚款四十镑？"

这种轻浮无礼让凯斯厌恶。这就是拉里！昨晚害怕又谦卑，今早却满不在乎，愚蠢轻浮。他酸酸地说："哦！你现在有心情开玩笑了？"

劳伦斯将脸扭向墙边。

“必须的。”

宿命论！这样的天性多可憎！

“我去见了她。”凯斯说。

“你？”

“昨晚。她可以信任。”

劳伦斯笑起来：“我告诉过你这点。”

“我不得不亲自去看看。你必须马上离开伦敦，拉里。她可以乘下一趟船来找你，但是你们不能一起走。你身上有钱吗？”

“没有。”

“我可以负担你的花费，提前预付你一年的开支。但是这事必须办得干脆利落，当你到达那儿后，你的下落只能让我知道。”

回答他的是一声长叹：“你对我太好了，凯斯，你一直都对我这么好。我不知道为什么。”

凯斯一本正经地说：“我也不知道。明天有班船去阿根廷。算你走运，他们已经逮捕了其他人。报纸上都登了。”

“什么？”

劳伦斯的烟头掉了下来。那个穿着睡衣的瘦家伙扭动起身，抓着床栏杆站了起来。

“什么？”

凯斯的脑子闪过一个不安的念头：“我是个笨蛋。他竟然觉得这事很古怪，现在该怎么办？”

劳伦斯一手扶额，在床上坐下来。

“我没想过会这样，”他说，“是我杀的人！”

凯斯盯着他。得知被逮捕的人不是劳伦斯，他松了口气，但他没有想到会这样。多么愚蠢！

“为什么？”他快速地说，“一个无辜的人是不会有危险的。一开始他们总是会抓错人。这就是幸运，仅此而已。这给了我们时间。”

他有多久没见过拉里脸上的那种表情了，若有所思，含着质疑，似乎努力通过凯斯的眼睛来看待这件事，试图听从于一个更好的判断。他几乎是温柔地说：

“看着我，拉里，这件事非同小可，不能视为儿戏。别担心，这些都交给我好了。你只要准备好出发就行了。我会给你订好铺位，把一切都安排好的。这儿有一些买衣物装备的钱。我大概五六点之间回来，让你知道情况。振作起来，弟弟。等到那个姑娘和你在阿根廷碰头，你们最好去智利，越远越好。你必须隐瞒自己的真实身份。我想在去法庭前先去银行取个钱，现在就必须得走了。”他坚定地盯着他的弟弟，补充道：

“行啦！在这件事上你必须为自己考虑，也为我考虑。对这事的安排不能反复无常，懂吗？”

但是拉里仍然用那种忧思、质疑的神情看着他，直到他重复了一遍，“懂吗？”他才听到他弟弟回答：“明白”。

凯斯乘车离开他弟弟的住处，心想：“奇怪的家伙！我真不理解他，也永远没法理解他！”他立即开始考虑实际的安排来。他在银行取了四百英镑。在等着点钞时他极为不安，笨拙的行事方式！如果还有更多时间的话就好了！

“事后从犯！”他现在做任何事情都被这一念头所影响。钞票是可追查的，但是的确没有其他什么办法可以让他立即离开了。一个人必须承担较小的风险以避免更大的风险。出了银行他坐车去了轮船船票售票处。他告诉过拉里会给他买好票。但是不行！他必须以化名来问是否还有铺位。得知还有空位后，他又坐车回到了法庭。

如果他能请半天假的话，他就会去治安法庭看看他们指控的那个人了。但是他这张面孔人人都认识，这样不是太安全。这次逮捕会有什么后果呢？肯定什么事儿都没有！警方总是随便抓个什么人进来，好让公众闭嘴。然后，突然，他又一次觉得这一切都是场噩梦，拉里从未杀过人，警方现在抓对了人！但是他又立即想起那个姑娘恐惧的脸，她缩在沙发里的样子，还有她的话"我现在还总能看到他倒下的样子！"天啊！这是什么破事啊！

那天早晨在法庭里，他觉得他从没有那么头脑清醒、高谈雄辩过。当他出来吃午饭时，他买了一份常登骇人新闻的晚报。但是这时离新闻见报还为时过早，于是他不得不回到法庭，依然丝毫不知逮捕之事的进展。等到最后他扔掉假发和法袍，开完了一个会，做完了其他必须的工作时，他走到大法官巷，路上买了份报纸。然后他叫了辆马车，又一次驶往菲次罗伊街。

五

劳伦斯在床上坐了很久。一个无辜的人是不会有危险的！凯斯，大名鼎鼎的律师这么说！他能相信这话吗？他和那个姑娘，去远离伦敦八千英里的地方，将一个同胞留在性命攸关的危险中，而这一切都是因为自己犯下的罪？

昨晚他已经在心理上做好最坏的打算了，他想：准备好面对一切。当凯斯进来时他会毫不犹豫地接受他的建议："自首吧！"他已经准备好了走向他人生的尽头，就像他扔掉他的烟头一样。当他听到逮捕的是别人时，他长长地叹了口气，只感到一半的解脱。紧接着，一种难以描摹的喜悦和希望以不可置信的速度突然涌上来。

离开，去一个新的国家，开启新的生活！他和那个姑娘！在那儿他无需在意这事，甚至会为那个人渣的死而高兴。在那儿，在新的太阳下，在那儿全身的血液都比在这个雾都中流动得更快，正义掌控在人们手中。那个畜生死有余辜，即使他并非想杀死他。然而，他听说了逮捕的事……他们今天就要起诉那个人了。他可以去看看那个可怜的家伙，因自己犯下的罪而受到指控！他笑起来。去看看他们有多少可能绞死另一个人，他的替罪羊？他穿上衣服，但是手抖得没法给自己刮胡子，只好去了趟理发店。在那儿他读到了凯斯看过的新闻。报纸上给出了被捕者的名字："约翰·埃文，没有地址。"他将被带往弓街接受审讯。是的！他必须去！他在法庭大门前徘徊不定，最后才走进去，挤进一群下层平民中。

法庭里挤满了人，从周围的流言蜚语中他明白过来，正是这个特殊的案子才让这么多人过来围观。他恍惚地看着法庭以闪电般的速度处理完一桩又一桩案子。难道他们不打算处理他的案子了？然后突然间，他看到昨晚遇到的那个骨瘦如柴的小个子乞丐，被两个警察夹着带上了被告席。白天他的衣服看起来更破烂，显得更加悲惨不幸了，他就像某种虚弱的灰毛动物，被皮毛油光发亮的猎狗围攻着一样。

周围满意的呼声顷刻四起，劳伦斯带着恐惧认识到这点：这个人——正是这个人，他遭受的指控都是源于自己犯下的罪行——对这个古怪的、受伤的、不幸的人，他曾表达过一点过路人的友善。然后他的所有情绪都投入到聆听指控的可怕兴趣中去了。证据非常少，只有沃伦待过的旅馆经营者的证词，他尸体的身份，他那天晚饭时戴着的一枚蛇形戒指。然后是一个当铺老板的证词，嫌犯昨天早晨的第一件事，就是将同一枚戒指典当给他；

接着一个警察作证，他在格莱弗巷注意到埃文好几次，两次驱赶不让他在那条拱道下睡觉；另一个警察也作证说，当埃文午夜被逮捕时，他说："是的，我是从他的手指上摘下了那枚戒指，但我发现他时他已经死了……我知道我不该这么做……我是受过教育的人，跑去当了那枚戒指很愚蠢。我找到他时，他的口袋都被翻遍了。"

劳伦斯坐在那儿看着那个人，想到乞丐所在的位置本该站着的人是他，既忍不住听下去，又感到恐惧。他想着说不定什么时候那双灰亮、充血的小眼睛会认出他来，那时他又该如何面对那道目光？那个小个子男人像做诱饵的浣熊一样站在那儿，缩在被告席的角落里，一副哀痛、愤世嫉俗、恶狠狠的表情。他的黄脸瘦瘦长长，颧骨凸起，灰白胡子和头发又短又粗，眼睛时不时在人群里游移。劳伦斯竭尽全力保持镇定。然后传来一声"还押候审[①]"，那个人更像一只用作诱饵的浣熊，被带下去了。

劳伦斯继续坐着，额头上渗出一层冷汗。那么，还有另外一个人，在约翰·埃文拿走戒指之前，翻遍了尸体的所有口袋。像沃伦那样的人，晚上出门不会不带钱的。而且，如果埃文在尸体上发现了钱，他就不会冒险拿走那枚戒指了。如此看看，有人先于埃文发现尸体。如果是那个人走上前来，证明在他离开尸体时那个戒指依然在死者手上，这样就能还埃文清白了。

他琢磨着这个想法，这似乎让他觉得，自己对埃文的下场无需那么负责，让他和他自己的罪行都退居其次。如果他们发现了偷钱的那个人，就能证明埃文的清白。他神志恍惚地出了法庭。他突然非常想喝醉。如果不能忘掉一些事，一个人就无法继续这

① 指案件最终没有宣判前，把犯人押回去，然后再开庭二次审判。

样活下去。如果他把自己灌醉，一直保持醉醺醺的状态，直到这件事尘埃落定，他就知道自己是否必须去自首了。现在他一点也不怕人们怀疑他了，他只害怕自己，害怕自己跑去自首。

现在他可以去看看那个姑娘了，去看她的危险和他自己遭受良心谴责的危险比起来微不足道。他曾答应凯斯不要去见她，凯斯是个正派人，对他忠心耿耿——好心的老凯斯！但是凯斯无法理解那个姑娘是他现在人生中唯一在乎的人，他宁愿失去生命，也不愿跟她失去联系。经历了这些奇异又毛骨悚然的事，她对他而言不是变得越来越无足轻重，而是越来越重要了！因为他，她从深深的愁苦之中变得快乐起来；因为爱他，她摆脱了堕落的、漂泊的生活，恢复了井井有条、生气勃勃的生活。是因为他，世界上千万人之中的他！这是个奇迹。她对他毫无要求，只是全身心爱他，从来没有哪个女人这么待他过。正是她的忠心和温柔的智慧，正是她身为女人燃烧的温暖，让他这艘漂泊已久的船终于抛锚靠岸。他也让这个长期被人当作发泄性欲工具的女人，最终陷入了爱情。

于是，他克制住了想喝醉的欲望，走向苏活区。他把钥匙给了凯斯，真是愚蠢。她肯定会被他的到访吓坏了。也许，她对事情进展一无所知，正胡思乱想着各种情况呢，这才是雪上加霜！凯斯的突访肯定吓坏她了，可怜的姑娘！

他经过黑暗中偷偷背着死尸走过的街道，几乎是跑到了她家寻求庇护。他还没敲门，门就开了，她的胳膊环着他的脖子，嘴唇贴上他的嘴唇。火已经灭了，似乎她忘记了要保持屋子温暖。一个凳子被拉到了窗边，明显她在那里坐着，像一只笼中鸟，看着外面灰暗的街道。尽管她被告知他不能来，直觉还是让她坐那儿痴痴等待，或者说，是凄凉、痛苦的一线希望——恋人们永不分离的希望，让她等着他。

现在他来了，她的第一个念头就是安慰他。炉火点起来了，他必须吃饭、喝水、抽烟。在很多婚姻和私通关系中，双方会有“因为我为你做了这些，所以你应该为我做那些”的想法，但是她心甘情愿为他去做一切，从来没有过寻求回报的想法。她像一个深爱着他的奴隶，因为如此热爱着她的锁链，以至于从未觉得自己戴着锁链。对劳伦斯而言，他没有什么所有权观念，这只是让他更加心怀柔情，对她的爱更深了。他下定决心不告诉她他的良知有可能让他去自首，但是他的决心却让情况适得其反。他脱口而出的是：

“他们逮捕了一个人。”

从她的表情上他明白她立即就抓住了危险所在，也许，在他开口之前，她就预测到了危险。但是她只是将胳膊环绕在他的脖子上，吻着他的唇。他知道她是在恳求他，将对她的爱置于他的良心之上。谁能想到，对这个曾经委身过许多人的姑娘，他会怀有这样的柔情蜜意！

爱上一个女人，她有着惨遭玷污、饱受苦难的过去，在一些男人心中唤起的是他们的侠骨柔肠，而在另外一些有身份的男人心中，激起的是则一种狂暴的恼怒，一种对其不堪回首的过去产生的怨恨和嫉妒。有时它让人两种情绪交织。当他抱着她时，他一点都不后悔杀死了那个徒有一副好皮囊、亲手毁了她生活的粗野畜生。他对此感到一种残忍的喜悦。但是当她将头埋在他的肩头，转脸看着他，那张苍白的脸只有微张的双唇上、脸颊上和眼睑沾着淡淡的色彩时，当她在纵情的快乐中抬头用深棕色的眼睛凝视着他时，他只感到爱的温柔，只想要好好保护她。

他五点钟时离开了她，还没走两条街，就想起来那个小个子的灰发乞丐，在被告席一角缩着，像只作为诱饵的浣熊，声音忧郁、沙哑……这些记忆又一次包裹了他。他的脑中对这样的世界充满了狂怒，因为在这个世界里，一个无意伤害到任何人的人却受到如此折磨！

凯斯在他家门口下了车。他们一起走进去，但是谁都没有坐下来。凯斯小心地关上门，背对着门站定，劳伦斯背对着桌子，似乎彼此都知道一场拉锯战即将开始。凯斯说："那艘船还有位子，在他们关门前去给自己订个铺位。这儿是钱！"

"我不走，凯斯。"

凯斯向前走了一步，将一卷钞票放在桌子上。

"听着，拉里。我读了治安法庭的诉讼记录，里面什么也没有。不关入监狱，或者即使是关进监狱里待上几周，对那种夜贼来说都是一样的。你不要再去想这些了，何况几乎没有足够的证据来给他定罪。这给了你机会。拿出点爷们样子，收了这钱，为你自己创造个新生活。"

劳伦斯微笑着，但是那个微笑里潜伏着一种疯狂和恶意。他拿起那卷钱。

"离开这个国家，保存哥哥凯斯的荣誉。将钱放回你的口袋里吧，凯斯，要不然我就将它们扔到火里去。哎，拿走！"他拿着钱走到火边，说，"拿走它们，否则我就丢进去了！"

凯斯拿回了钱。

"我还是有点荣誉感的人，凯斯，我要是逃走了，我就连最后一点荣誉感都失去了，什么都不剩了。对我来说，这比逃走更宝贵，尽管我现在还说不上来，我说不清楚。"

凯斯沉默了很久，开口道："我告诉你，你错了，陪审团不会给他定罪的。即使他们给他定了罪，法官也不会被他们牵着鼻子走。一个抢劫了死尸的盗尸者应该进监狱。他所犯的罪比你的更糟,如果你非要这么想的话!”

劳伦斯抬起脸:“哥哥,不要妄下评判,”他说,“我这颗心就是口黑暗的深井。”

凯斯黄色的脸涨红了,好像喉咙发痒努力克制自己不要咳嗽起来那般。“那你打算怎么办?我想,我要提醒你不要完全不顾我们家的名声,难道这与你所谓的荣誉感相比一钱不值?”

劳伦斯低着头。这个姿态比言语更清楚:“不要落井下石!”

“我不知道我该做什么,但至少现在我什么都不会做。抱歉,凯斯,非常抱歉。”

凯斯看着他,一言不发地走出去了。

六

除了哲学家们外,对任何人来说,侮辱姓氏及家族和侮辱自我同样是对名誉的威胁。凯斯总是本能地积极对待危险,但是他遭遇的这事——不管是东窗事发还是弟弟去自首,沉重打击都是不可避免的了。就像不知道从哪儿来的虫害降临到玫瑰上一样,这种令人不齿的丑闻将落到他身上。

不可能反驳!甚至都没法偷偷逃避!一个将被绞死或被判劳役囚禁的杀人犯的哥哥!他的女儿是杀人犯的侄女!他去世的母亲是杀人犯的母亲!然后他得日复一日、周复一周地等待着,无法预测这个打击是否会真的袭来。这是一种格外残忍的苦行,尤其对一个品行端正的人来说,这不是冤枉好人吗!这件事越来越可恶了!

那次还押候审列出的证据是:被害者死的那晚喝得烂醉如

泥;有进一步的证据证明被告人是职业乞丐,穷困潦倒,格莱弗街的拱道一度是他晚上最爱去晃荡的地方。一月份他再次受审。这一次,尽管担忧害怕,凯斯还是去了治安法庭。让他大松一口气的是,拉里不在被告席上。

但是,他那天去查看拱道时碰到的警察,即之后在那姑娘的住处吓了他一跳的警察,是证明被告人喜爱在格莱弗街晃荡的主要证人。尽管凯斯高戴着大礼帽,却仍然感到不舒服,怕那个警察认出他来。

想到那个乞丐要含冤活在谋杀罪的阴影下,他的良心倒也没觉得太大不安。他真的相信没有足够的证据能给他定罪,他也体会不到那个乞丐被关押起来的痛苦。那个家伙是自作自受,谁叫他抢劫死尸,而且不管怎么说,让那个骨瘦如柴的人生活在监狱里,也比大冷天的睡在大街的拱道上要好吧。

凯斯的性格中很少有怜悯的一面。他的正义感认为,那些没出息的弱者,其命运有必要屈从于那些有地位有名望的强者的最高权威。

圣诞假期他的女儿从学校回来了。看着她明亮的眼睛,玫瑰般的脸颊,再想想他平静有序的生活蒙上的这层阴影,这真是让人难以接受,好比是在一间灯火通明的屋子里,一个人立即就会看见一小块黑暗之处,就像蜘蛛在天花板的角落结了网一样扎眼。

平安夜的下午,因为女儿想去教堂,他们便一起去了苏活区的教堂,听了圣诞清唱剧。离开时他们不小心拐错了弯,走到了博罗街。唉!他突然想起来,那时,他和那个姑娘真是吓了一跳!她在黑暗中紧紧靠着他,惊恐地轻声说:“哦!是谁?”他总是想起那件事,那件糟透了的事!那次审判之后,他本该再努力说服拉里，让他们两人都离开伦敦。他挽着他年轻的女儿，催她快走，快快走出那条连寒冷空气中似乎都阴影密布的街道。

但是那天晚上，当女儿入睡了以后，他无法控制地感觉焦躁不安。他已经几周没看到拉里了，他在做什么？他那混乱的大脑里盘旋着怎样的绝望？他很痛苦吗？也许他昏昏然处于放荡堕落中？那种想要保护他弟弟的旧感觉又涌上心头，他还记起多年前平安夜那种温暖的感受：晚上他们把袜子挂起来，知道圣诞老人一定会给袜子里塞满礼物，圣诞老人的手从未忘记帮他们盖好被子，圣诞老人的亲吻送他们入眠。

河的上空群星闪烁，黑漆漆的天空寒冷而清澈。钟声还没有敲响。凯斯遵从了心底那股模糊的冲动，又一次将自己裹进毛呢外套中，将帽子压低到眼睛上，出了门。在河岸街他叫了辆马车去菲次罗伊街。拉里的窗户没有亮光，他看到门上的卡片写着“出租”。走了！他到底还是永远离开此地了？但是怎么办到的呢？他没有钱啊！那个姑娘呢？凯斯正这么想着，万籁无声的寒冷冬夜里，钟声响起。

这是平安夜啊！凯斯想：“要是我不再想着这件该死的事情就好了！一个人要为别人的错误而遭受折磨，真是太可恶了！”他选了条经过博罗街的路。那里人迹罕至，他沿着街的另一边坚定地走着，仔细盯着那个姑娘的窗户。那儿有光。窗帘未完全拉严实，一丝光线漏了出来。他过了马路，快速地上下打量了一下窗户，谨慎地向里面窥视。

他在那儿站了大约二十秒钟，但是那一瞬收集的直观记录有时比几小时、几天的所见所闻还要多。屋子没有亮灯，但是，房间中间的小桌子上点着四只蜡烛。那个姑娘穿着睡衣跪在桌前，她的手臂交叉抱在胸前，烛光照在她漂亮的短发上，照在她脸颊和下巴的侧影上，照在她弯着的白色颈脖上。

乍一看此景他以为只有她一个人在家，但是很快他看到，在她身后，他的弟弟穿着睡衣，靠在墙上，交叉着胳膊，看着她。正是他弟弟脸上的表情给他留下了不可磨灭的印象，让此后他总是回想起那个场景——即使一个人隐约察觉到人世间还有其他的活物观察着自己，也不会有那样的表情！

拉里的整颗心和全部感情似乎都从他身上释放出来了。渴望，嘲笑，爱情，绝望！他对这个姑娘的深情，他心里的压力、恐惧和希望；他灵魂中流离失所的善与恶，都在那副表情中表现出来，暴露无遗，令人难忘。烛光照在他的脸上，他的脸因为一个非常古怪的微笑而扭曲。他的眼睛，比尘世凡人的眼睛更加黑暗，更加惆怅，似乎恳求且嘲弄着那个穿着白睡衣的姑娘，但那个姑娘似乎毫无察觉，依然一动不动地跪在那儿，像一尊虔诚的雕像。

他的嘴里似乎念着这些话："为我们两个祈祷吧！好极了！是的！为我们二人祈祷吧！"突然凯斯看到那姑娘伸直胳膊，抬起头来，带着一种入迷的表情，劳伦斯向前走来。她在烛光里看到了什么？正是那些始料未及的东西让此情此景格外刺痛人心。凯斯偷窥到了这个阴暗、非法的小窝里异常奇怪的一幕。但是因为害怕被人抓到自己偷窥别人家窗户，凯斯慌乱地退到一边，急匆匆地走了。

看来拉里是搬到了她那里！那么万一东窗事发的那一刻到来时，他还是可以找到他。

在进自家门之前，他靠在房子前的台阶矮墙处站了五分钟，盯着星辰满天，河流被树影割裂成许多黑色的小池，堤岸的路灯光映照在水里。他思绪翻涌，然而内心深处不知怎么地，有什么地方隐隐作痛。在他的全部所见、所闻和所想的范围内，他察觉到了一些他无法企及的东西。严冬之夜，钟声寂静，因为它已经敲过十二点了。他走进家，悄悄上了楼。

七

如果说对凯斯而言，格莱弗巷谋杀案审判前的六周，他充满了担心、忧虑和沮丧，那么对劳伦斯来说，却是从他年轻时起迄今为止最快活的六星期了。从他离开自己的屋子搬到那个姑娘那儿去住的那一刻起，一种平和与欣喜就占据了他的心。丝毫没有依靠意志力，他就摆脱了笼罩着他的噩梦。他也不是被爱情迷了心窍，他只是处在一种精神的僵化中。面对着对他的意志力来说太过强大的命运，他的混乱、焦虑，甚至不安的情绪都停止了。他的人生在“那些该来的事躲不掉”的麻醉状态中漂流。脱离这种僵化状态，他的精神有时又失控地扎进暗流之中。平安夜他就是在这样的精神漩涡中挣扎着的。当姑娘站起身时，他问她：“你看到了什么？”

她紧靠着他，拉着他坐到炉火前的地板上，他们的膝盖靠着彼此，手扣着手，像两个试图去窥探世界尽头的孩子。

“我看到了圣母。她背靠墙站着，微笑着。我们很快就会幸福了。”

“我们死的时候，旺达，”他突然说，“让我们死在一起。这样在另一个世界我们还能温暖彼此。”

她抱着他，轻声说：“是的，哦，是的！如果你死了，我也活不下去了。”

正是她对他全身心的依赖——这种他拯救了什么的感觉，还有他在这两个房间里隐居般的秘密生活，让他心有所寄。除了每天早晨九点到十点的一小时，女佣会过来外，一整天都不会再有人。

他们从不一起出去。他经常很晚起床，旺达带回来一天的食物。他躺在床上，扣手枕在脑后，回想着她的脸；回想着她修长、丰满、柔软的身影；回想着她在他的注视下穿上睡衣的样子，又一次回味着她留在他唇上的吻，回味着她温柔的眼睛里闪着的光——那么苍白的脸上竟然有那么黑的一对眼睛。

他常出神地躺到她回来，然后起床。大概快中午时吃早饭，吃她做的饭菜，喝点咖啡。下午他会一个人出去散几小时步，随便什么地方，只要是东区[1]就行。在东区总是能看到各种受苦受难的人，这给了他一种宽慰——他的麻烦只是其中微不足道的一部分，还有那么多在悲伤和阴影中生活的人呢，并非只有他一人如此。

去西区[2]则会助长忧郁。在西区，所有人都像凯斯那样，成功有为，完美无瑕，井然有序，意志坚决。他筋疲力尽地回到家，坐在那儿看着她做晚饭。夜晚都留给爱情了。两个人都害怕打破这种古怪、恍惚的生存状态。任何一个女人，要是经历过她那样的生活，哪怕只是短短几个月，现在都会想要向爱人索取一些激动人心的浪漫经历，但是她丝毫没有产生过这些念头。她从未要求他带她去哪儿，从来没有，语言中，行为中，眼神中都没有，似乎对现状已经心满意足，欣喜若狂。但是他们都心知肚明，他们只

---

① 伦敦东区，是一个非正式认定的区域，位于中世纪伦敦市的东部、泰晤士河以北。此用语源起于十九世纪末，带有贬义，一般东区聚集了大量贫民和外来移民，社会问题突出。

② 伦敦西区，长期是富人或社会精英居住的区域，拥有众多的商业区和剧院。该词源于十九世纪英国人用来描述查令十字以西的地区，但并没有普遍认同的边界。

是在等着看命运是否会否决他们。那些日子他不喝酒了。当他一个季度的钱进账了时，他还了债——他们的开支非常少。

他从未去见凯斯，也没给他写信，几乎就想不起来他了。他逃避回忆那些可怕的情景——沃伦倒在地上窒息而死，灰发的小个子乞丐像被驱赶的动物一样缩在被告席上。他唯一能做的也就是逃避回忆了，好像若不如此，他就会被毁灭一样。但是他每天都买份报纸，狂热地、偷偷地仔细阅读上面的信息。

八

一月二十八日下午，在一桩拼个你死我活的遗嘱官司顺利结案后，凯斯从治安法庭出来，在一份公告上看到一行字："格莱弗巷谋杀案：审判和裁决"，他在一阵沮丧中想："老天啊！我今早没有看报！"

一秒钟前他还满心高兴，这桩案子本来难以胜诉，两天来他全身心地扑在这个案子上才换来今天的胜利，但现在这些似乎突然变得微不足道、令人厌恶了。他到底在做什么？竟然忘记了那桩可怕的事情，哪怕只是片刻的忘记！他在拥挤的人行道上呆若木鸡，迈不开步，无法，完全无法走过去买份报纸。当他终于挪得动腿走上前掏钱买报时，他的脸绷得像铁板一样。那条新闻是报纸付印前插进的最后消息："格莱弗巷谋杀案。陪审团宣布有罪。同意判处死刑。"

他立即被激怒了。他们怎么能做这么愚蠢的事情呢？太可恶了！证据呢！现在读审讯报告徒劳无益了，考虑他们怎么会下这样的裁决也徒劳无益了，这种突如其来的徒劳感凶残地打击到了他。裁决已定，他做什么或说什么都无法改变了，即使谴责这个白痴般的判决，他也无法推翻它。的确，这个处境够绝望的了！从治安法庭到他办公室的五分钟路程，似乎是他走过的最长的路。

性格坚决之人，几乎从没想过，要是发生某些意外状况，他们会怎么办，因为他们压根没法想象这些意外事件真的变成了现实了会是什么样。凯斯从未真正想过，如果那个乞丐真的被宣判有罪，他要怎么办。在过去的几周中他经常对自己说："当然，如果他们判他有罪，那就要另当别论了！"

但是，现在他们真的判他有罪了！他又一次被前些日子那番思虑和感情困扰着，被对劳伦斯和他自己本能的忠心和保护欲困扰着，并且由于危险可怕地迫近，这些情绪更强了。现在，这个人即将被绞死，为了一件他从未犯过的罪行！没什么能够改变判决！他不过是个一钱不值的乞丐，一个抢劫了死尸的盗尸犯！

如果不是那个乞丐，而是拉里被宣判有罪，是不是就少了一些审判不公呢？勒死一个攻击你的蛮汉，不小心卡住他的喉咙稍长了几秒钟，这就罪加一等吗？和故意从一个死者身上偷窃的罪恶一样深重吗？凯斯思绪纷繁，对那些视成功为要事的人来说，尊重秩序、正义、既成事实和意志力，通常和狡猾并肩前行，这也是他们的天性。

在通向办公室楼梯的狭窄石头过道中，一个朋友叫道："了不起，达伦特！真是险胜！恭喜你！"凯斯苦笑了一下，心想："恭喜我！"

他在最快的时间里匆匆跑回河岸街，叫了辆车，告诉司机将他带到博罗街附近的一个路口。

那个姑娘回应了他的敲门声，为他开了门。她紧扣双手，身着黑色的裙子，上身一件柔软的、褪了色的玫红色天鹅绒衬衫。

这副打扮让凯斯觉得陌生。她浑圆的长颈脖裸露着,凯斯烦躁不安地注意到她戴了金耳环。她的眼睛,衬着她白凝脂般的脸显得格外漆黑,短短的漂亮头发蜷曲在她的颈脖上。她的眼神似乎是在找寻,又似乎是在恳求。

"我弟弟呢?"

"他不在,先生,还没回来。"

"你知道他在哪儿吗?"

"不知道。"

"他现在跟你一起住在这里?"

"是的。"

"你依旧爱他?"

她一时找不到言辞,只是将她紧扣的手放在心口。

他说:"我知道了。"

他第一次来拜访她时,还有他从窗帘缝隙中看到她跪着祈祷时,都涌起过一种奇怪的感觉——他同情她,又有一丝被她的肉体所吸引。

他走到炉火边问:"我能等他回来吗?"

"哦,请便! 请坐。"

凯斯摇摇头。她倒吸了口气,说:"你不是要把他从我身边带走吧? 没他我活不下去。"

他回过头来严肃地看着她。

"我不想把他从你身边带走,我想帮你留下他。你准备好了随时离开吗,任何时候都可以动身?"

"是的,哦,是的!"

"他呢?"

她几乎是轻声回答:"是的,但是那个可怜的乞丐……"

“那个可怜的家伙是个盗墓贼，一个贪财鬼，盗尸犯，不足挂心。”

他声音中刺耳粗粝的部分让自己都吃了一惊。

“啊！”她叹息，“但是我对他感到抱歉。也许他只是饿了。我也挨饿过，挨饿时你会做出你本不愿去做的事。也许他只是没有爱的人，如果你没有爱的人，你也会非常糟糕。我常想到他——想到他被关在监狱里的情形。”

凯斯从牙齿缝中咕哝着挤出一句：“那劳伦斯呢？”

“我们俩不谈这件事，因为我们害怕。”

“那么他没有告诉过你关于审判的事？”

她的眼睛睁大了。“审判！哦！他那晚很奇怪，今天早上也是，他起得很早。审判结……结束了吗？”

“是的。”

“结果呢？”

“有罪。”

凯斯一时认为她要昏倒了。她闭起眼睛，身子站不稳。他上前一步，将手放在她的胳膊上。

“听着！”他说，“帮帮我，不要让劳伦斯走出你的视线。我们必须争取时间。我必须看看他们打算怎么做。他们不能就这样绞死这个人。我告诉你，我需要些时间。你必须防止他自首。”

她站着，盯着他的脸；他仍然抓着她的胳膊，隔着她天鹅绒的袖子抓着她柔软的胳膊。

“你明白了吗？”

“明白。但是他要是已经去了怎么办？”

凯斯感到她打了个寒颤。这个念头冲进他的脑子里：“天啊！万一警察过来了我还在这里……”如果拉里真的已经去警察那里自首了！如果案发后那天晚上看到他的那个警察，在裁决后又一次在此处发现他！他几乎是粗暴地说："我能相信你不会让拉里离开你的视线吗？快！回答我！"

她扣着的双手放在胸前，谦卑地回答道："我尽量。"

"如果他还没自首，像看住猞猁一样看住他！不要让他独自出门。我明天大早再过来。你是个天主教徒，是不是？对我发誓，你不会让他做任何事，直到我又见到他为止。"

她没有回答，眼睛越过他看着门，凯斯听见钥匙在锁孔里转动的声音。是劳伦斯，手里拿着一大束粉红色的百合花和白色的水仙花。他脸色苍白，形容枯槁。

他平静地说："你好啊，凯斯！"

姑娘的眼睛紧紧地盯着拉里的脸。凯斯，看看他们两个，意识到他必须比其他任何时候都要谨慎小心。

"你看到了判决结果了？"他问。

劳伦斯点点头。他的表情通常就是他情绪的指示牌，但这次凯斯却看不透。

"嗯？"

"如我所料。"

"我可以肯定，这个裁决是站不住脚的。但是我必须花点时间看看报告。必须给我点时间，让我想想还有什么办法。你懂我的意思吗，拉里？必须再给我点时间。"他知道他只是信口胡言。唯一要紧的事就是立即让他们放弃去自首的念头，但是他不敢直说。

"向我保证，你不会做任何事，不会出门，直到我明天早晨见到你为止。"

劳伦斯又一次点点头。凯斯看着那个姑娘。她会看住他，不让他打破誓言吗？她的眼睛仍然定定地盯着拉里的脸。凯斯感到他无法再推动进展了，就转身准备出门。

“答应我！”他说。

劳伦斯回答说：“我保证！”

他微笑着。凯斯不知道那微笑有什么含义，也不懂那个姑娘眼睛里的表情。凯斯说：“我有了你的保证，就指望它了！”然后就出去了。

九

让一个恋爱中的女人不了解她恋人的情绪，就像让音乐不要打动人心一样难以办到。当那个女人经历过苦难的生活之后，第一次尝到了爱情的甜蜜，哪怕她的恋人再怎么试图掩盖他的内心，也是没用的，她一定会看穿他的心思。但是通过微妙的自我克制，她通常会成功地不让对方察觉到自己已经知道一切。

凯斯走了后，那个姑娘没有大声疾呼，没问任何问题，尽管她的直觉已经知道将要发生什么，但是她表现得丝毫不让拉里起疑。整个晚上她装作自己不知道拉里心里盘算的事情，也隐藏了她心中筹谋的事情。

他的话，他的爱抚，他帮助她准备晚饭的盎然兴致，他买的鲜花，他让她喝的酒，他避开任何可能破坏他们此时快乐的话，这一切，都告诉了她他的真实想法。他太过快乐了，太过爱意荡漾了。但对她来说却并非如此！他的每句话，每个吻，都有可能是最后一句话，最后一个吻，她已经预感到了一切，但又不能做出任何暗示或举动以免暴露自己已知他的想法，从而失去他的爱。

可怜的女人，她承担了一切，但她还可以承担更多，哪怕百倍！她不想喝酒，但他不断地给她的杯子满上，一个经历过她那样生活的女人学会了接受，所以她不拒绝。她从未拒绝过他的任何要求。过去那些可憎的人已经对她要求了太多，恋人要求的任何事都变成一种荣幸。

劳伦斯喝了很多，但是他从未感到这么清醒过，从未看事情看得这么清楚过。酒给了他他想要的，给了他这几小时的欢愉，给了他精力充沛的狂喜。同时，酒也钝化了他的怜悯之心。怜悯之心正是他所害怕的，无论是对他自己，还是对那个姑娘。

房间在炉火和烛光的映照下熠熠生辉，玻璃杯中盛着深琥珀色的酒，挺拔的粉色百合花盛开着，散发出浓郁的香气。为了让这间俗丽的房间看起来漂亮点，他，甚至连他自己，都必须展现出最好的一面。她心中有如坠铅，努力配合着他，让他给自己撒上鲜花，然后在紧拥中压坏花朵。他们的这顿大餐也少不了音乐陪伴，因为正好有人在街对面弹着自动钢琴，琴声非常微弱，在他们沉默时悄悄飘进屋来，音调时高时低，时喜时悲。那琴声仿佛具有永恒的生命，像他们相拥躺着的地方前闪烁的火焰，像烛光里娇美的百合花。他听着音乐，手指在她的胸上顺着她细小的血管游走着，他像从昏厥中苏醒过来一样，躺在那里。不要分开，谁都不要！但是睡眠，就像火焰暗下去时火光入睡了一样，就像无人拨动的琴弦上的音乐睡着了一样。

姑娘看着他。

快十点的时候他让她上床睡觉。在她顺从地进了卧室后，他借着火光拿出墨水和纸。这个流浪者，这个漂泊不定的青年，这个毫无价值的人，终于不再犹豫，不再畏缩了。他想过了，当到了紧要关头，他会舍弃自己，但是一种狂怒的力量驱使他向前。

如果他选择继续活着，并且去自首的话，他们会将他关起来，剥夺掉他此世唯一深爱之物，禁止他再联系她，就好像是用沙子填埋沙漠里他唯一的井。该死的一群人！他借着火光写着什么，火光让白纸的颜色显得柔和。那个姑娘，穿着睡衣，忘记了寒冷，站在深色的帘子边看着他。

人们啊，当他们将要死时总会回想起他们的过去。像那个迷失的诗人一般“随风而逝”[①]。现在，是他以自己的方式吐露真心的时候了。一个人可能犹豫了一周又一周，有意识地或潜意识地，甚至在他的梦中也犹豫着，直到那个不再犹豫的时刻最终来临。想到那个被驱赶的灰发乞丐，抬头看法官戴着的黑色帽子时，眼中带着一点惊诧的样子——他不再犹豫了！

拉里他写完了后，盯着炉火。

“再也没有了，没有了，月亮已死，
所有人都在其中；
少女将罂粟撒在床上，
我们半分钟后就来。”

为什么脑中出现了这样的打油诗？旺达！她像野草里开出的花朵，是那么珍惜可贵，他不要与她分离！炉火，蜡烛，那些火焰——不再燃烧，不再闪烁！

姑娘站在深色帘子旁，看着他。

十

凯斯没有回家，而是直接去了俱乐部，宾客接待室此时空空

① 此处这个诗人可能是指英国诗人欧内斯特·道森（Ernest Christopher Dowson，1867—1900），“随风而逝”（gone with the wind）一句出自他的诗。

的，他坐下来，读审讯报告。那群愚蠢的家伙真是胡作非为，这个案子明显判决不公。他思考了很久，在地毯上踱来踱去，厚厚软软的地毯吞噬了他的脚步声。作为一个法律界的专家，既然他认为审判不公，他可以去见辩护律师，对，毫无疑问，他可以这么做。他们必须上诉，最后不行还可以发起请愿书。这个判决能够——必须被纠正过来，只要拉里和那个姑娘不要轻举妄动！

他没有胃口，但还是遵从习惯按点吃饭。用餐时他恼火地看着他的同事们。他们看起来都那么自在。不公正的审判，这朵黑云笼罩在一个无罪的人的头上，也笼罩在他们每一个人的头上！他的朋友们，都是法律行家，其中一个法官特意走到他的桌子旁，表达对他打赢遗嘱案的敬佩之情。今晚他确实有理由自豪，但是他却没有一点自豪感。好在，在这间温暖、安静、亮堂堂的房间里，人们举止高雅地用餐，彬彬有礼地交谈，这让他不知不觉地获得了些许安慰。

确实，这就是现实！那件不齿之事只是寒风阴沉的呼啸，一个人必须将其抵挡在外，就像贫穷和污垢对生活安定、富裕的人来说好似压根不存在一样。他喝了香槟酒。酒帮助他更真切地认识到现实，让那件事的阴影看起来更深重了。他坐在吸烟室壁炉前供饭后小憩的椅子里，在那儿打起盹来，十一点钟的时候起身回家。但是当他又一次走下大理石台阶、穿过不透风的十字旋转门时，一阵恐惧感突然攫住了他，好像恐惧随着一月的冷风被他一起吸入肚中似的。拉里的脸，那个姑娘看着他的眼神！她为什么要那样看着他？拉里的微笑，还有他手里的花！他为何在那种时候买了一束花？那个姑娘就是他的奴隶，不管他吩咐什么，她都会去做。所以她绝没有能力去阻止他！此时此刻拉里很可能正在跑去自首的路上！

他的手深深地插在毛呢外套的口袋里，突然触到了什么冰冷的东西，原来是之前拉里给他的钥匙。他都忘了钥匙还在他手里。这一偶然的触碰，让他下定了决心。他调头以最快的速度向博罗街走去。他要再去那个姑娘家看一下。如果他没有尽全力，他就无法睡得踏实。在那条阴沉的街道转角，他不得不等没人的时候，再走向那栋房子，他现在对那个地方深恶痛绝。他打开外面的大门，进去后又关上。

他敲了敲门，但是没人来开门。也许他们已经睡觉了。他一遍又一遍地敲着，最后只好自己开了门，走进去，然后小心地关上门。蜡烛亮着，炉火烧着，坐垫被扔在炉火前的地板上，上面撒满了花！桌子也是，盖满了花，还有晚餐的残羹冷炙。透过半放下来的帘子，他看到里面的房间也亮着。他们留下家里这片狼藉出去了吗？出去了！他的心猛跳着。酒瓶！

拉里喝醉了！

那一刻真的来了吗？他的弟弟去自首了，从此被打下谋杀犯的烙印？难道他真的得背负“杀人犯哥哥”的骂名回家？他快步上前，走到半放下来的帘子处向里看。他看到一张床靠墙放着，两个人都睡在床上。他十分诧异，也松了口气，不由得退后了一步。帘子没放下来，蜡烛也没熄，就这么睡着了？他一直敲门也没醒过来？

他们俩肯定都喝醉了。血直往他的脖子上涌。睡着了！他又一次冲上前，叫道：“拉里！”然后，他倒抽一口凉气，走向床边。“拉里！”没有回应！没有动弹！他抓着弟弟的肩膀，狠狠地摇着。他的肩膀已经冷了。他们睡在彼此的臂弯里，胸贴着胸，嘴唇贴着嘴唇，在梳妆台上烛光的照耀下，他们脸色苍白。

凯斯一阵战栗，他抓住了他们头上的铜床围栏，然后弯下腰，沾湿他的手指，伸向他们贴在一起的嘴唇。没有人会昏厥到这个程度，甚至醉酒睡着也不会睡得那么死！他潮湿的手指感觉不到一丝微弱的呼吸气流，也感觉不到一丁点他们手腕上脉搏的跳动。没有呼吸！

已经没命了！那个姑娘的眼睛闭着，她看起来是多么纯洁啊，不可思议！拉里睁着的眼睛似乎在盯着姑娘的眼睛，但是凯斯看到他那双眼睛已经失去了神采。他抽泣着，合上了他的眼睑。然后，在一种他无法解释的冲动下，他将一只手放在他弟弟的头上，另一只手放在姑娘漂亮的头发上。

她裸露的肩膀上衣服滑下来了一点，他将衣服拉上去，似乎是要替她保持温暖。他看到一块什么金属的东西闪着光，原来是一个小小的镀金十字架，比拇指甲大不了多少，串在一根钢链上，从她的胸前滑落到她环着拉里颈脖的胳膊下了。凯斯将十字架放回她的衣服里，注意到床罩上别着一个信封，他弯下腰，看到上面写着："请立即将此信交给警方。劳伦斯·达伦特。"他将这封信塞进了自己的口袋。

就像橡皮筋拉伸过它的最大极限会崩断一样，他的理性、意志力、深思熟虑和决断的能力都在他心中猛地断裂开。他飞速思考着："我必须装作什么都不知道！我必须离开！"几乎在他意识到自己拔腿前，他已经冲到大街上了。

他无法言明他在回家的路上都想了些什么。直到他回到书房里，他才恢复自如。他用颤抖的手给自己倒了一杯威士忌，一饮而尽。如果他不是碰巧再去了趟那里，女佣早晨来的时候就会发现他们，就会将那封信交给警方！他拿出信来。他有权利——有权利知道里面写了什么！他撕开信封。

"我，劳伦斯·达伦特，即将自杀，我宣称这是一份严肃和真实的自首信。我于十一月二十七日晚上以以下方式犯了罪，即格莱弗巷谋杀案”——如此继续一直到最后一句——“我们并不想死，但是我们无法忍受分离，并且我也无法面对一个无辜的人因我的罪而被绞死。

“我不知道还有其他什么办法。我请求不要给我们验尸。我们服下的毒药可以在梳妆台上找到。请将我们葬在一起。

劳伦斯·达伦特。

一月二十八日，晚上十点左右。”

凯斯手里拿着这封信，足足站了五分钟。钟声滴答着，风在窗外的树间悲叹着，壁炉里的火焰吞噬着柴火，发出轻微的咔嚓声，熊熊燃烧着。然后他振作起来，坐下来又读了一遍遗书。

就是这样，就像拉里之前告诉他的一样，没有什么遗漏的，信里写得非常清楚，甚至交代了地址，凭着地址人们会认出那个姑娘曾经是沃伦的妻子或情妇。这封信足以让人信服。是的，让人信服。

信纸从他手上滑落。他慢慢地反应过来，这是一个骇人听闻的事实：他椅子旁边的地板上躺着另一个人的生死！拿到了这封自首信，就等于掌握了那个被判死刑的乞丐的命运；但是如果他还那个乞丐清白，他就会被这份耻辱玷污，还可能危害到自己的身份地位。如果他把这封信交给警方，他就无法摆脱最严重的嫌疑——过去的两个月里他知道整件事。他将不得不去接受审讯，然后被那个警察指认出来，因为他去拱道看过抛尸之处，在谋杀案案发后的当晚还去拜访过那个姑娘。一旦人们知道他就是谋杀犯的哥哥，那谁还会相信这种拜访只是巧合？但是，除了遭受怀疑之外，这桩可怕的丑闻，这件群情激动的事件，肯定会毁了他的职业生涯，毁了他的人生，毁了他年轻女儿的人生！虽然拉里和那个姑娘的自杀也足够引起轰动，但是比起前一种情况，这真是微不足道！

这样的自杀虽然有些离奇，但是除了表示一下哀悼之外，他不会卷入其中，这样也许就能掩盖拉里杀人的丑事！然而，如果把信交给警方，那么就没有什么可以阻止此事张扬出去，没有什么能够阻止此事变成家喻户晓的丑闻！他从椅子上起身，在房间里长时间地踱步，感觉他的心无法承受这样的后果。那些画面不断地浮现在他的眼前：那个每天早晨递给他假发和法袍的男人的脸，充满了好奇，对他投以不怀好意的一瞥——他之前从未注意到过这个神情；他年轻的女儿抬起眉毛，嘴角耷拉着，眼神里满是焦虑和担忧；那个死去的姑娘胳膊下闪着光的镀金小十字架；拉里死不瞑目的眼睛失了神采的样子，是他亲手伸手替他合上了眼睑。然后他看到一条大街，无数的人来来往往，都转过头来看着他。他停下沉重的脚步，大声叫道："让他们都见鬼去吧！不过是轰动一时、很快就会被人们忘掉的事！"他不是那封自首信的受托人！受托人！毕竟他没有做过任何可耻的事情！即使他将这桩谋杀案藏而不发，但是他是凶手的哥哥啊！谁能责怪他？他捡起了那几页信纸。

可是，关于他的丑闻像一只极为阴暗的手一样，将此事广泛散布，那粗哑恶毒的声音似乎在叫着："报纸！报纸！格莱弗巷谋杀案！著名王室法律顾问凯斯·达伦特的弟弟的自杀和自首！著名王室法律顾问凯斯·达伦特的弟弟……谋杀和自杀……报纸！"他难道可以任由那股肮脏卑鄙的洪水泛滥吗？难道他，一个平白无辜的人，眼睁睁地任由此事玷污他女儿的人生，玷污他死去的弟弟，他们去世多年的母亲，还有他自己的、他自己的重要宝贵的前途吗？为了一个老鼠般的败类！让他被绞死吧，如果这是必须的话，那么就让他被绞死好了！但是他心里似乎又有些不肯定。上诉！请愿！那个乞丐也许能够被拯救——他应该被拯救！不，事情都到这一步了，是他自作自受，是他自己害了自己，仅此而已！

突然他冲向前，将信扔进了燃烧的炉火中。一个微笑出现在他阴沉的脸上，那些火焰吞噬着信纸，直到它们萎缩、焦黑。他用靴尖踢散烧焦剥落的纸页，狠狠地践踏！

践踏那个乞丐的生命！烧掉！不再犹豫，不再有这种啃啮着他的恐惧！烧掉？一个人！一个无辜的乞丐！他从壁炉边后退，抓住自己的前额。它烧得滚烫，他似乎感到一阵晕眩。

好吧，信已经烧掉了，只有没有意志力和决心的家伙才会后悔。突然他放声大笑。那么拉里就白死了！他那种没有意志力、没有决心的家伙，已经死了！他和那个姑娘现在本该活着，在世界另一端的国度，在温暖的夜晚爱着彼此，而不是在伦敦的寒冷冬夜相拥着死去！傻瓜和弱者才会后悔，才会被良心和懊悔所折磨！一个人必须坚守他的意志，坚定地大踏步向前，不管怎么样！

他走到窗户边，拉开窗帘。那是什么？他的眼前出现了一座绞刑台，一具尸体悬挂在上面。啊！只是黑漆漆的树影，只是在冬天落光了叶子的树木而已！他后退了几步，坐回壁炉前的扶手椅里。

炉火还是那般闪烁着，灯光压得低低的，他的椅子被拉近壁炉跟前，像两个月前那个下午拉里进来时那样。呸！他从没来过！这是个噩梦！他刚才睡着了！他的脑袋也像烧起来了一样！他突然起身，看了看桌子上的日历，上面显示着“一月二十八日”，不是做梦！他的脸坚毅又阴沉。继续生活！不要像拉里那样！继续生活！

1914年

苹果树

一

“那苹果树、那歌声和那金子”——墨里译《欧里庇得斯[①]的〈希波吕托斯〉[②]》。

银婚纪念日，艾舍斯特和妻子驾车行驶在荒芜的郊区边缘。为圆满地度过这个日子，他们正去初次相遇的地方——托基过夜。这自然是斯特拉·艾舍斯特的主意。她一直是一个感性多情的女人。如果说她早已悄然褪去那深蓝眼睛的、如花般的魅力，脸庞和身段透出的冰清玉洁的气质，还有那苹果花似的容颜——这些在二十六年前如此迅速而奇妙地吸引着艾舍斯特——那么在四十三岁的今天，虽然她的脸颊有了淡淡的美人斑，灰蓝的眼睛也更加深邃与饱满，但她仍然是位美丽而忠实的伴侣。

斯特拉·艾舍斯特让车停了下来。这儿，左边是一块陡峭的

① 欧里庇得斯（公元前480—406），与埃斯库罗斯和索福克勒斯并称为希腊三大悲剧大师，他一生共创作了九十多部作品，保留至今的有十八部。

② 《希波吕托斯》，是欧里庇得斯的著名的悲剧作品之一，主要反映了欧里庇得斯对宗教的怀疑及神的所谓英明和仁慈的不信任。

向上延伸的公有地，右边是一片一直延伸到山谷的狭长的落叶松和山毛榉林子，林子里面稀稀落落地点缀着几棵松树。她在寻找一个可以享用午餐的地方，因为艾舍斯特是什么也不会去寻找的。这个地方位于一片金黄的金雀花和绿叶蓬松之间，四月的斜阳里，绿叶蓬松的落叶松散发着柠檬的香味。这里既可以远眺深深的山谷，又可以仰望长长的荒原群丘，这一切正迎合了水彩画家追逐浪漫而奇妙的景致的天性。斯特拉·艾舍斯特拿起画盒便急不可待地跨出车外。

“你看这儿可以吗，弗兰克？”

艾舍斯特，模样极像留着胡子的席勒：两鬓斑白，长腿高个，深邃的灰色大眼睛里饱含着无限深情，鼻子稍稍偏向一边，长了胡子的双唇微微张开。四十八岁的他，沉默不语，提着篮子，跨出车来。

“呀！看哪，弗兰克，一个坟墓！”

从公有地顶上下来的那条小道与公路直角相交，穿过那狭长的林子之后通向一座大门。公路旁边，有一个六英尺左右的矮丘，上面长着一层草皮，还有块朝西的花岗岩，不知是谁在上面丢了一枝刺李和一束野风信子。见此情景，艾舍斯特那诗人般的情感已在不经意间被触动：在那个十字路口的坟墓里躺着的，可能是一个可怜迷信的自杀者，但是他的坟墓却拥有得天独厚的条件——一块粗犷的花岗岩、广阔的天空和路旁的天然美景，而不是一块挤在丑陋不堪的坟堆中的湿冷的坟墓！他没有把自己的想法说出来，因为他明白是不能在家人面前充当哲学家的。他大踏步走向那块公有地，把便餐篮子放在一面墙下，给妻子铺开一块毯子——她饿了自然会停止写生，走到这边来的。他自己从袋里掏出墨里翻译的《希波吕托斯》读了起来。很快，他就读完了“塞浦琳”和她复仇的故事，这会儿已经在欣赏着天空的美景了。

在这银婚纪念日，看着深蓝的天空中流淌着的朵朵白云，如此地明亮美丽，艾舍斯特心底涌起一种渴望……渴望什么？他自己也不知道。男人们的内心需求与生活是如此地不协调！他们的生活方式也许严谨高雅，但在此之外，却总又存在着一条贪婪的暗流，一种非分之想，一种蹉跎的感觉。女人们是否亦是如此，谁又能知道？然而，毫无疑问，对于那些沉迷于胡思乱想，对新的经历、新的冒险和新的享乐躁动不安的男子，他们苦恼的问题或许并非在于缺少什么，而恰恰相反——他们苦于享有的过多。文明的男子仿佛是一头精神失调的野兽，陷在这里永远也出不去！他不可能有自己喜爱的花园，用那优美的希腊合唱诗的词句来说，就是不可能有那充满"苹果树、歌声和金子"的花园，生活中没有他可以到达的极乐世界。或者说，对于任何能够欣赏美的男子，不存在这样一个永恒的幸福天堂，因为没有什么比得上艺术作品里那些定格了的经典而永恒的可爱形象。因此人们在欣赏这些作品之时，总能体会到那可贵的意气昂扬和心旷神怡的感觉。毫无疑问，生命中存在着那种不召自来、飞逝而去的销魂蚀骨的美妙时刻。可是，这些美妙时刻总是转瞬即逝，正如云朵飞过太阳，你无法像艺术一样把美妙时刻永恒留下。它们稍纵即逝，像大自然中的幻境，闪烁灿烂却瞬间消失；像遥远而隐约的精灵之光，瞬间隐去。现在，阳光热辣辣地洒在他的脸上，一只布谷鸟在山楂树上欢快地叫着，空气里荡漾着金雀花的甜味，周围是幼小的凤尾草的叶子和星星般的刺李，明亮的云片飘浮在梦一般的群山和山谷的上空：这样美妙的一瞥，刹那间，它已经消逝！就像潘[1]的

① 潘，希腊神话中掌管树林、田地和羊群的神，有人的躯干和头，山羊的腿、角和耳朵。

脸儿那样，刚从岩石后面露出来，你一注视，便消失了。这时他突然坐了起来——这片风景有点儿眼熟，这块公有地，这条细长的小路，还有背后的这面老墙。开着车时，他未曾注意，也决不会注意。一路上他只管想着远在天边的事儿，或者什么也不想，但是现在他却看清楚了！二十六年前，就在这个时节，他从离眼前还不到半英里的那个农家出发到托基去，可以说他这一去就再也没有回来。他突然感到一阵心痛。不经意间，他被一段往事缠绕，他没能够捕捉住这段往事的美丽和喜悦，让它们扑着翅膀飞到未知的世界中去了。他无意中触发了埋藏在心底的回忆，想起一段放纵、甜蜜但又被迅速扼杀了的时光。于是，他转过身子，两只手托着下巴，凝视着那片长着小小的蓝色乳草花的矮草……

往事一幕幕展现在眼前。

艾舍斯特和罗伯特·加顿一起度过了大学的最后一年之后，在五月的第一天，他们俩结伴徒步旅行。这天，他们从布伦特出发，准备走到查格福德。艾舍斯特因为踢足球时伤了膝头，途中实在支撑不下去了，但看看地图，还有七英里呢。在一条小道沿树林穿过公路的地方，有一个斜坡，他们在斜坡上坐着，一边休息，一边和其他年轻人一样海阔天空地谈论着大千世界。

两个人都是六英尺多的身高，瘦骨嶙峋，恍如柴禾。艾舍斯特，脸色苍白，耽于遐想，心不在焉；加顿呢，举止怪僻，性格多变，肌肉结实，头发蓬乱卷曲就像一头原始森林的野兽。两个人都喜爱文学。谁也没有戴帽子。艾舍斯特的头发是淡灰色、光溜溜的，成波纹状，脑门两边的头发稍高出一些，似乎由于总是往后甩的缘故；加顿的头发乱成一窝，黑沉沉的，深不可测的样子。在这几里路里，他们没有碰见过一个人。

“老朋友，”这时加顿嘟囔着，“怜悯不过是自我意识的一种作用罢了，这是五千年来的病症。很久以前，不存在怜悯，世界更幸福。”

艾舍斯特目光仍注视着云朵，回答说：“不管怎么说，这是蚌里的明珠。”

“老朋友，怜悯是我们这个时代一切不幸的根源。你看动物，还有红印第安人，过得简单而幸福，因为他们只能感受到自己的灾难；再看看我们自己，别人牙痛也免不了怜悯。我们应该简单地过自己的日子，而不要轻易被别人的生活所干扰，这样我们的日子便会幸福快乐。”

“这是永远都不可能实现的。”

加顿搅动着自己的乱发，陷入沉思。

“一个人要充分成长，便不能过于严谨，过于沉迷细节。对情感有需求却不去满足，这是错误的做法。要知道，一切感情都是有一定益处的——至少可以丰富我们的生活。”

“对，可是当这种感情需求违反了骑士精神的时候呢？”

“啊！这太英格兰气了！只要一说到感情，英格兰人总会以为你需要肉体上的满足。他们害怕激情，却不怕肉欲——确实是不怕的——只要他们能够保守秘密的话。”

艾舍斯特并不回答，他摘了一朵蓝色的小花，将它对着天空转来转去。一只布谷鸟站在山楂树上，开始“咕咕咕”地欢快地唱着歌。蔚蓝的天空，美丽的花朵，鸟儿欢快的歌声！可是，罗伯特正在痴人说梦！于是他说：

“好啦，现在我们要去找个农庄过夜，我们继续往前走吧。”正说着，他注意到一个姑娘正从他们身后的那片公有地上往下走来。她挎着一只篮子，身影映在天空中，从她的臂弯里可以看见那块天空。艾舍斯特对美色少有防范,却也不曾有非分之想。见此如花儿般美丽的姑娘,他不禁想道:"多美啊!"风儿温柔地吹动着她的粗绒裙子,轻拂着她的腿,掀起她那压扁了的孔雀蓝的苏格兰圆帽。她那浅灰色的短罩衫已经破旧了,鞋子也裂开了,两只小手又粗又红,脖子晒成了紫褐色。她的黑发散乱地飘拂在宽阔的脑门上,她的脸小小的,上唇也是小小的——露出一排整齐闪亮的牙齿,她的眉毛又直又黑,睫毛是又长又黑,鼻子笔直;但是她的灰眼睛却是美妙动人,纯洁灵动,水汪汪的仿佛今天才第一次睁开似的。

她注视着艾舍斯特——也许是看到他那模样感到奇怪:头上没戴帽子,瘸着腿走来,一双大眼睛盯着她,头发往后掠。他无法脱帽致敬,只好举手打个招呼,然后说:"你能告诉我们,这附近哪儿有农庄可以让我们过夜吗?我的腿瘸了。"

"附近只有我们家的农庄,先生。"她毫不羞涩地说,声音十分柔和清脆。

"在哪儿呢?"

"就在这下边,先生。"

"你们能让我们住下吗?"

"嗯!我想没问题的。"

"那请你带路好吗?"

"好的,先生。"

他一瘸一拐地往前走,沉默着。加顿接着问了起来:

"姑娘,你是德文郡人吗?"

"不是的,先生。"

"那么你是哪儿人呢?"

"是威尔士人。"

“啊！我刚才就猜到你是凯尔特人呢。照这么说，这不是你家的农庄了？”

“是我姑母家的，先生。”

“也就是你姑父家的吧？”

“他已经去世了。”

“那么谁照看农庄呢？”

“我姑母，还有三个表兄弟。”

“那你姑父是德文郡人吧？”

“是的，先生。”

“你在这是不是住了很久了？”

“七年了。”

“跟威尔士比起来，你觉得这儿怎么样？”

“先生，我不知道。”

“我想你是不记得了吧？”

“啊，我记得！是不一样。”

“我相信你！”

“你多大啦？”艾舍斯特突然插话。

“十七岁，先生。”

“你叫什么名字？”

“梅根·戴维。”

“这位是罗伯特·加顿，我是弗兰克·艾舍斯特。我们原本准备去查格福德。”

“可惜你的腿受伤了。”

艾舍斯特笑了笑，他的脸笑起来显得有些俊美。

他们往下走，穿过狭窄的树林，前面赫然就是农庄——一座长长的石筑矮房，上面开着几个窗户。几只猪、一匹老母马和其它家禽在院子里走来走去。屋后是一座矮矮的陡峭的草山，山顶上长着几棵苏格兰枞树；屋前有一个古老的苹果园，苹果树正值花期，一直延伸到一条小河和一块长长的野草地边。

一个黑眼珠、眼角向上斜起的小男孩，正在放一头猪。屋子门口站着位妇人，朝他们走了过来。姑娘说："先生，这位是纳拉科姆太太，我的姑母。"

纳拉科姆太太有着一双敏锐的黑眼睛，就像只母野鸭，脖子有那么点儿细细弯弯的。

"我们在路上碰到了你的侄女，"艾舍斯特说，"她想你也许能让我们住一夜。"

纳拉科姆太太把他们从头到脚打量了一番，回答说："好吧，这个没问题，如果你们不嫌弃只有一间房的话。梅根，把那间空着的屋子收拾好，再弄一碗奶油来。我看你们大概想吃些茶点①了。"

两棵水松和一些红醋栗灌木构成了一个门廊，那姑娘穿过那个门廊，头上的蓝色圆帽跟玫瑰红的和墨绿的水松相映生辉，接着便消失在屋子里了。

"你们来客厅坐吧，让腿脚好好休息休息。你们是从大学里出来的吧？"

"是的，不过我们现在都已经离开学校了。"

纳拉科姆太太一本正经地点了点头。

客厅铺着地砖，光光的桌上什么也没有，椅子洁净如新、一尘不染，马毛内芯的沙发干净整洁。这间房似乎从来没用过，干净

---

① 英国文化习俗中的下午茶，一般是下午到傍晚的时间喝茶，除了茶外，还配有甜点。

极了。艾舍斯特走进客厅，便立马在沙发上坐了下来。他两手捂着跛了的膝头，却没注意到纳拉科姆太太一直在注视着他。他的父亲是名已故去的化学教授，他作为家中独子，身上总带着一种傲然自得、不容侵犯的优越气质。

“这儿有没有可以洗澡的小河呢?”

“在果园的尽头有一条小河，你就是坐着也不会没过头顶!”

“多深?”

“嗯，也就一英尺半左右吧!”

“噢！那正好！怎么走?”

“沿着那条小路，一直走到右边的第二道门，便会看见一棵孤零零的大苹果树，树旁边就是我说的小池子。小池子里还能看见鳟鱼呢，你们可以逗逗鱼，好好玩一会儿。”

“更可能是它们逗我们呢!”

纳拉科姆太太笑了笑说:“等你们回来，茶点应该已经准备好了。”

池子是由一块岩石挡住了水的去路而形成的，池底铺满了沙土。放眼望去，那棵大苹果树是园中最矮的树，紧挨着小池边，枝杈儿几乎就要贴着水面了；树叶繁茂，花儿含苞待放——深红的花蕾含羞初绽。池子不大，容不下两个人同时下水，于是艾舍斯特让加顿先下去，自己在岸边搓着膝头等待。他紧紧地注视着那片野草地，眼前全是岩石、山楂树和野花，远处还有一丛山毛榉树，高高地长在平丘上。风中，每条树枝都摇曳生姿；阳光下，每只春鸟都欢呼歌唱；斜阳在草地上投下斑斑驳驳的光影。

此时，他不禁想起了齐奥克勒特斯和查维尔河，想起了月亮，还有那眼睛水汪汪的姑娘。他想到的东西太多了，又似乎什么也没有想到。他感受到了莫名的欢乐。

二

茶点上得有点晚却很丰盛，除了鸡蛋、奶油和果酱外，还有上面点了番红花色的新鲜薄饼。席间，加顿对处于觉醒时期的凯尔特人发表了长篇大论。当他发现主人一家有着凯尔特血统，便不由自主地兴奋起来，因为他深信自己也具有凯尔特血统。他伸展四肢舒服地躺在一张马毛椅子上，嘴角微微向上翘起，嘴里叼着一支手卷的香烟，烟屑一点点地洒落下来。他那两道冷冷的针尖似的目光直直地盯在艾舍斯特的眼睛上，口里赞扬着威尔士人的良好教养。离开威尔士到英格兰来，真像舍瓷器而用陶器一样！弗兰克，作为一个可憎的英格兰人，当然看不到那威尔士姑娘的温文尔雅和多情善良。加顿轻轻地拨弄着那团还没有干的黑发，解释着那威尔士姑娘是如何恰到好处地用自己的形象诠释了十二世纪威尔士诗人摩尔根的作品。

艾舍斯特整个身子躺在沙发上，两只脚远远地伸出沙发外面。他吸着一只深色的烟斗，并不理会加顿说的话。当他正凝神地想着那威尔士姑娘的容貌时，姑娘正好端着一份薄饼送进来。他像欣赏一朵美丽的花儿或绝美的自然景色一样盯着她，看得那姑娘可笑地打了个微颤，脸上泛起了一阵羞涩的红晕。她垂下眼帘，走了出去，安静得像只老鼠。

“我们去厨房吧，”加顿说，“再看看她。”

厨房是一间刷白了的屋子。椽子上吊着几只熏火腿，窗台上摆着盆花，钉上挂着枪及少见的大杯子、瓷器和镴制器皿，还有几幅维多利亚女王的画像。一张狭长的粗木桌子上摆放了许多碗和匙，桌子上空高高地悬挂着一串洋葱；两只牧羊狗和三只猫慵懒地蜷在地板上。两个小男孩闲着没事，规规矩矩地坐在凹进的壁炉的一侧；一个淡蓝眼睛、红脸的健壮青年端坐在另一头，他的头发和睫毛的颜色就像他正用来擦枪筒的麻团一样；纳拉科姆太太处于两者之间，正出神地搅拌着一大锅香味扑鼻的炖菜；另外两个眼角向上斜起的黑发青年，神色有点儿狡猾，跟两个男孩一样，懒洋洋地倚在墙上谈话；还有个上了点年纪的矮个子男人，脸刮得干干净净的，穿着一条灯心绒裤子，坐在窗前，正仔细地翻阅着一本破旧的杂志；姑娘梅根似乎是里面唯一欢快活跃的人物——她从桶里汲取苹果酒，灌在几个酒壶里，送到饭桌上。加顿看见他们马上就要吃饭了，便说：

"嗯，方便的话，你们吃过晚饭我们再来吧。"

还不等回答，他俩便退回到客厅。此时的客厅与温暖、拥挤的厨房相比，显得明亮而凄清。他们郁郁地坐了下来。

"这些孩子应该都是地道的吉卜赛人，只有那个擦枪的家伙是个撒克逊。从心理学的角度来看，那位姑娘是位值得注意的微妙人物。"

艾舍斯特撅了撅嘴，他觉得此刻的加顿真是头蠢驴。

说什么值得研究的微妙人物！她就是一朵野花，一个让人一见倾心的小东西！说什么值得研究的人物！

加顿继续说："在感情方面，她应该是极为丰富的，她需要的只是被激起和唤醒。"

"你打算唤醒她吗？"

说完，加顿望着他，笑了笑。他的笑容似乎是在说："你是个多么粗俗、不解风情的英格兰人啊。"

艾舍斯特吸着烟斗。唤醒她！这蠢驴真是自视清高，目中无人！他推开窗，探出身子望向窗外。在渐浓的暮色中，农场的房屋和水车护架都已经看不清楚了，只隐约呈现出淡蓝色的轮廓。

苹果园看上去就像是一片黑乎乎的荒野。空气里弥漫着从厨房飘出来的烧木柴的炊烟味儿。有一只尚未归巢的鸟儿正独自意兴阑珊地“嘁嘁喳喳”叫着，仿佛看到了什么兴奋而让人吃惊的夜色。马棚里，一匹马正在进食，它的鼻息声和蹄声隐约可以听见。远处的荒野朦胧不清，在遥远而深邃的蓝色天空中，星星就像害羞的姑娘眨着眼睛，若隐若现。一只颤声的猫头鹰呼呼地叫着。艾舍斯特深深地吸了一口气，不禁想：“多美的夜啊，出去走走多好！”突然，小路上传来一阵马蹄声，听得出来，马儿并没有钉蹄铁。随后，三个模糊的黑影越来越近，仔细一看，原来是黄昏出来遛放的小马。它们的脑袋，黑乎乎、毛茸茸的，映露在大门上端。他把烟斗一敲，落下一阵火星，马儿立刻往旁边闪躲，接着便逃跑了。一只蝙蝠发出阵阵若有若无的“吱啵、吱啵”声，扑扇着翅膀从他身边飞过。艾舍斯特伸出自己的手去，手心上分明感觉到了露水。突然，头顶上传来小孩子赫呼赫呼的说话声，靴子轻轻地扔在地上的声音；还有另一个声音，清脆而柔和——这肯定是那位姑娘的声音！她正哄他们睡觉。她的话字字清晰，“不，理克，猫不能放在床上。”接着便是一阵孩子的吃吃笑声和嘟囔声，伴着一下下轻轻的拍击声和姑娘那轻微而又美妙的笑声。接着，他听见一声吹灭蜡烛的声音，头顶的烛光便熄灭了。寂静统治了整个夜。艾舍斯特把身子缩回屋内，重新坐下。他的膝头很痛，心情很阴郁。

“你去厨房吧，”他说，“我准备睡啦。”

三

以往，艾舍斯特总是可以很快地睡着，睡意的轮子轻易而快速地载着他进入梦乡。但这一次，当他的朋友回来的时候，他虽然好像已经沉入梦乡，其实却处于完全清醒的状态。后来加顿在另一张床上熟睡了，他却仍然头脑清醒，望着天花板，朝拜着黑暗。过了很久，他还听见猫头鹰的叫声。这个年轻人，除了膝头的不舒服之外，其实并没有什么不愉快的经历，也没有生活的忧虑。他刚刚登记取得了律师资格，前程似锦。此外，他还怀揣着一个强烈而美好的文学梦。虽然父母已逝，却给自己留下每年四百镑的收入。到哪里去，干什么，什么时候干，这些对他似乎都没有什么不同。他躺着，闻着从窗外飘进来的浓浓的夜的气息。显然，他有点生他朋友的气——一起徒步旅行了三天之后，这似乎也是很自然的。

在这不眠之夜，带着些许渴望和兴奋，艾舍斯特开始回忆起白天的景象来。他从未意识到自己对那个擦枪的少年是如此地印象深刻：少年的两道目光呆呆地而又热烈地盯着厨房的门口，盯着拿着苹果酒壶的姑娘。在他的记忆里，这个蓝眼睛、淡睫毛、亚麻色头发的少年，他的红脸竟和那姑娘滋润而纯朴的脸庞同样地清晰。最终，透过那没挂窗帘的窗户，他看到了白日的来临，听到了一声粗哑、还带着睡意的鸦叫。接着又是死一般的寂静，直到一只还没有完全清醒的画眉鸟大胆冲破了沉寂，放声歌唱。这时，一直注视着窗框里渐渐亮起来的艾舍斯特睡着了。

第二天，他的膝头肿得更厉害了，徒步旅行显然是没法继续了。加顿决定第二天就返回伦敦。中午临走时，他讪讽地笑了笑，他们的徒步旅行就这样结束了！这无疑是个恼人的遗憾。

但是，当加顿跨着大步的身影消失在转角时，艾舍斯特便觉得这并非如此遗憾，他或许可以无忧无虑地在农庄里休养一阵子。艾舍斯特几乎一整天都坐在水松门廊边草地上的一张绿漆木椅里，疗养着受伤的膝盖。

太阳蒸发出紫罗兰的芬芳和红醋栗树花儿淡淡的香味。他心旷神怡地吸着烟，做着梦，欣赏着周围绝美的自然风光。

春天到了，万物复苏，农庄里呈现出一片生机盎然的景象。

人们带着兴奋的目光注视着这些生命的成长，用心喂养和浇灌着新的生命。那青年安安静静地坐着，一动也不动。一只母鹅迈着神气的交叉步，摇摇摆摆地带着六只幼仔走来，在他脚边的草叶上磨着它们的小扁嘴。纳拉科姆太太或是梅根姑娘，时常过来问他要不要什么东西，他总是笑着说："不需要什么，谢谢。这里好极了。"将近下午茶的时候，她们一同出来，拿着一副热敷剂——这是用一碗黑乎乎的草药涂在一块长长的布片上而做成的。她们仔细地查看了他膝头的伤势，然后把热敷剂绑在膝头上。她们走后，他回忆着那姑娘的一声轻轻的惊叹"呀"，回忆着她那怜悯的目光和额上蹙起的小小皱纹。这时，他突然想起他那朋友说过的荒唐话，不禁莫名其妙地生起他的气来。当她端出茶点来的时候，他问："你觉得我的朋友怎么样，梅根？"

她使劲抿着嘴，似乎怕笑了不礼貌。"他很有趣，会逗我们笑，我想他是个十分聪明的先生。"

"他说了些什么逗你们笑了？"

"他说我是'巴兹[1]'的女儿。先生，'巴兹'是什么人呀？"

"他们是威尔士诗人，生活在几百年前。"

"为什么我是他们的女儿呢，请问？"

"他的意思是说，你是他们所吟唱的那种姑娘。"

她皱起了眉头，"我想他爱说笑话。我是那种姑娘吗？"

"我说了，你信吗？"

---

① "巴兹"是对"Bards"的音译，"Bards"意为诗人，此处是复数。

“嗯，信！”

“好吧，我想他没说错。”

她笑了。

艾舍斯特心想：“你可真是个可爱姑娘啊！”

“他还说，乔是撒克逊型的，这是什么意思？”

“哪个是乔？是那个蓝眼睛红脸的男孩吗？”

“是的，他是我姑父的外甥。”

“这么说，他不是你的表兄弟了？”

“不是的。”

“哦，他是说，乔像四百年前到这儿来征服英格兰的那些人。”

“噢！我知道他们的历史！可是他是吗？”

“加顿最爱关注这类事了。不过要我说，乔确实有几分像早期的撒克逊人。”

“是的。”

这一声“是的”使艾舍斯特十分感兴趣。它是那么清脆、文雅，那么肯定而又有礼貌地默认了她显然不懂的事儿。

“他不该说别的男孩全是地道的吉卜赛人。当时，我姑母笑了，可是她也许并不爱听这话；我的表弟也生气了。要知道，姑父是个农民，农民可不是吉卜赛人。这样伤害人是不对的。”

艾舍斯特真想拿起她的手来紧紧地握一握，但是他只淡淡地回答说：“很对，梅根。顺便说一下，昨天晚上我听到你照料那些小孩上床睡觉呢。”

她的脸微微地有些红了。

“请喝茶吧，快凉啦，还需要我拿点热的来吗？”

“要伺候这么多人，你有时间照顾自己吗？”

“嗯，有的。”

“我一直注意着，可还没看见你照顾自己呢。”

她不解地皱皱眉头，脸上泛起了更深的红晕。

她走后，艾舍斯特心想：“梅根会认为我在打趣她吗？我不会做这种事的！”对于他这样的年轻人来说，正如诗人所言，“美人是一朵花”，而且他们心里总是有着扶弱锄强的正义感。他向来不会非常注意自己周围的情况，因此过了好久才发觉那个被加顿称为“撒克逊型”的青年正站在马棚的门外。那青年穿着弄脏了的棕色灯心绒裤，沾了泥的护腿，蓝色的衬衫，整体看色彩非常艳丽；红胳膊，红脸膛，大麻色的头发映成了亚麻色；他不动声色，顽强固执，毫无笑容地站在那里。后来，他看见艾舍斯特盯着自己，便迈着快速而扎实的年轻农民的步伐，穿过院子，走向厨房大门，消失在屋角尽头。艾舍斯特打了一个寒噤。面对这些乡巴佬，即便怀着善良的愿望，他似乎也不可能跟他们相处得好。可是，瞧那姑娘！虽然她的鞋是破的，手是糙的，但是——难道真的是因为她拥有如加顿所说的凯尔特血统吗？——她是天生的大家闺秀，是一颗明珠，虽然除了粗通文墨，也许什么也不懂得了！

昨晚在厨房看见的那个胡子刮得光光的，上了点年纪的男人，已经带着一条狗来到院子里，赶着那些母牛去挤奶。他是个瘸子，艾舍斯特才看清楚。

“你的母牛真不错呀！”

瘸子的脸顿时亮了起来。他的眼睛老往上瞅，这大概是长年的病痛折磨造成的。

“啊，你说对了！它们可真美，是顶好的奶牛呢！”

“嗯，我想确实是这样的。”

“希望你的腿好点了，先生。”

“谢谢你，正慢慢地好起来了。”

瘸子摸摸自己的腿，接着说："膝头疼可真要命，我的膝头也病了十来年了，所以这不好受的滋味我是完全懂得的。"

艾舍斯特发出一声同情的声音，这是那些有独立收入的人最惯常的反应。

瘸子又笑了笑："可是我不能抱怨。他们快把你的膝头治好啦。"

"噢！"

"是呀，跟之前比，现在看起来确实好多了。"

"他们给我敷了一块极好的药膏。"

"那是那姑娘亲手摘来的，她可是个懂花草的好姑娘。有些人似乎天生就认识许多能治病的东西，花花草草啊什么的。我母亲也是这方面少有的能手。希望你快点好起来，先生。"

艾舍斯特笑了："懂花！她自己就是一朵花呀！"

那天傍晚，他刚吃完冷鸭、乳酥和苹果酒组成的晚餐，那姑娘便走了进来。

"姑妈想要请你一起尝尝我们的五月节饼，好不好？"

"最好让我上厨房去吃。"

"好呀，你是不是想念你的朋友了？"

"不是的。不过我去，没有人会不高兴吧？"

"谁不高兴？你去，我们都会高兴的。"

艾舍斯特忘了膝关节伸屈不便，站起得太猛，一个踉跄，便蹲了下去。姑娘吓得轻轻地喘了一口气，伸出手来准备扶他。艾舍斯特握住这两只又小又糙的手，不禁想把她的小手送到自己的唇边，但他按捺住这个冲动，让她把自己扶了起来。她紧紧地挨着他，把肩膀给他靠。于是他倚着她走过屋子。她的肩膀仿佛是他接触过的最舒服的东西。但是他还算清醒，一把拿起架子上的手杖，在到达厨房之前把手缩了回去。

那天晚上，他睡得香极了，醒来时膝头似乎已经康复。上午，他又坐在草地上的椅子里，胡乱写些诗句。下午，他跟尼克和理克两个孩子出去瞎转悠。这天是星期六，因此他们很早便从学校放学回家了。这两个黑黑的小家伙，一个七岁，一个六岁，活泼又有些害羞。不过艾舍斯特对小孩很有一套。很快，这两个小家伙跟他话就多了起来。差不多四点钟的样子，他们就向他表演了全套的毁灭生灵的方法，只差去摸鳟鱼了。他们卷起裤管，趴在有鳟鱼的小河边，上半身悬在河面上，就好像他们完全懂得如何抓这些鳟鱼一样。当然，两个孩子最后什么也没抓到，因为他们的笑声和叫喊声早把这些鱼儿吓跑了。艾舍斯特坐在山毛榉树林边的一块岩石上看着他们，听着布谷鸟的叫声，直到哥哥尼克玩腻了走过来站在他身边。

"吉卜赛鬼就是坐在这块石头上的。"

"什么吉卜赛鬼？"

"不知道，我们从来没有看见过。梅根说他坐在这里，吉姆老头还见过一次。小马踢爸爸脑袋的那天晚上，他就坐在这里，还会拉提琴。"

"他拉什么调子？"

"不知道。"

"他是个什么模样？"

"黑黑的，吉姆老头说他浑身长毛，就是个鬼。他晚上才来。"小孩的黑眼珠向周围转了一圈。

"你说他会把我捉走吗？梅根也怕他呢。"

"她见过他吗？"

"没有。她不怕你。"

"我想她不怕我的。她为什么要怕我呢？"

“她为你祷告。”

“你怎么知道，你这小坏蛋？”

“我睡觉的时候，她说：‘上帝保佑我们大家，保佑艾舍斯特先生。’我听见她低声说的。”

“她没让你听，你听了还说出来，你这个小淘气！”

孩子沉默了片刻，接着他又更起劲地说了起来：

“我会剥兔子。梅根手软，不敢剥。我喜欢血。”

“啊！你喜欢血？你这小怪物！”

“什么是怪物！”

“爱伤害别人的家伙。”

孩子露出怒容：“那只是些死兔子，就是我们吃的。”

“好吧！尼克，请原谅我。”

“我还能剥田鸡呢！”

此时，艾舍斯特已经心不在焉了。“上帝保佑我们大家，保佑艾舍斯特先生！”尼克不知道对方为什么忽然不好亲近起来，就奔回河边去了。那里马上又升起笑声和叫声。

梅根端出茶点来的时候，他问：

“吉卜赛鬼是什么呀，梅根？”

她吃了一惊，抬起头来。

“不祥的预兆。”

“你也相信这些吗？”

“我希望永远不看见他。”

“当然不会看见了，因为根本就不存在这种东西。吉姆老头看见的只是一匹小马吧？”

“不！岩石中间是有鬼的，他们都是死了很久的人。”

“不管怎么说，他们是和吉卜赛扯不上什么关系的。这些老头儿早在吉卜赛人到这儿来之前就都死了。”

她简单地说：“反正他们全不是什么好东西。”

“为什么？即便有，他们也不过是野性点罢了，像野兔一样。花儿并不因为是野生的就不香了。山楂树也不是人们栽种的，可是你并不觉得它们不好。晚上我要去找那鬼怪谈谈。”

“别去，你别去找！”

“我要去找，我要去坐在他的岩石上。”

她双手紧握在一起：“啊，求求你！”

“为什么！如果我发生什么事情，你会怎么样？”

她不回答。

他仿佛使性子似的，又说：“好吧，我怕是看不见他了，因为我很快就得动身返程了。”

“这么快？”

“你姑母不会再留我在这里的。”

“会留的！夏天，我们的屋子总是租出去的。”

他盯着她的脸，问道：“你愿意我留下？”

“愿意。”

“今天晚上我要为你祷告了。”

她满脸通红，皱了皱眉头，很快便走出屋子。艾舍斯特坐下来，开始咒骂自己，仿佛一丛野风信子被自己无情地践踏了。为什么要说这样的蠢话？难道自己跟罗伯特·加顿一样，不过是城里大学的一头蠢驴，同样不了解这个姑娘吗？

四

整个星期，艾舍斯特都游荡在附近的乡间，借以查看他的腿脚是否已完全康复。今年春天对他来说就像个启示，仿佛预示着什么。他沉醉于乡间的一切：看那粉红色的山毛榉花，这些树在蓝天和阳光的映衬下，显得格外的枝繁叶茂，欣欣向荣；看那些为数不多的苏格兰枞树的大树干和枝条，在紫色的光线照耀中呈现出黄褐色；荒原中，看那被大风吹弯了的落叶松，当风穿过树枝上的嫩绿时，满树生机。他也时常躺在河岸上，看那一丛丛的山慈姑；或者上去到那枯死的蕨丛里，抚摸悬钩子的粉红透明的幼芽。这时布谷鸟叫着，绿色啄木鸟笑着，时而有一只百灵鸟从极高处洒下它那珠子似的歌声。当然，这个春天跟以往的春天都不同，因为这个春天不再仅仅是他看见的景色，而是完全融入了他的心里。白天，他难得看见那一家人。梅根送饭进来的时候，总会为屋里的事或院里的小东西们忙得不可开交，都不能坐下来闲聊一会。不过到了晚上，他便可以坐在厨房的窗前，抽着烟，同瘸子吉姆或纳拉科姆太太闲聊；而那姑娘则做着针线，或者在屋里走动，收拾餐具。有时，他感到梅根的眼睛——那双露珠灰色的眼睛——正定定地注视着自己，目光温柔流连，叫人说不出地舒服愉悦。这时他便感觉自己像一只高兴得发出“呼噜呼噜”声的猫。

又一个星期日的傍晚，他正躺在果园里，一边听着画眉鸟的啁啾，一边酝酿着一首爱情诗。忽然，他听见大门“砰”的一声关上，接着便看见那姑娘从树丛里飞奔出来，后面是那个呆头呆脑的红脸膛的乔在追跑。大约在二十码的距离，他们停止了追逐，两个人面对面站着，谁都完全没有发现他躺在草地里。乔逼上前去，姑娘闪避着。

艾舍斯特看见那姑娘满脸怒气，心慌意乱。谁也不会想到，乔——这个年轻的庄稼汉——竟会如此痴狂。这情景触痛艾舍斯特的心，他跳了起来。看见他在这里，梅根垂下双手，躲到一棵树干后面。那青年愤怒地“哼”了一声，奔向河岸，爬了过去，很快便消失了。艾舍斯特慢慢地向她走去。她一动不动地站着，咬着嘴唇，黑色的秀发被风吹散在脸上，双目低垂，模样儿十分俏美。

“请你原谅。”他说。

她抬起头看了他一眼，眼睛睁得大大的，然后，屏住呼吸，转身走了。艾舍斯特跟着。

“梅根！”

但她只顾继续走着。他捉住她的胳膊，把她轻轻地向自己转过来。

“站住，跟我说话呀。”

“为什么你要请我原谅？你不应该对我说这话。”

“好，那么对乔说。”

“他怎么敢来追我？”

“我想他爱你。”

她跺了一下脚。

艾舍斯特笑了一声：“要不让我砸碎他的脑袋？”

她突然激动地嚷着说：“你取笑我，你取笑我们！”

他抓住她的两只手，但是，她往后退缩着，直到她那激动的小脸和松散的黑发夹在苹果花的粉红花球里。艾舍斯特举起她的一只手，将自己的嘴唇贴了上去。他觉得自己是那么富于骑士风度，比起乡下佬乔来，高贵多了。

他不过是用嘴轻拂着那只粗糙的小手而已！她的退缩突然停止了，哆嗦着向他靠拢。艾舍斯特从头到脚涌入一股甜丝丝的热流。原来这个纯洁、美好、俏丽又窈窕的少女，是乐于接受他的亲吻的！刹那间的冲动征服了他！他用双臂抱住了她，搂过来，吻着她的前额。接着他害怕起来：她闭着眼睛，睫毛显得又长又黑，脸色却逐渐变得苍白；她的手也软绵绵地垂在两边，她的胸部碰到了他身上，使他浑身打了个颤。“梅根！”他叹了一口气，放开了她。一只画眉鸟在这异常的寂静中啼着。忽然，梅根一把捉住他的手，把它放在自己的脸颊上，放在心口，放在唇边，热情地吻着，然后便逃进了长着青苔的苹果树间，不见了。

艾舍斯特在一棵几乎卧在地面上的老树上坐下来，心头怦怦直跳，惘然不知所措。他呆呆地盯着那曾压在她头发上的花儿。那些粉红色的花蕾中，有一朵张开的星状的白色苹果花。自己都干了些什么呢？他怎么会容许自己就这样被美色，抑或是怜悯，甚至不过是春天的挟持而失掉了自持！可是，他依然觉得莫名的快乐；既快乐，又得意，四肢一阵阵战栗，还有一种朦胧的惊慌。这是开始——是什么的开始呢？小虫开始叮咬他，乱舞的蠓虫也朝着他的嘴里飞，布谷鸟和画眉鸟欢快地叫着，阳光斜射下来，还有刚才压在她头上的苹果花盛开着，这一切让春天变得更加可爱，更加生气蓬勃了！他从老树干上站起来，大踏步走出了果园。只有那空旷的地方和开阔的天空才能契合他此刻的感受！他向荒原走去，树篱间突然飞出一只喜鹊来，在他前面带路。

男人从五岁起，哪一个没有恋爱过？艾舍斯特爱过舞蹈班里的舞伴，爱过幼儿园里的女教师，爱过假日学校里的姑娘们。也许他从来没有不在恋爱的时候，他总是怀着某种或远或近的仰慕。但是这一次似乎不一样了，他的爱恋一点儿也不远。这种爱恋可以说是一种全新的情感激动，带给人百般愉悦，和一种完全长大成人的感觉。指间拈着这么一朵美丽的野花，能够把它放在自己的唇边，而且感觉到它喜悦的微颤！这是怎样的陶醉，但又是怎样的尴尬呀！如何处置？再见面该怎么办？他第一次的爱抚是沉着而充满怜惜的，但是下一次就不能这样了，因为她热烈地吻他的手，把这手按在她自己的心口，她爱他！有些人遇到天赐的爱情，性格会变得粗鄙起来；而另一些人，像艾舍斯特那样，在感情上遇到奇迹的时候，却会受其支配和吸引，变得温柔、热烈，甚至高尚起来。

他在这种矛盾中痛苦地挣扎着。他有一种强烈的欲望：人生得意须尽欢，何不趁着这满腔春意纵情欢乐！同时，他又有一种朦胧的不安。一会儿，他完全沉浸在自豪中了——他俘虏了这个美丽、忠诚、眼睛水汪汪的姑娘！一会儿，他又会一本正经地告诫自己："小子，当心你干的好事！你知道会有什么后果！"

暮色在不知不觉中降临，笼罩在被雕刻过的、亚述风格的大堆岩石上。"展现在你面前的是一个全新的世界！"他仿佛听到大自然的声音这样对他说。这时的光景，就好像一个人在夏天的清晨，四点钟起身去外面，鸟兽草木都凝视着他，仿佛一切都焕然一新似的。

待了几个钟头，他觉得冷起来，于是便摸索着从岩石和石南根走到大路上，回到小路里，然后他又重新越过荒草地，返回果园。在这里，他划了根火柴，看看表：快十二点了！现在这儿黑洞洞的、寂静无声，跟几小时前鸟语声中流连的明媚春光完全不同了。这时，他仿佛看见了一幅田园即景画：纳拉科姆太太扭着她那像鹅一般光滑弯曲的脖子，她那敏锐的目光把任何事都看得清清楚楚；那些吉卜赛模样的表弟开着粗俗不堪的玩笑，一脸的不信任；还有乔，呆头呆脑，怒气冲天；只有那两眼流露着痛苦的瘸子吉姆，想起来似乎还过得去；还有他散步经过的村里的小酒馆，太太们唧唧喳喳地说个没完；还有他自己的朋友罗伯特·加顿在临走时的那个清晨告别，那带着讥讽和心照不宣的笑容，可恼啊！霎时，他突然恨起这个吹毛求疵的世界来，感觉大家都俗不可耐。

他倚着的大门变得灰白起来，他的眼前闪现出一圈白白的亮光，随后消散在黑夜中。月亮！他刚好能看见月亮在河岸上空升起，红红的，几乎是圆的——一个奇怪的月亮！他转身往小路走去，夜的气息夹杂着牛粪和嫩叶的气味。在麦秆场上，他看见一群黑影在蠕动——那是牛群，隐约还可以看见它们那白糊糊的镰刀形的牛角，就像一弯弯落下的残月。他悄悄地打开农庄大门的锁，只见房屋里一片黑暗。他放轻脚步，走进门廊，隐在一棵水松后面。他抬头看看梅根的窗，窗是开着的。可她究竟是睡着了，还是清醒地躺在床上？是高兴还是不安呢？当他站在那里向上窥望的时候，一只猫头鹰呼呼地叫着，叫声划破夜的寂静，充满整个夜空。果园旁边的小河还在发出永不停歇的潺潺流水声。白天的布谷鸟，现在的猫头鹰——它们是如此神奇地道出了他内心的骚动与不安！蓦地他看见梅根倚在窗口，向外张望。他稍稍地离开水松，低声叫道："梅根！"梅根听到叫声赶紧退回房间，不见了。过一会她又重新出现，这次她把身子探出窗外，俯得很低。艾舍斯特在草地上悄悄地往前走，却一不小心"啪"的一声撞在一张绿漆椅子上，吓得他屏住了呼吸。梅根伸下来的胳膊和她的脸看上去白白的，一动不动。艾舍斯特挪了挪椅子，轻轻地站了上去，接着他举起手臂试了试高度，刚刚好。他看见梅根手里拿着正门的大钥匙，便一把握住了这只拿钥匙的火热的手。他刚刚能够看见她的脸，她那雪白的牙齿，还有她那蓬乱的头发。她还穿着衣服——让人心疼的姑娘，她一定是坐着不睡等他呢！美丽多情的梅根！她那灼热而粗糙的手指缠绕着他的手指，她的脸上有一种奇异而迷惘的神情。能接触到这张脸多好——光是用手摸摸也好！猫头鹰叫着，一阵蔷薇花的香味钻进他的鼻子里来。接着，一只农家的狗吠叫起来。她松开手，身子缩了回去。

“晚安，梅根！”

“晚安，先生！”她去了！他叹了口气，便颓然跨到地上，坐在椅子里，脱下靴子。他无事可做，似乎只能悄悄地进去睡觉。可是他呆呆地坐了很久，回味着她那张迷惘的、似笑非笑的脸，和她那火热的手是怎样依依不舍地握着他的手，把冰凉的钥匙塞在他的手里。

五

第二天醒来时，艾舍斯特觉得自己昨晚仿佛吃了很多东西，而不是什么也没有吃。昨晚的温情，想起来觉得多么遥远，多么虚幻！但是，眼前却是个阳光灿烂的早晨，春天正如花儿般绽放！

一夜之间，孩子们口里说的“金钟花”就已经开遍整个田野。从窗口望出去，苹果花就像一条红白两色的床单罩在果园上。他下楼时怕看见梅根，可是，当他发现给他端进早餐来的是纳拉科姆太太，而不是梅根的时候，又觉得懊恼和失望。今天早晨，那妇人犀利的眼睛和蛇一般的脖子似乎特别活跃。她觉察到什么了吗？

“原来你昨天晚上独自跟月亮散步去啦，艾舍斯特先生，你昨晚吃晚饭没有？”

艾舍斯特摇摇头。

“我们把晚饭给你留着了，可是你是不是忙着想别的事情，连晚饭都忘了吃？”

她说话还保持着威尔士人的清脆口音，不受英格兰西部传统的喉音影响。她说这些话，是不是在嘲笑他？万一她知道了该怎么办？艾舍斯特暗自思索：“不行，不行，我得马上走，还不走的话，现在这种处境肯定会引起旁人的误解。”

但是早餐过后，他想见梅根的愿望便一分一秒地变得强烈起来，同时又担心有人在她面前说什么话，把事情弄得更糟。她一直不出来，甚至不让他见一见，这不是好兆头！他又想起那首情诗来。昨天下午在苹果树下做这首诗的时候，自己是那么郑重其事、专心致志，现在觉得这首诗太无聊了，他把它撕碎，卷成了点板烟的纸捻儿。直到梅根亲吻他的手之前，他都以为自己懂得什么是爱情，可现在呢？

太乏味了，这有什么好写的！这么想着，他走到楼上卧室准备取一本书出来读。可是刚到门口，他的心就开始剧烈地跳动，原来她在那里铺床呢。突然他心花怒放，因为他看见梅根弯下腰去吻他的枕头，正吻在他的脑袋昨晚压出来的印痕上。怎样才能让她知道，自己已经看见了这热恋的美妙举动呢？可是，如果偷偷地溜走，让她听见了，反而会更糟。她捧起枕头，凝视着，好像舍不得抖掉他那脸颊的印痕。她忽然放下枕头，转过身来。

“梅根！”

她用两只手捂着脸，但是两只眼睛却凝视着他。

他不曾想过，姑娘晶莹剔透的眼睛竟是这样深邃而纯洁，包含着这样的深情和坚贞。他结结巴巴地说：“你真好，昨天晚上坐着等我。”

她还是默默无语，于是他又支吾地说：“昨晚我在荒原上随便走了走。昨晚风景好极了。我——我上来拿一本书。”

这时，刚才看见她在枕头上的那一吻使他抑制不住地冲动起来，他走到她跟前，吻着她的眼睛，感觉奇怪而又兴奋。

不管了！昨天是事出无心。但是现在——我豁出去了！他的嘴唇贴在姑娘的额头上，渐渐往下移动，最后吻上了她的唇！

这是恋人之间的初吻，奇异而美妙，同时纯净无瑕。到底谁的心里荡起了更激烈的冲动呢？

“今晚等大家都睡了，你到那棵大苹果树那儿来，我等你。梅根，答应我！”

她低声回答：“我答应。”

可是看到她那苍白的脸，他又感到害怕，一切都让他害怕。于是，他放开了她，又回到楼底下。是的！他豁出去了！他接受了她的爱的同时，又宣示了自己的爱！他走到院子里那张绿漆椅子跟前，手里并没拿什么书。他坐在那里，茫然地望着前面，得意又悔恨。他旁边的一切，他的身前身后，似乎一切都没变，农庄的工作照旧进行着。他就这么出神地坐着、想着。不知过了多久，他猛然发现乔在他后面不远处站着。显然他是刚从地里干完重活回来的，他大口喘着气，两条腿替换着站着。他的脸红得像落山的太阳，在卷起的蓝衬衫袖子里，两条胳膊呈现出成熟的桃子的色泽和毛茸茸的光泽。他微张着嘴，长着亚麻色睫毛的蓝眼睛定定地瞪着艾舍斯特。艾舍斯特半带嘲讽地问：

“呀，乔，我能给你帮点什么忙？”

“能。”

“什么忙，你说。”

“你可以快点离开这儿。我们不需要你在这。”

听到这话，艾舍斯特镇定自若，脸上仍保持着他惯有的尊贵气派。

“很好。可是，你知不知道我宁愿他们自己来说这话？”

乔朝着艾舍斯特跨上前一两步，他醇厚的气息使艾舍斯特窒息。

“你待在这里究竟想干什么？”

“这里舒服，我愿意待在这里。”

“我迟早拍碎你的脑袋，到时你就不舒服了！”

“那等着瞧。你什么时候动手？”

回答他的只有乔气呼呼的呼吸声。乔的眼睛看起来像发怒的年轻公牛。一阵痉挛似乎使他的脸抽搐起来。

“梅根不需要你。”乔说。

艾舍斯特感到一阵嫉妒、轻蔑，还有对这个呼吸声厚重、响亮的乡巴佬的愤怒，这种情绪胜过了他的沉着镇定。他跳起来，一把拉开他的椅子，吼道：“你给我滚开！”

刚说完这话，艾舍斯特就看见梅根站在门道里，怀里抱着一只棕色长毛小狗。梅根迅速地走到他跟前。

“这是条蓝眼睛的小狗！”她说。

乔转身走开了。因为做农活的缘故，他的脖子已经晒成紫红色的了。

艾舍斯特用手指摸摸梅根抱着的那只棕色的小狗，它在梅根怀里显得多舒服安逸！

“它已经喜欢你啦，梅根。什么东西都喜欢你。”

“乔跟你说什么了？”

“他叫我快点离开，因为你不要我待在这里。”

她跺了一下脚，然后抬起眼睛凝视着艾舍斯特。这含情脉脉的目光使他微颤，就像看见飞蛾扑火烧着了翅膀似的。

“今天晚上！”他说，“别忘了！”

“不会的。”她把脸埋在棕色小狗长长的毛发中，快步走进了屋里。

于是，艾舍斯特从小路里穿出去准备散散步。在大门口，他碰巧遇见了瘸子和他的母牛群。

“嗨，吉姆，今天天气真好啊！”

“啊，花草就需要这样的好天气。今年白蜡树比橡树开花晚。”

“嗯，如果橡树比白蜡树早——”艾舍斯特漫不经心地说，“你上回在哪儿看见吉卜赛鬼的？”

“好像就在那棵大苹果树底下，应该是那儿吧。”

“你真记得是在那儿看见的吗？”

瘸子谨慎地回答说：“不敢说一定是在那儿，但我心里感觉就是那儿。”

“你怎样看这事儿？”

瘸子放低了声音：“这很难说，老主人纳拉科姆的祖辈确实是吉卜赛人。你知道，吉卜赛人喜欢找自己的同伴，也许他们知道他要死了，于是就派这吉卜赛鬼来陪他。我是这么认为的。”

“他长什么样儿？”

“胡子拉茬，好像还揣着个小提琴。虽然人们说不存在什么鬼怪，不过那天夜里，我看见这条狗身上的毛都竖了起来，但我自己却什么也没看见。”

“那晚有月亮吗？”

“有，还比较圆，不过刚升起来，隔着高高的树杈望去，就像金子一样发着光。”

“你是不是以为鬼怪出现，要灾祸临头了？”

瘸子把帽子往后一推，两只眼睛更加认真地注视着艾舍斯特：

“这话本不该我告诉你，但那阵子焦急恐慌的反倒是他们。我们嘛，肯定很多事是弄不明白的。但有的人看得清，有的人却什么也看不懂。就好比乔，他什么事情都弄不明白。孩子们也是不知道,就只能胡乱猜测。不过,说起梅根,她可是位懂事的好姑娘,见多识广。”

“她敏感心细,所以看得清。”

“这话是什么意思?”

“她心思细腻,什么都能感受得到。”

“啊！她是位善良心细的好姑娘。”

艾舍斯特能感觉到自己的脸红了,于是赶紧把烟袋拿出来准备递给吉姆。

“要来一烟斗吗,吉姆?”

“谢谢,先生。我看她真是位百里挑一的好姑娘。”

“是的,她是好姑娘。”艾舍斯特简单地回了一句,便把烟袋折起继续向前走去。

不错！她是位好姑娘,可是对这位好心肠的姑娘,他自己干了什么?究竟自己心里还有什么样的企图?一路上,他都默默地问着自己这个问题。他走过闪耀着金凤花的田野,那里红色的小牛正在吃草,燕子在高空飞翔。此时,橡树已经呈现出一片黄褐色,确实比白蜡树更早开花;每棵树会在不同的生长阶段呈现出不同的颜色。布谷鸟和其它千百只鸟儿在啼唱,小溪清澈透明。古人相信曾经有一个黄金时代,确实存在着赫斯珀里得斯[1]姐妹的花园。这时,一只雌黄蜂落在他的袖子上,杀死一只雌黄蜂就意味着可以少两千只黄蜂来偷盗园里的苹果。但是,心怀爱情的人怎么忍心在这样可爱的日子杀生呢?他走进一块地,一头小红牛正在那儿悠闲地吃着草,艾舍斯特觉得它的模样儿像乔。但是

① 赫斯珀里得斯,古希腊神话中守护天后赫拉花园里的金苹果树的三仙女之一。

小牛并没有注意到这位客人，也许在这鸟语声中，在这片迷人的金色牧场中，它也有点儿陶醉了。艾舍斯特穿过这片草地，来到河边的山坡上。斜坡上隆起一座小山包，顶上有许多岩石。那儿，野风信子密密地长在一起；二十来棵野生的酸苹果树满树繁花。他在草地上躺下。田野里金凤花的绚丽灿烂和橡树的金光闪烁，成为山谷里最虚无缥缈的空灵之美，这使他充满了惊异之感：除了潺潺的流水声和布谷鸟的歌声没有变，好像什么都不一样了。他在那儿躺了很久，看阳光渐渐移动，直到酸苹果树把影子投射在野风信子上，只剩下几只蜜蜂陪伴着他。他迷迷糊糊地想着早上那一吻，还有今晚苹果树下的约会。这样一个神奇美丽的地方，一定有牧神和树神居住着。宛如苹果花一样洁白美丽的仙女们，回来安息在这些树里；而长着尖尖耳朵的牧神，则会静静地躲着等待她们归来。他醒来的时候，布谷鸟还在叫，河水还在淙淙地流，但是太阳已经隐到山冈的后面去了。山坡上凉飕飕的，有几只野兔已经出来活动了。今天晚上！他想。就像有一只看不见的手温柔而坚定地推动着万物从土中生根发芽一样，他的心和感官也被推动着，舒展开来。他站起来，从酸苹果树上折下一朵小花。那花蕾宛如梅根——状如贝壳，颜色粉嫩，自然清新；正肆意绽放的花朵也是如此，洁白动人。他把花枝放在上衣里面，发出长长的一声叹息，释放着内心全部的激情与春意。此时，野兔们都匆匆跑开了。

六

当天晚上，艾舍斯特放下了攥在手里半小时却无心阅读的《奥德赛》，悄悄地穿过院子来到了果园里。此时，已经快十一点钟了。刚刚升起的那一轮金黄色的月亮，挂在山上，就像一个透亮灵动的精灵，从白蜡树那半裸的枝干围成的栅栏后面窥视着。苹果树林间还是黑漆漆的，他试着确认自己的方向后，便用脚在杂乱的草地上摸索着。突然，他发现紧靠他背后有一团漆黑的东西在不停地蠕动，还发出呼噜呼噜的声音。仔细一看，原来是三头大猪，它们互相紧挨着靠着墙角躺下了。他仔细倾听着这里的一切动静，没有风，只有汩汩的流水声，在这夜的衬托下，显得比白天更欢腾有力了。

有一只说不出什么名字的鸟儿，发出单调的“哔卜、哔卜”声；一只蚊母鸟，在远处拉长了嗓子不停地鸣叫着；还有一只猫头鹰“咕咕”地在叫。艾舍斯特挪动一两步，又站住了，他感觉到自己脑袋周围有一片朦胧的白茫茫的东西。昏暗的苹果树静止着，上面的无数花朵和花蕾看上去是那么柔和，呈现出模糊的轮廓。这些花儿好像受了蠕动的月光的魔力，都活了起来。他突然有种非常奇异的感觉，仿佛有千百万只白蛾或精灵都飞出来陪伴他，它们停留在昏暗的天地之间，就在他的眼前拍打着翅膀。那一刹那，他几乎忘记了为什么来果园，这样的美是如此让人惊讶：静寂无声，无香无味，却使人陶醉沉迷。夜的降临并不意味着白天的消逝，夜只是裹上了大地的颜色，换一种形式延续着白天的魔力与魅力。他移动着脚步，在这粉妆玉琢的树间穿行。眼前，就是那棵魂牵梦绕的大苹果树！不会弄错的，即便是在黑暗中，它也比别的树几乎高大两倍，浓密而粗壮的枝丫向那开阔的草地和小河一直斜倾出去。在那粗壮的树枝下，他又停下来，倾听着：完全是同样的几种声音，除了那几头困倦的猪发出来的轻轻的咕噜声。那粗粗的干燥而温暖的树干上覆盖着软绵绵的苔藓，经他的手触摸，便散发出泥炭般的气味来。她会来吗？

会吗？在这个轻轻颤动的、鬼魅的月下林间，他对什么东西都疑惑起来！这里的一切都是这么地超尘脱俗，这不是尘世间恋人私会的地方，这是男女众神、林中仙女、精灵的世界——不适合他和这个乡下姑娘。如果她不来，岂不可以松口气了吗？他一直在聆听着：那只不知名的鸟还在“哔卜——哔卜”地叫着，小河里响起了鳟鱼的忙碌的喃喃声。月亮从树栅栏后悄悄出来，为河面铺上一层皎洁的月光。眼前的花丛变得更富有生机活力了，那洁白神秘的美越发成为他疑惑迷离的一部分。他折下了一小根花枝，拿近一看，有三朵花儿。折下柔嫩、神圣、幼小的鲜花，然后又把它们扔掉，这是多么亵渎神灵的事！这时他突然听到大门关上的声音，那些猪又动起来，咕噜起来。他的背靠在树上，双手抄在身后紧抱着那长了苔藓的树身，屏住了呼吸。她简直像个精灵穿行于林间，尽管她来时仍有那么点动静！她已经越走越近了，她那暗淡的身体成了小树的一部分，她那洁白的脸蛋成了花儿的一部分，她静静地向他窥视着。

他低声叫道：“梅根！”伸出两只手去。她奔向前来，扑在他怀里。艾舍斯特能感觉到她那颗怦怦直跳的心。此时，他仿佛一下子领会到了骑士精神和激情的全部意义。她并不属于他的世界，她是那么单纯、年轻和直率！她有的只是一片爱慕之心，却毫无自卫能力。在这黑暗里，他怎能不守护她！可是，她天性是那么单纯，热爱自然，热爱美，宛若苹果花。她就是这美丽春宵的一部分！他无法拒绝她的赐予，无法拒绝彼此心头春的萌动！在情绪斗争中，他把她搂在怀里，吻着她的头发。他不知道他们默默地依偎在那儿站了多久。小河依然淙淙地流着，猫头鹰继续咕咕地叫着，月亮继续悄悄地往上升着，变得更加洁白了。他们周围和头顶的苹果花在一片生机活力中变得更明亮起来。他们的嘴唇互相寻找着，静默无言。不需要任何言语，言语会让一切变得不那么真实！春天没有言语，只有淅飒和低吟。春花怒放，春叶茁发，春水奔流，春天欢腾地无休无止地追逐着：这一切都比言语要丰富得多！春天就像神秘的精灵，用它的双臂搂住恋人，用有魔力的手指抚摸他们。于是，他们嘴唇印着嘴唇站在那儿，除了接吻，忘了一切。她的心贴在他身上怦怦地跳着，她的嘴唇在他的嘴唇上颤动，这时，艾舍斯特感觉到的只是纯粹的狂喜。命运有意把他们安排在一起，让她投入自己的怀抱，爱神是不容拒绝的！但是当他们的嘴唇为了呼吸而分开的时候，马上就出现了分歧。

不过，此时他们心中的热情与激情比以前更为强烈，他叹了口气说："梅根！你为什么要来？"

她仰起脸来，伤心而惊异。"先生，是你叫我来的。"

"别叫我'先生'，亲爱的。"

"那我该叫你什么呢？"

"弗兰克。"

"我不能这么叫你。不能！"

"可是你爱我，不是吗？"

"我没办法不爱你。我想跟你在一起，心无他想。"

"心无他想！"

她轻轻地说，轻得他几乎听不到："如果我不能跟你在一起，我会死的。"

艾舍斯特使劲吸了一口气。

"那么，就让我们在一起吧。"

"啊！"

陶醉于这一声"啊！"所包含的所有敬畏和狂喜，他继续低声地说：

“我们上伦敦去。我带你去见见世面。我一定会照顾你，我答应你，梅根。我决不会辜负你！”

“只要能跟你在一起，我别无所求。”

他抚摩着她的头发，低声往下说：

“明天我上托基去取些钱，给你买几件不会引人注意的衣服，然后我们私奔。等我们到了伦敦，也许不久，如果你真爱我的话，我们就结婚。”

他感觉到她摇头时头发的颤动。

“啊，不！我不能！我只想和你在一起！”

艾舍斯特沉醉于自己的骑士精神，继续低语道：

“是我配不上你。亲爱的梅根，你是从什么时候开始爱我的？”

“就在路上看见你，你瞧着我的时候。第一天晚上我就爱你了，可是我从来没有想到你会看上我。”

她突然身子往下一滑，跪在地上，要亲他的脚。

艾舍斯特吓得打了个寒噤。他赶紧把她抱起来，紧紧地搂着，心慌意乱。

她低声说：“为什么不让我亲？”

“是我要亲你的脚！”

她微微一笑，使他的眼泪涌到了眼眶里。她那在月光的照耀下显得如此白皙美丽的脸，跟他的脸靠得那么近；她那张开的嘴唇呈现着淡淡的粉红色，这脸和嘴唇的颜色宛如苹果花的颜色，超凡脱俗、美丽动人。

突然，她的眼睛瞪大了，痛苦地盯着他身后的地方。接着她从他的怀里挣脱出来，低声说：“看！”

除了那被月光照亮的河水、金色的金雀花、闪闪发光的山毛榉和树背后月光下那广大的山影，艾舍斯特什么也看不见，只听得梅拉在背后胆战心惊地轻声说："吉卜赛鬼！"

"哪儿？"

"那儿——石头边——树底下！"

他满腔恼怒，跳过小河，大踏步向山毛榉林子走去。只是月光开的玩笑罢了！什么也没有！他冲到大圆石和山楂树之间，跌跌撞撞，嘴里嘟囔着、咒骂着，可心里又禁不住有点儿害怕。荒谬！可笑！他回到苹果树那儿，可是她已经走了。他听见一阵窸窣声，那几头猪轻轻地叫唤着，大门"嘎"地关上了。人去园空，只剩下这棵老苹果树！他回味着抱住了树身，这跟她那柔软的身体多么不一样呀；贴在他脸上的是粗糙的苔藓——这跟她那温柔的脸庞又多么不一样呀；只有那气味有点儿相同，都是树林子里的气味！他周围和头顶的苹果花更有生气活力了，被月光照得更亮了，仿佛在一阵阵放光和呼吸着似的。

七

在托基车站下车后，艾舍斯特在海滨徘徊不定，他其实并不熟悉这个英国海滨城镇中的胜地。对自己的穿着打扮，他并没有意识到有什么不妥，因此他全然不知自己在当地人中间显得多么惹人注目。他穿着粗糙的诺福克短上衣、沾满尘土的靴子，戴着他那破旧的礼帽，他大步向前走着，丝毫没有注意到人们正呆呆地注视着他。他在寻找他伦敦那家银行的分行。最后他找到一个分行，却遇到了他的第一个麻烦。他在托基有没有熟人呢？没有。既然如此，那就请他发电报到伦敦那家银行去，他们将乐于在接到伦敦回电后满足他的取款要求。这个庸俗的现实世界处处吹着不信任之风，这不免使他的美好想法黯然失色。但是，最终他还是发了电报。

就在邮局的对面，有一家摆满了女人服饰的店铺，艾舍斯特不觉带着奇异的目光仔细地打量着这个橱窗。想到如何装扮自己的乡下恋人这个问题，他感到烦恼不安。他刚跨进店堂，一个年轻妇人走上前来，她长着一双蓝眼睛，蹙着前额，带着一脸的迷惑。艾舍斯特默默地凝视着她。

“先生，您要买什么东西吗？”

“我想买一件年轻太太穿的衣服。”

那年轻妇人微微一笑。艾舍斯特皱紧眉头，他突然强烈地意识到自己要求的奇特性。

那年轻妇人急忙补充说：“您要什么式样的？时髦点儿的吗？”

“不。朴素的。”

“那位年轻太太的身材怎样？”

“不知道，我看大概比你矮一两英寸呢！”

“你能告诉我她的腰围尺寸吗？”

梅根的腰围！

“噢！普通尺寸就可以了。”

“好的！”

她走了之后，艾舍斯特看着橱窗里的模特儿，忽然一种淡淡的忧伤涌上心头，他没法想象梅根——他的梅根——有一天竟会脱掉他熟悉的粗苏格兰呢裙子、质料低劣的短罩衫和扁扁的苏格兰圆帽，而换上别的衣装。正想着，那年轻妇人已经抱了好几件衣服回来了，艾舍斯特瞧着她把这些衣服贴在自己模特般的身形上比试着。有一件衣服的颜色他很喜欢，是淡灰色的，可是他实在无法想象梅根穿这件衣服会是什么样子。那年轻妇人又去拿了几件来，但是此时的艾舍斯特却无力选择了，他不知道怎么办才好。除了衣服，她还需要一顶帽子，一双鞋，一副手套。可是，如果他都买了，说不定它们会让她看起来显得很庸俗，就像节日盛装叫乡下人穿了总显得十分庸俗一样！为什么她不能保持原来的装束出门呢？啊！太过显眼是肯定不行的，这可是一次关系重大的私奔啊！他凝视着那年轻妇人，心里想：不知道她是不是在猜测，或许把我当成一个流氓恶棍？

“请您把那件灰色的给我留在这边，行吗？”最后他硬着头皮说，“现在我不能决定，我下午再来。”

那年轻妇人叹了一口气。

“噢！可以。这是件很有品位的衣服。我想您再也找不到一件比它更符合您需求的衣服了。”

“嗯，我看也是找不到了。”艾舍斯特低声说着，走了出来。

他深深地吸了一口气，终于摆脱了现实世界的那种不信任的庸俗气，他又重回到种种幻想中去。在想象中，他看见了那个即将和他一起生活的美丽的、对生活充满信任的姑娘；看见自己和她偷偷地溜出去，在月光下的荒原上走着，他拿着她的新衣服，胳臂挽着她的腰，一直走到很远的林子里。黎明即将来临，她脱掉旧衣，换上了新装。然后，在远处的一个车站，一列早班火车把他们载上蜜月的旅程，直到伦敦吞没了他们，爱情的美梦变成了事实。

“弗兰克·艾舍斯特！拉格比分别后还没见过面呢，老朋友！”

艾舍斯特的愁眉解开了，靠近自己的那张脸长着一对蓝眼睛，满脸的阳光灿烂，看得出来，这是位外在与内心都充满阳光的男人，阳光的融合使他的脸放出自然舒服的光泽。他回应道："菲尔·哈利德，是你呀！"

"你在这儿干什么？"

"啊！没什么。出来逛逛，取点钱。我这阵子待在荒原上。"

"你上哪儿吃饭去？上我们那儿去吃吧，我跟几个妹妹在那里。她们刚出过麻疹。"

被这友好的胳臂挽住，艾舍斯特便跟随他一路走去。他们上山下山，来到了城外。哈利德的谈话洋溢着乐天的精神，就像他脸上洋溢着的阳光。他解释为什么"在这无聊的地方，唯一好玩儿的只有游泳和划船"，如此等等。很快，他们便来到了一列新月形的房屋面前，这里比海略高，离海略远，中间一座房子是个旅馆。两人走了进去。

"到楼上我的屋子里来，洗一洗。马上就要吃饭了。"

艾舍斯特在镜子里打量着自己的容貌。在农庄的卧室待了两个星期，期间他就只用一把梳子，只有一件替换衬衣；经过这样的生活之后，哈利德这间杂乱地放着衣服和刷子的屋子简直成了豪华的加菩亚。他有种奇怪的感觉，但是到底哪里奇怪，他又说不上来。

他跟着哈利德去客厅吃饭。刚听到"妹妹们，这是弗兰克·艾舍斯特"这句话，三张十分白皙、都长着蓝眼睛的脸齐刷刷地猛然转了过来。

其中两个年纪确实很小，大约是十一岁和十岁；另一个大概十七岁的样子，高高的身材，也是一头金黄头发，脸颊在阳光的照射下白里透红，眉毛比头发的颜色要深些，自中间向两旁稍稍翘起。三个人说话声音都像哈利德，嗓音高而愉快。她们笔直地站起来，动作迅速地跟艾舍斯特握了手，端详着他，接着又马上走开，开始谈论下午干些什么。她们可真是十足的黛安娜[①]和侍从仙女！经过一段农村生活之后，这几个女孩间清新爽快、热烈而又纯洁的谈话和她们言谈举止的优雅气质让艾舍斯特一开始感到不习惯，但很快，他又觉得这是多么地自然！不知不觉中，他刚刚离开的那个农庄的生活和乡村环境突然变得遥远起来了。两个小女孩好像叫莎比娜和弗蕾达，年龄最长的那个似乎叫斯特拉。

忽然名叫莎比娜的那个女孩回过头来对他说：

“我说，你跟我们去捉小虾好不好？很有意思呢！”

对这出乎意料的友好表示，艾舍斯特吃了一惊，他喃喃地说：“只怕我今天下午就得回去呢。”

“呀！”

“不能推迟吗？”

艾舍斯特看着刚说话的斯特拉，摇摇头，笑了笑。她真美呀！莎比娜惋惜地恳求他：“那你就迟点回吧！”接着谈话转到洞穴和游泳方面去了。

“你能游得很远吗？”

“大概两英里。”

“啊！”

“我就说！”

“多好玩！”

三对盯着他瞧的蓝眼睛使他意识到自己新的重要性。这种感觉还是很惬意的。

“要我说啊，你就得在这待下来，洗个澡，放松放松。你今晚

---

① 黛安娜，罗马神话中的狩猎女神和月亮女神。

还是留在这里吧！”哈利德说。

“是呀，就这样吧！”

可是艾舍斯特仍然笑了笑，摇摇头。接着他突然发现她们在盘问他的体育才能。原来他参加过自己学院的赛船队和足球代表队，赢得过大学赛跑的冠军。当他从桌子边站起来的时候，俨然是个英雄了。两个小姑娘坚持要带他去看看“她们的”洞穴，于是她们就叽叽喳喳地出发了。艾舍斯特走在她们中间，斯特拉和她哥哥跟在后面。跟其他洞穴一样，那个洞穴潮湿又阴暗，特别之处就是有一个小水池，里面放着各种各样捉来放在瓶子里的小生物。莎比娜和弗蕾达没穿袜子，露着漂亮的棕色的小腿。她们叫艾舍斯特到池子中央去，帮她们一起用筛子滤水。于是艾舍斯特马上脱掉了靴子和袜子。当你跟可爱漂亮的孩子们站在池子里，又有个年轻美丽的黛安娜在池边好奇地接受你捉上来的任何东西的时候，如果你懂得什么叫美的话，时间是过得很快的！艾舍斯特向来没有什么时间观念。当他摸出表来一看，已经三点多了，他不觉吃了一惊。今天不能拿支票兑取现款了——等他赶到那里，银行早就停止办公了。看到他的神色，两个小姑娘立刻同声嚷着说：

“太好了！现在你得留下来了！”

艾舍斯特没有回答，又回忆起梅根的脸来。早餐时，他曾悄悄地对她说：“我这就去托基，亲爱的，你把一切安排好。今天黄昏就回来。要是天气好，我们晚上就走。你做好准备。”他又回忆起她怎样颤抖着、认真地听着他的话。

她会怎么想呢？他定了定神，这时他突然意识到另一个年轻姑娘的安静的凝视——她站在池子边上，那么颀长、美好，恍如女神黛安娜！他意识到她那稍稍往上扬起的眉毛下面的两只惊异的蓝眼睛。如果她们知道他心里正在想什么，如果她们知道他今天晚上的打算，那么，她们一定会发出厌恶他的轻轻的咕哝声，然后丢他一个人在洞里。想到这儿，他带着又怒又恨、又有些羞愧的纠结心情，把表放回袋里，生硬地说道：

“对啊，这会算是没辙了。”

“太好了！现在你可以跟我们去游泳了。”

这两个可爱的孩子所表示的满心欢喜，斯特拉挂在嘴角的微笑，哈利德的一句“好极了，老朋友！晚上的睡衣我借给你”——对于这些，他不可能没有一点点心动。但是艾舍斯特心头又激起一阵渴望和懊悔，他忧郁地说：“我得去发个电报！”

在水池玩腻了，大家便回到了旅馆。艾舍斯特给纳拉科姆太太发了电报：“今晚有事，明返，甚歉。”梅根肯定会理解他忙不过来，于是他心里轻松了些。这是个愉快的下午：天气温暖，大海平静、蔚蓝，而游泳正是他最喜欢的事；两个可爱的孩子对他这般亲切喜欢，他感到很惬意，光看着她们，还有斯特拉，以及哈利德那阳光灿烂的脸，都让人心情愉悦。对他来说，这一切似乎有点儿不真实，然而又是那么地自然。再最后一次感受这平常的生活吧，此后就要投入到与梅根的不寻常的冒险生活中去了！他拿着借来的泳衣，跟大家一同出发了。哈利德和他一同在一块岩石后面换衣服，三个姑娘则在另一块岩石后面换。他第一个下海，然后就立刻向他们施展游泳的本领，他要证明自己夸下的海口。他回头看见哈利德正沿岸边游着，姑娘们泡在水里，笨拙地打着水，乘着小浪一起一落。要在以前，他肯定会看不起他们，可是现在他却认为这是多么有趣，多么合理的事情，因为这样才显得他是唯一精通水性的人。他朝他们游了过去，他不知道她们是否会欢迎这样一个外人去参加她们的泼水嬉戏。当靠近那位苗条的姑娘时，他有点儿羞怯了。莎比娜叫他过去教他们浮水，两个小姑娘使他忙得应接不暇，甚至没空去注意斯特拉是不是习惯于他在场。突然，她一声惊呼，只见她站在齐腰的水里，身体稍稍向前俯着，伸出两条细长的手臂指着前面，湿漉漉的脸在阳光的照耀下显得慌张而恐惧。

“快看菲尔！他是不是出了什么问题？啊，快看！”

艾舍斯特马上看见菲尔情况不妙。就在离他们大约一百码开外的地方，他正在拼命打水挣扎，水快要没过他了。他猛地叫了一声，举起两条胳膊，便沉了下去。艾舍斯特看见那姑娘使劲向菲尔游去，便叫道：“回去，斯特拉！回去！”说着就冲了出去。他从来没游得那么快过，正好在哈利德第二次冒出水面的时候到达了他的跟前。原来是脚抽筋的缘故，菲尔才沉了下去。要把他救上来并不困难，因为他不乱挣扎。那姑娘停在艾舍斯特叫她停住的地方，等菲尔的脚一踩着底，便马上帮着扶住。一到海滩上，两人就分坐在他的两旁，揉擦他的手脚，两个小妹妹带着惊惧的神色站在一旁。哈利德很快就露出了笑容，他说自己太不中用了，简直太不争气了！如果弗兰克扶他一下，他现在就能够把衣服穿上了。艾舍斯特过去扶他，这时他看见斯特拉的脸，又湿又红，双眼泪汪汪的，她完全失去了平静。他心里想：我刚才直呼她大名了！不知道她会不会不高兴。

大家穿衣服的时候，哈利德静静地说：“老朋友，你救了我的命！”

“说什么呢！”

穿好衣服之后，大家心里似乎都觉得有点不自在，便一同回到旅馆里，坐下来享用茶点，只有哈利德躺在自己的房间里，没有出来。

吃了几片果酱面包之后，莎比娜说："我说呀，你可真是个好人！"

弗蕾达应和着说："没错！"

艾舍斯特看见斯特拉垂下了目光，他慌乱地站起来，走到窗前。他在那里听到莎比娜低声说："要我说，我们起个血誓吧。弗蕾达，你的刀子呢？"他用眼睛的余光扫过去，发现她们每个人都一本正经地刺破了自己的皮，挤出一点血来，涂在一片纸上。他转身向门口走去。

"不准做鼬鼠偷偷逃跑！回来！"他的两条胳臂被抓住了。两个小姑娘挟着他，带回到桌子跟前。桌上放着一张纸，纸上用血画着个人像，还有三个姓名——斯特拉·哈利德、莎比娜·哈利德、弗蕾达·哈利德——也是用血写的，这三个名字包围着人像，就宛如一颗星星发出的光芒。莎比娜说："这是你。我们得亲你，你知道。"

弗蕾达响应说："哦！是的，要亲你！"

艾舍斯特来不及逃跑，几绺潮湿的头发已经晃到他的脸上，他的鼻子上仿佛给轻轻咬了一下。接着他的左臂又被挟紧了，另一只嘴里的牙齿轻轻地凑到他的颊上。然后他被放开了，弗蕾达说："现在该斯特拉啦。"

艾舍斯特涨红了脸，身子僵硬，瞧着桌子对面同样涨红了脸、身子僵硬的斯特拉。莎比娜忍不住格格地笑起来。

弗蕾达嚷着说："快点亲啊——都被你俩搞砸了！"

艾舍斯特突然泛起一阵让自己都觉得奇怪和惭愧的渴望，于是他静静地说："别闹，你们这两个小鬼头！"

莎比娜又吃吃地笑了。

"好吧，那就让她吻一吻自己的手，你再把她的手放在你的鼻子上。这的确便宜了你们!”

使他惊奇的是,那姑娘果真吻了吻自己的手,然后伸出手来。他庄重地握住这只又凉又纤小的手,贴在自己的脸上。

两个小家伙马上拍起手来,弗蕾达说:“好了,不管什么时候,我们都会救你的命,就这么定了。斯特拉,我可以再喝一杯不那么淡的茶吗?”

大家重新吃茶点,艾舍斯特把纸折好,放在自己的衣袋里。话题开始转到了出麻疹的好处上,就是可以吃宽皮小桔呀、一勺勺的蜂蜜呀,还可以不上学呀,诸如此类。艾舍斯特听着她们的谈话,并不说话,只是跟斯特拉彼此友好地交换着目光。这时斯特拉的脸上又恢复了正常的阳光下的白里透红的颜色。跟这个快乐的家庭亲密相处,是如此地舒服怡然。看着她们的脸,便让人神魂颠倒。吃完茶点,两个小姑娘压着海草,他跟斯特拉坐在窗口的座位上谈话,欣赏着她的水彩画速写:此时此景好像是个快乐的梦,时间和事件都被搁在一边,重要性和现实性也都暂时不存在了。明天他将回到梅根那儿去,除了口袋里还有那张涂着这些孩子的血的纸片外,眼前这一切便会烟消云散了。孩子们!哦,斯特拉已经不能算孩子了——她跟梅根一般大!她说话很快,有点儿生硬,还带着点羞涩,却很友好。现在,艾舍斯特沉默着,她却谈兴很浓。她的神态带着点儿处女的恬静和冷漠——她是个大家闺秀。吃饭的时候,哈利德因为喝了太多海水而没有来,莎比娜说:“我准备叫你弗兰克了。”

弗蕾达马上附和着叫起来:“弗兰克,弗兰克,弗兰克。”

艾舍斯特笑着哈了哈腰。

“斯特拉每叫你一次艾舍斯特先生,就得受一次罚。叫你艾舍斯特先生太可笑了。”

艾舍斯特看看斯特拉，她的脸渐渐红了起来。莎比娜格格地笑着，弗蕾达嚷嚷说："她'冒烟'啦，'冒烟'啦！——唷！"

艾舍斯特向左右两边伸出手去，一手揪住一缕金黄的头发。

"听我说，"他说，"你们两个小淘气！别惹斯特拉，要不然我把你们捆在一块儿！"

弗蕾达格格地笑着说："哎哟！你真是个坏蛋！"

莎比娜小心地咕哝着："你看，你叫她斯特拉！"

"为什么不叫？这是个好听的名字！"

"好吧，那我们同意了！"

艾舍斯特松了手。斯特拉！从此以后，她会叫他什么呢？

可是她什么也没有叫，直到该睡觉的时候，他故意说："晚安，斯特拉！"

"晚安，艾——晚安，弗兰克！你这个人真有趣，你知道的！"

"啊——这个！胡说！"

她迅速而直率地跟他握手，突然握紧，又突然松开。

艾舍斯特一动不动地站在空无一人的起居室里。就在昨天晚上，就在那苹果树和灵动的苹果花之下，他曾经拥抱梅根，吻着她的眼睛和嘴唇。受到这突如其来的记忆的冲击，他感觉喘不过气来。今天晚上他本来就该开始——开始跟这个全身心只想和他在一起的姑娘一起生活。可现在，至少还得过二十四个小时的时间，就因为他没有看表！为什么偏偏要在他准备告别天真无邪的生活和其它剩下的一切的时候，遇见这么一家天真无邪的人呢？

"可是我有心要娶她，"他想，"我这样告诉过她！"

他拿了支蜡烛点上，准备回自己的卧室去，这间卧室就在哈利德那间的旁边。他走过时，他的朋友叫住了他："是你吗，老朋友？喂，进来吧。"

他坐在床上，吸着烟斗，正在看书。

“坐一会儿。”

艾舍斯特在开着的窗边坐下。

“你知道，我一直在想今天下午的事，”哈利德有点突然地说，“他们说一个人临死时会想起自己全部的过去。但我好像没想起来什么。大概我还没有到那一步。”

“那你想起了什么？”

哈利德沉默了一会儿，然后静静地说：

“这个嘛，我的确想起了一件事，挺奇怪的，想起剑桥的一个姑娘，本来我可以……你知道，我很高兴我没有对她做亏心的事。不管怎么说，老朋友，幸亏有你，我才能在这儿，要不然，我现在早葬身黑暗的大海里了。没有床，没有烟草，什么都没有了。我说，你认为死是怎么回事儿？”

艾舍斯特嘟哝着说：“我想就像火焰熄灭吧。”

“怎么说？”

“就像火焰，闪烁一会，坚持一会。”

“嗯，你说的这个太凄惨了。对了，我几个妹妹都对你还好吧？”

“太好啦。”

哈利德放下烟管，两只手交叉着放在脖子后面，转过头去看着窗子。

“她们都是不坏的孩子！”他说。

看他的朋友躺在那里，脸上带着笑容，映着烛光，艾舍斯特打了个寒颤。的确是的！本来他可能躺在那里，没有笑容，那灿烂的容颜将一去不复返了！甚至可能根本就不躺在那里了，而是沉入海底，等待着复活——在第九天，是不是？此时，哈利德的笑容在他看来突然成为生命的奇异与精彩，就好像生与死的差别，那小小的火焰，那一切——全都融入这笑容里了！他站起来，轻轻地说："好吧，我看你该睡啦。要不要我把火灭了？"

哈利德抓住他的手："我说不出来这种感觉，但你知道，死一定是很糟糕的。晚安，老朋友！"

艾舍斯特很受触动，他紧紧地握了握哈利德的手，便走下楼去。门廊里的门还开着，他走了出去，来到新月饭店前面的草地上。在幽暗的蓝色天空中，星星显得格外明亮，星光下的丁香花儿呈现着晚间特有的神秘色彩，这是无法形容的。艾舍斯特把脸挨着一根花枝，尽管他闭着眼睛，可是眼前突然浮现出了梅根，她的胸前抱着那只棕色的长耳朵小狗。"我想起一个姑娘，本来我可以——你知道，我没有对她做亏心的事，对此我感到很宽慰！"哈利德的话在他耳边响起，他把头一偏，离开了那枝丁香，开始在草地上来回踱着。这时，在草地两头射来的灯光下，一个灰暗的幻影一瞬间又出现了。他又跟她一起站在那片充满生机活力、呼吸着的白色苹果花下，河水仍是那样淙淙地流着，月亮在洗澡的水池上洒下铁蓝色的光。他又回到了吻她那一刻的狂喜中——那是一张多么天真、谦卑却又满怀激情的脸啊，他又回到了那个离经叛道之夜的美好和不安中。他再一次停驻在丁香的花影中。这里，夜的声音是大海的涛声，而不是小河的潺潺流水声。耳中是大海的叹息和海浪声。没有小鸟，没有猫头鹰，也没有蚊母鸟的叫声或长鸣，有的只是叮叮咚咚的钢琴声。白色的房屋在天空勾划出立体的曲线，丁香的香味儿弥漫在整个空间。旅馆的一扇窗，高高的，还亮着灯光，他看见一个人影在百叶窗前移动。他心头涌起一阵奇怪的感觉，一种纯粹单一的情感在兀自翻腾、缠绕、旋转，好像春天和爱情正不知所措、心慌意乱地寻找出路，而眼前却受到了阻碍。楼上的这个姑娘，她刚刚才改口叫他弗兰克，她的手那么突然地握紧了他的手——这个如此冰清玉洁的姑娘，她对于这种狂野的、不合法的爱情会有什么想法呢？他蹲下去，盘着腿坐在草地上，背对着房屋一动不动，像一尊佛像。他是不是真的要去破坏这份纯洁无瑕，去窃取一朵野花的香味，然后——说不定——把它扔掉？

“……想起剑桥的一个姑娘，我本来可以——你知道！”

他把双手撑在草地上，草地几乎还是温暖的，感觉湿湿的、软软的，又牢靠又亲切。“我怎么办呢？”他想。也许梅根正站在窗前，看着窗外的花儿在想他！可怜的梅根！“为什么不呢？”他想。“我爱她！但是我——真的爱她吗？是仅仅因为她长得那么美丽而且又爱我，我才想要她吗？我该怎么办呢？”钢琴继续叮咚地响着，星星眨着眼睛。艾舍斯特出神地凝望着前面黑暗的大海。最后他站起来，手脚麻木，感觉到阵阵凉意。

所有的窗子都没有亮光了。于是他进去睡觉了。

八

一阵“咚咚”的敲门声，把他从深沉得连梦也没有的酣睡中唤醒。一个清脆的声音喊道：

“嗨！早饭已经准备好啦。”

他猛地从床上跳起来。这是在什么地方？啊！

他看见她们已经在吃桔子酱了，于是他走过去，就在斯特拉和莎比娜中间的空位上坐了下来。莎比娜盯着他说道：“我说，你要赶快了，我们九点半就要出发了。”

“我们要去伯里赫德，老朋友，你一定得去！”

艾舍斯特心想：“去?！不可能。我得处理完事情回去了。”他看了看斯特拉。斯特拉很快说道:“一定要去!”

莎比娜附和着说:“你不去就没意思啦。”

弗蕾达站起来,走到他的椅子背后。

“你一定得去,要不然我可要拉你的头发了!”

艾舍斯特想:“好吧,再等一天。仔细想想,再待一天!”

于是他说:“去就去吧,你用不着揪我头发了!”

“噢,太好啦!”

就在车站,他写了第二份电报,准备发去农庄,但是又撕了。他能说什么呢,现在已经没办法再解释不回去的理由了。到了布里克瑟姆,他们换乘了一辆十分狭小拥挤的游览马车。艾舍斯特挤在莎比娜和弗蕾达中间,他的膝头碰着斯特拉的膝头,大家玩着“捉拿马屁鬼”的游戏。很快,他心头的愁闷一扫而空,他被欢乐包围!再留下来多待一天,原是要留给自己好好思考的,可他实在无心去想。他们赛跑,摔跤,赤着脚在浅水里走——今天谁也不想游泳——他们唱着歌,玩着各种游戏,把带来的食物吃得干干净净。在回去的时候,坐在那狭小的马车里,两个小姑娘都靠在他身上睡着了,他的膝头仍旧抵着斯特拉的膝头。这一切对于他,真是难以想象,因为就在三十个小时前,他还从未见过这三个小姑娘中的任何一个。在火车上,他跟斯特拉谈到诗歌,了解了她喜欢的诗人和诗篇,也告诉了她自己喜欢的诗人和诗篇,这让他感到一种令人愉悦的优越感。最后她突然用很低的声音说:

“菲尔说你不相信人死后还有来生,弗兰克,我想这是可怕的。”

带着点不安,艾舍斯特低声说:“说不上信或不信,我实在是不知道。”

她紧接着说:“这我不同意。如果那样的话,活着还有什么意义呢?”

看着她那两道美丽的眉毛微蹙起来,艾舍斯特接着说:“我只不过是不想为相信而相信什么。”

“但是,如果人死后就不会有来生,那为什么人们都还希望来生呢?”

说罢,她怔怔地盯着他。

他不想伤她的感情,但是支配欲使他忍不住解释道:“一个人活着的时候,自然想要永远活下去,这也是活着的一部分,也许就只是这么回事了,这并不意味着就一定会有来生,永远。”

“那么,你到底相信不相信《圣经》呢?”

艾舍斯特想:“现在,我可真的要伤她的感情了!”

“我相信‘山上的讲道’,因为它是那么美,而且对于人类是永远适用和有益的。”

“那你相不相信基督是神圣的呢?”

他摇摇头。

她马上转过脸去,看着窗外。他蓦地想起梅根的祷告来,那是尼克告诉他的:“上帝保佑我们大家,保佑艾舍斯特先生!”除了她,谁会为他祷告呢?她这时一定在等他,等他走过那条小路。他突然冒出来一个念头:“我真是个大混蛋!”

那天晚上,这个念头一直萦绕在他的脑中。可是,就像通常出现的那种情况那样,想得越多,愧疚伤痛之心就会愈来愈淡,直到最后,仿佛他就是真正的混蛋,他也只不过是干着混蛋应该干的事情。而且,他不知道在回去找梅根和不回去找她之间,到底哪一种才是真正的混蛋所为。

他们在一块儿玩牌,直到两个孩子被打发去睡了,斯特拉就去弹钢琴。艾舍斯特坐在幽暗的窗前,远远地看着坐在几支蜡烛中间的斯特拉——瞧那细长、洁白的脖子，还有那随着钢琴乐律而俯仰的脑袋。她弹得很熟练，却看不出什么表情。但是，这是一幅多么美丽的图景！那淡淡的金黄的光辉，宛如天使般的气质！谁还会对这样灵动的、身着白衣的、天使般的姑娘产生激情、狂野的非分之想呢？她弹奏的曲子是不是舒曼的《为什么？》？

这时哈利德拿出支长笛来，一下子破坏了那迷人的情调。后来，他们叫艾舍斯特唱一本舒曼歌曲集里的歌，斯特拉给他伴奏。他们正唱到“我毫无怨恨”的时候，两个穿蓝色睡衣的小家伙溜了进来，想躲在钢琴底下。

晚会在混乱中收场，莎比娜把这叫做“快乐的喧闹”。

当天晚上，艾舍斯特几乎没有睡着。他在床上翻来覆去，苦苦地思索着。这两天他一直沉浸在哈利德家的这种热烈而亲密的家庭氛围当中，这一切让那个农庄和梅根似乎变得不真实了。难道他真的向她求过爱，真的答应过要和她一起共同生活吗？他一定是受了春天、夜晚和苹果花的迷惑！这五月的狂热只会把他们两个人都毁了！他要娶她——娶这个还不满十八岁的单纯女孩为妻！这个念头现在让他充满了惶恐，尽管这个念头仍然能刺痛他的心，还能激荡起他的热血。他自言自语道：“真可怕，我都干了些什么！真可怕！”舒曼的乐声悸动着，跟他那狂热激动的思想交织在一起。此时，斯特拉安静的神情、白皙的皮肤、金黄的头发，还有那俯着的脖子和围绕着她的那种奇怪的天使的光辉，又浮现在他的眼前。

“我一定是疯了！”他想，“我着了什么魔？可怜的小梅根！‘上帝保佑我们大家，保佑艾舍斯特先生！’‘我想和你在一起——只想和你在一起！’”他把脸埋在枕头里，抑制住一阵啜泣。不回去是可怕的！回去呢，更加可怕！

这或许就是年轻人的感情，当你真的想要倾注一生付出所有时，便又会慢慢发现它原来并没有那么地摄人心魄与魂牵梦绕。他想：有什么了不起，也不过就是亲了几下，一个月就全忘啦。于是他睡着了。

第二天上午，他兑现了支票，接着像逃避瘟疫似的避开那家给他留着那件淡灰色女装的店铺，给自己买了几样日用的必需品。一整天下来，他都感觉很异样，对自己怀着一种恼怒的情绪。过去两天的种种渴望没有了，取而代之的是心头的一片空虚，全部强烈的渴望都化为乌有，好像已经被那一把眼泪浇灭。吃过茶点后，斯特拉把一本书放在他旁边，羞涩地问：

“弗兰克，你看过这本书吗？”

原来是法拉尔的《基督传》。艾舍斯特笑了笑。她果真那么关心他的信仰，他觉得好笑的同时又觉得有些感动。也许是受到了感染，他开始情不自禁地要为自己辩解，若不是想要改变她的信仰的话。晚上，正当两个孩子和哈利德在补虾网的时候，他开始说：

“在我看来，正统的宗教总是宣扬善恶因果报应——做了好事，就会得到回报，这无异于乞求恩德。我想这一切源于恐惧。”

她正坐在沙发上，用一根绳子打拱结，听到这句话，马上抬起头来。

“我认为宗教要比这深刻得多。”

艾舍斯特又感觉到那种支配的欲望。

“你真这么认为？”他说，“人类归根到底是在追求回报！要探究这个根源可就不是容易的事了！”

她不解地皱紧了眉头。

“我不明白你的话。”

他固执地继续说：“好，那你想想看，那些最虔诚的教徒，是不是就是那些在现实世界中欲望没有得到满足的人？不过，我倒是相信人是要做个好人的，因为做好人本身就是件好事。”

“那么，你真的相信人要做好人吗？”

现在她看去多美，跟她相处是件多么容易的事！于是他点点头，说：“嘿，你教教我怎么打这种结？”

在拨弄那根绳子的时候，斯特拉的手指碰到他的手指，他觉得十分舒服和快乐。后来他上床睡觉，也老想着她。他想象着自己包裹在她那漂亮、娴静的光辉里，好像裹在一件护身服里一般。

第二天，艾舍斯特发现他们已经安排好坐火车去陶特纳斯，然后在伯里波默罗古堡野餐。他决意要忘掉过去，重新开始，于是便跟大家一起坐上马车，背对着马坐在哈利德的旁边。接着，沿着海滨，快到火车站的那个拐弯处，他的心几乎跳到了嗓子眼里！梅根——就是梅根——正在远处的小路上走着，穿着她那条旧裙子和短上衣，戴着那顶苏格兰圆帽，仰着头看着过往的行人，她的脸是那样地无助。他本能地举起手来遮掩，然后便假装擦除眼睛里的灰尘。但是从指缝间，他仍旧看得见她在走着，不是踏着她那乡间自由自在的步子，而是一副摇摆不定、迷茫无助、楚楚可怜的样子，就像小狗失掉了主人一样，不知道何去何从。她怎么会一个人到这里来的？她是以什么样的借口独自一个人出来的？她想干什么？怀着什么样的希望？车轮滚滚，载着他越走越远。他的心在挣扎、在呐喊，他要停车，要出去，要到她那里去！马车拐弯向火车站驶去的时候，他再也按捺不住，推开车门，含糊地说了句：“我忘带东西了！你们先走，别等我！我坐下一班车到古堡跟你们会合！”便跳下车出去，一个踉跄，打了几个圈才稍稍站稳，接着他又大步朝前走去。马车上的哈利德兄妹们都感到十分惊讶。

在拐弯处，他看见梅根正在前面很远的地方。他跑了几步，但很快又放慢了步子。每走一步，离梅根越近，离哈利德一家人越远，他的步子就越是沉重缓慢。就算见到她，还能再有什么改变呢？怎么才能让见她和由此产生的后果显得不那么丑恶呢？毋庸讳言，自从遇见哈利德一家人之后，他已经渐渐明白他是不可能跟梅根结婚的。他们之间的事只不过是一段放荡不羁的恋爱，如果他们真的在一起，他们的生活将会变得焦躁不安、悔恨交加、困难重重。接着他就会感到厌倦和疲惫，就因为她给了他一切，她是那么单纯、那么忠诚，像朝露一般，而朝露是不长久的！那个褪了色的小圆点，她那苏格兰圆帽，远远地在前面摇晃着。她孤独无助的目光望着来来往往的每一个人，望向她经过的每一扇窗。有哪个男人经历过这样残酷的考验呢？不管怎么样，他觉得自己是个十足的禽兽了。想到这，他发出了一声痛苦的呻吟，一个路过的护士转过头来看了看他。他看见梅根突然停住脚步，靠在防波堤上，凝望着大海，于是他也停下了脚步。也许是她从来没有见过大海，即便在伤心难过中也忍不住要欣赏一下大海。“不错，她什么也没有经历过。”他想，“她的青春才刚刚开始啊，摆在她面前的该是多么美好的日子啊！可是也许就是这短短几个星期的激情，就会毁了她的一生！”想到这，他觉得无比伤心与痛苦。“我宁愿毁掉自己也不愿意这样！”突然他似乎看见斯特拉的安静的目光注视着他，前额上那绺柔软的头发在风中飘拂。啊！那样做就意味着放弃他所尊敬的一切，放弃自己的自尊心。他回头快步向车站走去。但是，回忆中那个可怜的、迷惘的小小身影，那双在行人中找寻的焦急的双眼，一刻不停强烈地折磨着他，这一切都让他难以承受。于是他又扭头向海边走去。可是，那顶帽子已经看不见了，那小小的有色圆点已经消失在拥挤的人潮中了。生活就是如此，你迫切想要得到的东西，往往不会轻易得到，这时你反而会产生如饥似渴的感觉，就是这种饥渴感促使他匆忙地向前走去。可是，哪儿也找不到她了。找了半个小时后，他在海岸的沙滩上趴下了。他知道，想要找到她，只要到车站去等她就可以，因为她看不到自己的话，肯定会去车站乘火车回家的；或者，他干脆自己乘车回农庄，这样他们便可以见面了。但是，此刻，他一动不动地躺在沙滩上，看着周围一群群玩着小铲小桶、对周围的一切漠不关心的孩子。他的头脑中闪现着那个彷徨无措，四处寻觅的小小身影，心里充满了怜悯，那股怜悯之情几乎淹没在他热血里的春情奔流中了；现在剩下的不过是狂野放荡的感情——那一点骑士精神，以前是有过，此刻已经消失了。他又开始渴求着她。他想念着她的热吻，想念着她那柔软小巧的身体，还有她那放任热烈、不拘礼教的情感。他开始想念那天晚上灵动洁白的苹果花儿，那柔亮美丽的月亮，那安静美好的夜。他想念这一切，渴求着她，就像牧神渴求着林间的仙女一样。那清澈的有鳟鱼的小河里的潺潺流水，金雀花的耀眼光彩，“吉卜赛鬼”光顾的岩石，布谷鸟和绿色啄木鸟的啼声，猫头鹰的咕咕叫声，还有窗口边她的脸——差一点儿就可以触碰到——那为爱的执着，还有在那苹果树下她的心紧贴着他的心，她的唇回应着他的唇，这一切都包围了他。但是，他躺着没动，仿佛瘫痪在这温暖的沙子里。到底是什么让他抗拒着这怜悯之心和这强烈的想念与渴求？是三个亚麻色的脑袋，一张长着淡蓝眼睛的美丽而熟悉的脸，一只紧握着他的纤细的手，一个叫着他的名字的活泼的声音——“那么你真的相信人要做个好人吗？”不错，还有一种气氛，这种气氛让人感觉仿佛置身在围墙里一个古老的英式花园中，花园中有石竹和矢车菊，有玫瑰、薰衣草和那丁香的香味——冰清玉洁、一尘不染，几乎是神圣的：这一切都是纯洁和美好的，小时候的良好教养让他深深地体会和感受到这一切。

这时他突然想到：她可能又会回到这海滨来，那样就看见我了！他站起来，向远在海滩一端的岩石走去。在那里，冰凉的水花溅在脸上，他可以更冷静地思考。回到那个农庄去，回到那些树林里、那些岩石间去爱梅根，那里周围的一切都是荒野外，与这样的爱情相称——他知道，这是不可能的了，完全不可能了。他无法想象，把她移植到大城市里去，把像她这样一个完全属于大自然的人关在一套公寓房间里，会是什么样的情形，这是他诗人般的气质无法忍受的。他的激情只是感情的一时冲动，是感官的片刻放纵，很快就会过去。在伦敦，她那种天真无知和疏于教养，都只能使她成为他的秘密玩物，不可能再是别的。

他坐在岩石上，两只脚挂在一潭浅绿的海水上摇晃着，海水正从这里退去。他这样坐得愈久，对这一点就看得愈清楚。现在，仿佛她的胳膊和她的整个身体正在从他身上慢慢地、慢慢地滑下去，落到了水潭里，将要被海水带到海里去。她仰着头看着他，她那失神的脸色带着央求的目光，还有湿漉漉的黑发——这一切又萦绕着他，侵扰着他，折磨着他！最后，他站起来，爬上低矮的石壁，往下走进一个隐蔽的海角。也许在海里，他可以恢复自制，消灭这阵狂热！

他脱下衣服，游了出去。自己累了就不会再想，不会再管。他这么毫无知觉地游着，越来越远。接着，他又莫名地害怕起来。如果不能游回岸边，如果潮水把自己卷走，或者抽起筋来，像哈利德似的，那怎么办？想到这，他转身往回游。那红色的山崖看起来似乎离他很远。如果他淹死了，他们会发现他的衣服。哈利德一家会知道的，但是梅根也许永远不会知道——他们在农庄里是不看报的。于是他又想起菲尔·哈利德的话:“剑桥的一个姑娘,本来我可以——我很高兴我没有对她做亏心的事!”在这没来由的恐惧时刻,他发誓不对她做亏心的事。于是,他的恐惧消失了。他很轻易地游了回去,在阳光下晒干身体,穿上衣服。他有点儿伤心,但是不再悲痛了。至于他的身体,已经显得一身轻松,神清气爽了。

在年轻的艾舍斯特这样的年纪,怜悯并不是最强烈的情感方式。他回到哈利德家的起居室,就像发烧痊愈似的,狼吞虎咽地吃了一顿茶点。一切都显得新鲜和爽朗。奶油吐司加果酱,都异乎寻常地好吃,烟草从来没有那么香。他在空旷的屋子里来回走着,东摸摸,西瞧瞧——他拿起斯特拉的针线篮,摆弄着那些线团和一绺色彩鲜艳的丝线,闻闻斯特拉放在线团中间的一个装着车叶草的小香袋。接着他坐到钢琴前面,用一个手指弹着曲子,心想:今天晚上她会弹琴的,我要看着她弹琴,光是看着她就那么让人心旷神怡。他身旁的那个地方还留着当时她放的那本书,他刚拿起来想翻翻,但是梅根的凄楚的小身影立刻又出现了。于是,他站起来,靠着窗口,听新月饭店花园里的画眉鸟歌唱,凝视着树下梦一般的蓝色大海。一个仆人进来收走茶点,他依然站着,呼吸着傍晚的空气,竭力什么也不去想。接着,他看见哈利德兄妹从新月饭店的大门进来了,斯特拉走在菲尔和两个孩子的前面,手里提着篮子。他的心刚受过那么残酷的折磨,突然看到斯特拉,他本能地退缩了。他怕接触她,可是又需要她的接触和安慰——他一面抱怨这种接触和安慰带给他的恐惧与压力,一面又渴求那种宁静美好和纯洁无邪的气氛,以及看到斯特拉脸时的那种愉悦。他靠在钢琴后面的墙上,看她走进来站在屋里时,神色有点儿发呆,好像很失望似的。然后她看见了他,便露出微笑,笑得那么快，那么明朗，使艾舍斯特既觉得温暖，又感到恼火。

“你根本没有来找我们，弗兰克。”

“我是没来，我有事不能来。”

“看！我们采来了多么可爱美丽的紫罗兰！”她伸出握着一束紫罗兰的手。艾舍斯特把鼻子凑过去，心头激起了种种模糊的渴望，可是他好像又看见梅根仰起焦急的脸注视着行人的情景，立刻伤神起来。

他简短地丢下一句“挺好的”，便走开了。他回到楼上自己的房间里，听见两个孩子正走上楼梯。为了避开她们，他便歪倒在床上，两条胳臂交叉着放在脸上，就这样躺着。现在，他觉得自己已经做出了决定——他放弃了梅根。他恨起自己来，几乎也恨起哈利德兄妹来，还恨他们那种英国式家庭的健康幸福的气氛。他们为什么偏偏碰巧到这里来，驱散了他的初恋，而且似乎证明了自己不过是一个庸俗的勾引女性的好色之徒。斯特拉有什么权力用她那纯洁而羞涩的美貌，使他确切地知道自己决不会跟梅根结婚，而且在彻底破坏了这件事之后，给他带来了这样刻骨铭心的悔恨和怜悯？梅根这时应该回家了，因为可悲的寻找而筋疲力尽了，可怜的姑娘，说不定还在盼望到家能够看见他呢。艾舍斯特咬着袖子，抑制着悔恨交迫的呻吟。

吃晚饭的时候，他闷闷不乐、一声不吭，这种情绪甚至对两个孩子也投下了阴影。这个晚上过得很阴郁，大家似乎都没有好脾气，因为他们都累了。他几次看见斯特拉在看他，流露出委屈和迷惑的神色，这使心情忧郁的他反而高兴起来。

他睡得很不好，一早就起来了，出门走走。他顺路而下走到海滩上，独自待在这阳光照耀下的宁静的蓝色的海边，他的心头稍稍轻松了点儿。他真是个自负的笨蛋！以为梅根会那么伤心难受！也许只要一两个星期，她就会忘得差不多了！而他自己呢，不错，他会获得善报！一个善良的年轻人！如果斯特拉知道的话，她会祝福他，因为他抵抗住了她相信的那个恶魔，他冷酷地笑了一声。可是慢慢地，大海和天空的宁静美丽，还有那些盘旋着的寂寞的海鸥，却使他感到羞愧。他游了一会泳，便回去了。

在新月饭店的花园里，斯特拉正好坐在一张折凳上画画。

他偷偷走到她背后。她是多么美啊！她专心致志地弯着腰，端着画笔，估量着远近风景的大小，皱着眉头。

他温和地说："斯特拉，昨天晚上我太无礼了，请你原谅。"

她吓了一跳，回过头来，脸涨得绯红，她习惯性地迅速回答说："没关系。我知道你心情不好。朋友之间不计较的，是不是？"

艾舍斯特回答："朋友之间！我们是朋友了，是吗？"

她仰着脸看着他，使劲地点了点头，脸上露出了明快的笑容。

三天后，他和哈利德兄妹同行，回到了伦敦。此后，他一直没有写信到农庄去。就算写信，他还有什么可说的呢？

第二年四月的最后一天，他和斯特拉结婚了……

靠着墙脚，坐在金雀花中间的艾舍斯特，回到了银婚纪念日的现实中。

他现在摆开食物的地方，就是当初他第一次看见梅根映着天空站着的地方！这是如此地巧合！他心头激起一阵渴望，他想要下去再看看那个农庄和果园，还有那吉卜赛鬼出没的草地。去看看不会花很长的时间，斯特拉也许还要过一两个小时才过来呢。

眼前的景物和记忆中是那么地吻合，他记得多么清楚——屋后的那座陡峭的草山，山顶上的那几棵树！他在农庄的大门口停下来。矮矮的石屋，水松构成的门廊，开花的红醋栗，丝毫没有改变。连那张破旧的绿漆椅子也仍旧放在窗下的草地上，那天晚上他正是站在这里向她伸出了手接过钥匙。接着，他转身朝小路那边走去，站着倚靠在果园的门上——这个破败的灰色大门，也跟当初一样。那边的树林间，甚至还有一头黑猪在走来走去。是真的过了二十六年，还是他做了一个梦?！现在醒来，是不是梅根正在那棵大苹果树下等他呢？他抬起手来摸摸花白的胡子，回到现实中来。推开大门，他向前走去，穿过那杂草和荨麻，一直走到河边，找到了那棵大苹果树。一切都没变！那棵大苹果树，除了树身上青灰色的苔藓更多一点儿，以及增添了一两根枯枝之外，别的都跟那天晚上的一样。那晚，他在梅根离开后，抱住了这长着苔藓的树身，呼吸着它的木香，头顶沐着月光的苹果花似乎活了起来，在呼吸着。这些，仿佛就是昨天晚上的事。尽管现在还是早春，苹果树上已经生出几颗花苞了。画眉正在高声歌唱，一只布谷鸟叫着，阳光温暖灿烂：一切都和过去一模一样，令人难以置信！那水声潺潺的有鳟鱼的小河，那狭小的水池——他每天早晨都泡在里面，把水泼在身上。而在那边荒野的草地里，依然是那山毛榉树林和那块据说有吉卜赛鬼光顾的大石头。然而，青春已经永远逝去了，爱情和甜蜜也消磨殆尽了！艾舍斯特突然感觉到有什么东西扼住了自己的脖子。人本该尽情欢乐，就像这天和地包含着无限欢乐一样！但是实际上呢，却永远也办不到！

他走到河边，俯视着池子，心想：什么青春和春天！谁知道它们都变成什么样了？

这样想着，他便返回小路，仿佛怕有人突然闯入，打乱他的回忆。他抑郁地由原路回到十字路口。

这时，他看见就在汽车的旁边，有一个拄着拐杖、灰胡子的老农民，在跟司机说着话。一见他来，老农马上停止谈话，好像犯了不敬之罪似的，用手碰一下帽檐，一瘸一拐地准备沿小路回去。

艾舍斯特指着那青青的狭长土丘：“你能告诉我这是什么吗？”

老头儿站住了，他的神色似乎在说：“先生，你找对人啦！”

“是个坟。”他说。

“可是为什么葬在这荒野里呢？”

老头儿微笑着：“可以说，这里有个故事。我已经不是第一次讲这个故事了——许多人都问起这个草皮土丘的来历。我们这一带的人，都管它叫‘姑娘坟’。”

艾舍斯特递过自己的烟袋：“抽一斗烟？”

老头儿又碰一下帽檐，慢慢地把一只古老的黏土烟斗装满。

他的两只眼睛从满脸的皱纹和头发中间向上瞧着，看上去很明亮。

“如果你不介意的话，我想坐下来——我的腿今天有点儿疼哩。”说着，他就在长满草皮的土丘上坐了下来。

“这坟上总有花儿开放，这样她就不会过于孤独冷清。现在，有许多人经过这儿，坐着他们的新汽车，穿着新衣服——跟过去的日子不一样啦。她在这儿有好多伴儿呢。她是个自杀的可怜人。”

“这样啊！”艾舍斯特说，“葬在十字路口。我不知道这风俗还流行着。”①

“啊！不过，这是很久以前的事儿了。那时我们这里的教区牧师是十分敬神的。我想想，到下个米迦勒节②，我领养老金就有

---

① 一般被执行死刑的犯人和自杀的人会被葬在十字路口。

② 米迦勒节，基督教节日，纪念天使长米迦勒。西方教会定在九月二十九日，东正教会定在十一月八日。在英格兰、威尔士和爱尔兰地区，米迦勒节是每年的四个账目结算日之一。

整整六年啦，可是出事那年我才五十呢。我想，没有人比我更清楚这件事儿了。她住在离这儿很近的地方，就在我常去干活的纳拉科姆太太家的农庄上——现在是尼克·纳拉科姆当家啦。我还给他干点儿零活呢。”

艾舍斯特靠在大门上，点着他的烟斗，他那两只拢着火柴的手在脸前停留了好一会儿，虽然火柴早已熄灭了。

“还有呢？”他问道，觉得自己的嗓音沙哑而奇怪。

“她是个百里挑一的好姑娘，很可怜！每次经过这儿，我都要放一朵花儿。她是个美丽的好姑娘，虽然他们不同意把她葬在教堂里，也不同意葬在她自己指定的地方。”老农停了停，把一只毛茸茸的、因艰苦劳动而变了形的手，平放在坟上的野风信子旁边。

“还有呢？”艾舍斯特说。

“可以这么说，”老头儿往下说，“我想是个爱情故事吧，虽然谁也不清楚到底是怎么回事儿。谁知道姑娘们的心事呢，这也不过是我的推测。”他的手压着坟上的草皮，“我很喜欢这姑娘——我想人人都喜欢她的。可是她太善良了——我想问题就出在这儿。”他抬起头来。艾舍斯特的嘴唇在胡子底下哆嗦着，嘴里咕哝道：“还有呢？”

“那是个春天，也许正是现在这光景，要么还要晚一些，有一个大学里来的年轻小伙子，住在这农庄上，人也挺不错的，就是有点儿让人琢磨不透。我还很喜欢这小子的，也看不出他们两个有什么关系，不过我猜想是他打动了那姑娘的心。”老头儿从嘴里拿出烟斗，吐了口唾沫，继续说：

“你瞧，有一天他突然走啦，从此就再没有回来。他的背包和一些东西，现在都还保存在这儿呢。我也想不通，为什么他再也没来拿这些东西。他的名字叫艾舍斯特，要不就是跟这差不多的什么名字。”

“还有呢?”艾舍斯特又说。

老头儿舔一下嘴唇。

“他走后,那姑娘什么也没说。可是从那天起,她就变得神志不清、疯疯癫癫的,看上去完全不正常啦。我这辈子没见过一个人在那么短的时间起那么大变化的,从来没见过。农庄里还有一个年轻人,名字叫做乔·巴德福,对她也挺好的。我想是不是他那种殷勤劲儿折磨着她,她变得昏头昏脑的。有时候,我傍晚赶牛回来,总看见她站在果园里那棵大苹果树下,直瞪瞪地看着前面。我常常想,她到底发生了什么事儿,她那样子让人看了觉得怪可怜的。”老头儿重新点着烟斗,陷入沉思。

“然后呢?”艾舍斯特说。

“记得一天我问她:‘你怎么啦,梅根?’——她叫梅根·戴维,是威尔士人,跟她姑母纳拉科姆老太太一样。‘你有心事吧?’我问她。‘不,吉姆,’她说,‘我没心事。’‘有,你有心事!’我说。‘真没有。’她说着眼泪就滚了下来。‘你哭啦,那又为什么呢?’我问。她用手捂着心口,‘我只是感到难过,’她说,‘很快就会好的。吉姆,如果我以后有什么不幸,我希望能葬在这棵苹果树底下。’我笑了,‘你能有什么不幸?’我说,‘别傻了。’‘不,’她说,‘我不傻。’好吧,我知道姑娘们的脾气,也就没把这件事放在心上。直到两天后,大概傍晚六点钟的样子,我赶着小牛经过,看见河里躺着个黑乎乎的东西,就在那棵大苹果树附近。我心里琢磨着,难道是头猪?猪怎么会到这里来呢,真好笑。我走过去一瞧,才看清楚!”

老头儿打住了。他的眼睛向上瞧着,目光明亮,神色痛苦。

“就是那姑娘,在狭窄的水池里——那池子是一块大石头堵住了水形成的,我见过那位年轻的先生在那里洗过一两次澡。她趴着躺在水里，一棵金钟花从石缝里长出来，正好在她的头顶上。我看着她那美丽可爱的脸，就像娃娃的脸那么安静，真是美极了。大夫后来说：‘就那么一点儿水，要不是着了魔，肯定是死不了的。’看她的脸，她真是着了魔一样，真美，害得我伤心地大哭了一场！那时候已经六月了，可是不知道她在什么地方找来剩下的一点儿苹果花，把它插在头发里。所以我才认为她是着了魔，打扮得这么好看去自杀。你说是不是？水深还不到一英尺半呢。不过我要告诉你一件事，那个草地里真的有鬼。这个，我知道，她也知道。谁也不能让我相信那儿没有鬼。我把她对我说过的话告诉了大家，就是说她要葬在那棵苹果树底下。看起来她是存心要寻短见的。这倒让他们改变了主意，于是，他们就把她葬在这儿啦。那时候，我们的教区牧师还是很认真的。”

老头儿又用手捺着坟上的草皮。

“看起来真是了不起。”他慢慢地说，“姑娘们为了爱情，竟然不惜放弃生命。她可真是个好心肠的姑娘啊，我猜她是伤透了心。可是，究竟发生了什么事情，我们什么都不知道。”

他抬起头来，好像等待对方称赞他讲的这个故事。但是艾舍斯特早已从他身边走了过去，仿佛老农根本不在场似的。

在小山顶上，就在他摆好了野餐食物的地方再过去一点儿，他挑了个别人看不见的地方，趴在地上。他的所作所为得到了这样的报应，爱的女神“塞浦琳”就是这样报了她的仇！在他那朦胧的泪眼前，出现了梅根的脸，浅黑的湿头发里插着那枝苹果花。“我做错了什么？”他想，“我到底做了什么啊？”但是，他无法回答。

春天，春天的激情，春天的花和歌！他和梅根心里的春天！莫非就只因为爱神要找一个牺牲品吗？那么，那个希腊人是对的，《希波吕托斯》里的话直到今天都是对的：

"爱神的心如痴如狂，
他的翅膀发出闪闪金光。
当他创造出了春天，
众生便拜倒在春的魔力前。
眼前的生命，青春而狂野。
无论是在小河、大海还是峻岭，
无论是生于大地的泥土，
还是呼吸在明媚的阳光中。
塞浦琳，你都高居宝座，君临天下！[①]"

那个希腊人是对的！梅根！梅根！从山上走来的可怜的小梅根！在那棵老苹果树底下等待着、张望着的梅根！梅根已经香消玉殒，打上了美的永恒烙印……

有个声音说："呀，你在这里！看！"

艾舍斯特站起来，接过妻子的速写，默默地凝视着。

"前景画得对吗，弗兰克？"

"对。"

"可是似乎缺少了点儿什么，是不是？"

艾舍斯特点点头，缺少什么？缺少的是那苹果树、那歌声和那金子！

他严肃地吻了吻她的前额。这就是他的银婚纪念日。

一九一六年

① 全段选自《希波吕托斯》。

日本海棠

伦敦金融城里的名人尼尔森先生，家住开普敦山[①]上。一天早晨他打开更衣室的窗户，一股奇特的、带点甜味的气息便扑鼻而来，他不禁感到一阵心旷神怡。他将窗子钩好，注意到开普敦山广场花园那儿的一棵小树正满树繁花，温度计的水银停在15.5℃的刻度上。“完美的早晨！”他想，“春天终于来了！”

他又继续考虑了一会儿红葡萄酒的价格，然后拿起一柄象牙底的手镜仔细审视了一下自己的面容。他的脸颊结实、红润，留着整齐的棕色小胡子，一双又大又圆、清澈的灰色眼睛，一看就知道他身体非常健康。他穿上黑色大衣，下了楼。

餐厅里，他的晨报已经放在餐具柜上了。他又一次捕捉到那种奇怪的气味，这叫他几乎没法安心看报。他若有所思，走到落地窗前站了一会，然后沿着盘旋的铁台阶走出屋子，外面的清新空气扑面而来。一只布谷鸟钟敲响八点。

“还有半个小时才吃早饭，”他想，“我去广场花园转一圈好了。”

他一边这么想着，一边沿着环形的小道踱步开去，手里握着晨报，背在身后。然而，他还没有走上两圈，就已经意识到，那股气味并没有在这清新的空气里渐渐散去，反而更加浓郁了。他按

① 开普敦山(Campden Hill)属于伦敦地价高的一块地方。

照他妻子的私人医生的建议，深吸了几口气，但是这非但没有让那种气味减少，反而更强烈了——好像昨晚用餐时喝下的甜酒还在他体内一样，他的心也感到微微的灼热。他回想了一遍昨晚吃了些什么，不记得自己吃过什么不对劲的食物。他突然意识到，可能是他嗅到了什么气味，才让自己产生如此感觉。但是除了一股淡淡的芬芳柠檬味以外，他什么也闻不到，而且那股柠檬味显然是晨光下的灌木丛散发出来的，闻起来不仅丝毫不令人反感，反倒是让人觉得舒心惬意。

他正要继续散步，附近的一只黑画眉鸟突然放声高歌起来。尼尔森先生抬起头，看到大概五码开外的一棵小树上，那只鸟儿停在枝干的正中央。他站在那里好奇地盯着那棵树看了好一会，认出来那就是他开窗时看到的那棵树！满树繁花，粉白相间，新生的嫩叶尖尖的、油亮亮的，每一片都是那么饱满，阳光在花朵和叶尖上闪耀着。尼尔森先生不禁微笑起来，这棵小树是多么亭亭玉立、生气勃勃啊！他驻足不前，微笑地看着这棵树。

"一个这么美好的早晨！"他想，"现在我是整个广场唯一一个有闲情出来享受晨光的人！"但是思绪未落，他就发现身旁还有一个人，也背着手站在那里，面含微笑地凝视着那棵小树。尼尔森先生吃了一惊，收敛了笑容，偷偷打量起那个人来。原来是他的邻居，谭德拉姆先生。谭德拉姆先生在金融城里也很有名，他住在邻屋已经五年了。尼尔森先生立刻就意识到了这种尴尬的境况——他俩都是已婚之人，却还从来没有机会说过话。

尼尔森先生不知自己贸然搭话是否合宜，但最终他决定开口。他低声赞道："真是个不错的早晨！"谭德拉姆先生回答道："是啊，一年之中最美之季！"尼尔森先生从他邻居的声音里觉察出一丝紧张，这使得他更有胆量和他坦诚沟通了。谭德拉姆先生和他差不多身高，跟他有着几乎一模一样的精致面容，也穿着件黑色大衣。尼尔森先生注意到他背在身后的手里也攥着份晨报，也像他一样欣喜地看着那棵树。尼尔森先生突然觉得自己像在做坏事时被人抓到一样，他突兀地问：

“呃……您能告诉我这是什么树吗？”

谭德拉姆先生回答道：“我也正想问您这个问题。”他向树边走了几步。尼尔森先生也靠近小树。

“我认为，树上肯定有标着树种的标牌。”他说。

谭德拉姆先生首先看到了那块小小的标牌，就贴在那只黑画眉鸟栖息的位置附近。他读出来：“日本海棠。”

“啊！”尼尔森先生说，“我也这么认为。早春开花的植物。”

“是非常早。”谭德拉姆先生表示赞同，又补充道，“在今天这种好天气里真是别有一番滋味。”

尼尔森先生点头称是。“原来是那只黑画眉鸟唱着歌呢。”他接着说。

“黑画眉鸟，”谭德拉姆先生回答说，“比起灰画眉鸟，我个人更喜欢黑画眉，它们的啁啾之音更洪亮，更圆润。”他友善地看着尼尔森先生。

“可不是嘛，”尼尔森先生低声说，“这些外来植物，它们不结果，尽管繁花如锦！”他又一次抬头端详着满树群芳，心想：“他这个人不错，我还有几分喜欢他。”

谭德拉姆先生也看着树上的花朵。小树好像感激他们对自己的关注一样，在清晨的微风中微微摇曳，在阳光下熠熠生光。远在枝头一角，那只黑画眉鸟发出一声清脆响亮的鸟鸣。尼尔森先生收回视线，他发现谭德拉姆先生看起来有些呆头呆脑的，这个发现吓了他一跳。他看着谭德拉姆先生，好似看到了另一个自己。于是他说："我得回家了。早安！"

谭德拉姆先生的脸上闪过一丝阴影，好像他也突然注意到了关于尼尔森先生的什么。

"早安！"他回礼说。于是他们各自踱开，两人都手握着晨报，背在身后。

尼尔森先生沿原路往他的花园窗户那儿走，他故意走得很慢，为的是避免和他的邻居同时到达房子前。看到谭德拉姆先生沿着他家的螺旋铁扶梯上去了，他才沿着自家的旋梯上楼了。爬到楼梯顶时，他突然停住了。

斜斜的春日朝阳照在那棵日本海棠树上，阳光在树上抖动着，那棵树似乎不再是一棵树了，而是更有生命力的什么活物。黑画眉鸟儿回到了树上，吟唱啼鸣。

尼尔森先生叹了口气。那种奇怪的感觉，那种扼着他的喉咙让他喘不过气的感觉，又一次袭来。

一两声咳嗽和叹息吸引了他的注意力。邻屋的落地窗前，正站着谭德拉姆先生，他也凭窗眺望着花园那角的海棠树。

尼尔森先生感到不可名状的心烦意乱，他唐突地转身进了屋，翻开了他的晨报。

一九一〇年

勇　气

按费南德的说法，那个时候我很穷。不是穷到没钱吃大餐，而是确实穷到吃不起三餐的程度了，只能靠面包和香烟勉强度日。我住在西敏寺大街上那种四便士一天的寄宿公寓里。一个房间里有三床、五床或七床，如果你按期付款，你就能保留自己的床位；如果不能，他们就会安排其他人住进来，那人也肯定会给你留下点他的“纪念品”。这种公寓也不是外国人聚集地，租客几乎全是英国人和醉汉。他们中四分之三的人不吃饭——他们无法吃饭，因为他们咽不下去固体食物。他们只喝酒，没完没了地喝。他们不值得你花钱救济，因为他们都是些马车夫，卖报纸的男孩，卖蕾丝花边的小贩，还有被称为“三明治人”的人[①]，大部分人都无可救药。你能指望什么呢？他们仅仅苟活于世，不让他们的灵魂掉出那副空皮囊而已。除此之外，他们没有时间和精力思考其他什么。他们晚上回来倒头就睡——睡得多么死啊！是的，他们从不吃东西，顶多吃一丁点面包，只知道喝酒喝酒！

有个小个子的法国人经常来那个公寓，他的脸色黄黄的，眼角有鱼尾纹，年纪也不大，大概三十岁的样子。他的生活很艰辛——如果日子过得顺利的话，没人会来这种公寓的，特别是法国人，因为法国人最讨厌背井离乡了。他来给我们刮胡子，一次

① 身体前后挂着广告牌的人。

一便士，但是我们大多数人都会忘记付他钱，所以算起来他等于是给三个人修面才能赚一便士。他也去其他类似的公寓，这就是他的谋生之道了，同时还在隔壁开了家小店，但是什么都不卖。他工作得多么辛苦啊！他也去那种公共机构，但不是太赚钱，因为在那儿他给十个人修面才能获得一便士。他常活动着他疲惫的、像小黄棍一样的手指跟我说："呸！我就是个奴隶啊！为了挣一便士，朋友，我得花出去四便士。我能赚到什么呢？一个人必须吃饭吧，这样才有力气给十个人刮脸，然后就为挣那一便士！"他像只蚂蚁似的在他小小的洞穴里转来转去，也没什么结余，仅仅饱腹而已。他总是希望存下足够的钱好让自己回法国去，然后在那儿安顿下来。我们彼此投缘。其实，除了那个曾经当过演员的"三明治"人以外，他是唯一一个有头脑的人——当然是在他没有喝醉酒的情况下，他算得上是这里所有人中唯一一个有想法的人了。他喜欢娱乐，爱去音乐厅，一年至少去两次，平时总是谈起此事。他不太懂音乐，这是实话，因为他没钱钻研这个，但是他喜爱音乐的出发点却是好的。他通常把我留到最后一个，这样他可以慢慢给我修脸。

"这能让我休息一下。"他会这么说。这对我而言也是种娱乐，因为我已经习惯了出门几天一句话都不用说。他是唯一一个你可以随意聊天攀谈的人，其他人则只会笑笑。你对那些人来说就像个傻瓜，或像个怪胎，该被拴住腿或关到笼子里去。

"是啊，"这个小个子男人说，"我刚来这里的第一个念头就是立即回去，但是现在我不确定要不要回去了。我的幻梦正在瓦解。钱长了翅膀，但是它们却不肯向我这里飞。相信我，朋友，我是用心在给这些家伙们刮脸。他们是多么悲惨啊，可怜人！他们一定饱受折磨！喝酒！你说，是啊，酒救了他们，他们从中获得了一丁点快乐。可惜,我没那个体格喝酒——这儿不行。”他指给我看他哪儿不行,“你也是,兄弟,你似乎也不走运,但是你还年轻。啊,好吧,人必须多思考——但是想想吧,特别是如果你来自气候宜人的南欧的话,在英国这种气候下,这滋味真是……”

当我刮完脸要走、又没有什么东西可以抵押赊欠时,他反倒会接济我——在那种公寓里借钱是不可能的:如果一个人钱不随身带着,就等于是白送人了;如果带钱出门没被抢,就算是走运了。那种公寓里总有什么人在盯着一双新鞋,一件好点的外套,他们不睡觉,趁别人睡着时立即偷走,然后消失不见。在贫穷面前没有道德可言——道德需要铁一般坚定的人,但是这些人都像是稻草做的。不过,关于这些底层的英国人,值得一提的是,他们也不是凶残的人,不像底层的法国人或意大利人。

后来,我在蒸汽船上谋了个当消防员的差事,不定期跑船运,六个月后我才回到了英国。回来的第一个早晨我就碰到了那个法国人。那天是修脸日,他比以前更忙了,简直像蚂蚁般忙得团团转,他的脸色显得更蜡黄了,似乎还多了些皱纹。

“啊!”他用法语喊我,“是你!你回来了!我就知道你会来的。等一会,等我给这个人刮完——我有好多话要说。”

我们走进厨房,那是一个石头地板的大房间,有张饭桌。我们在炉火边坐下。那时是一月,但是,不管是夏天还是冬天,厨房里总是生着火。

“那么,”他说,“你就这么回来了?没交到好运?唔!要有耐心!像你这个年龄,再多等几天也不会要了你的命的。今天好大的雾啊!你看,我还在这里,但是我的伙伴,皮贡,已经去世了。你还记得他吧——大个子,黑头发,在街那边有家店。他是我的好朋友,一个快活的家伙,结过婚了。他的妻子人不错,因为她生过小孩嘛，有点胖。她出身于良好的家庭。皮贡是心脏病突发去世的。等等，我告诉你是怎么一回事……

“就是你走后不久的事情，十月的一天，我刚给那些人修完脸，在我的店里喝咖啡时，想着可怜的皮贡，才刚刚去世三天……突然响起一阵‘砰砰’的敲门声，原来是皮贡太太！她看上去很平静——一个来自良好家庭的女人，教养良好，长得也好——不错的女人。但是她脸颊苍白，眼睛通红，可怜的女人啊！

“‘夫人，’我问她，‘我能帮上你什么呢？’

“可怜的皮贡死时，就已经破产了，店里一分钱都没有。他才刚入土两天，法警们就找上门来了。

“‘啊，先生！’她对我说，‘我该怎么办？’

“‘等一等，夫人！’我拿了我的帽子，和她一起返回了店里。

“那是什么样的情景啊！两个法警，胡子拉碴，坐在店里的脸盆前。到处都是，我的天！到处都是小孩！咳！咳！一个十岁的小女孩，长得非常像她的妈妈；两个穿着裤子的小男孩，一个套着一件女士衬衣、其他什么都没穿的小孩；其他的两个，很小，在地板上打滚。多么可怕的吵闹声啊！除了那个小女孩以外，其他的孩子都在哭喊，似乎要把他们自己撕成两半。两个法警似乎不知所措。这足以让人哭了！七个孩子！有的还那么小！可怜的皮贡，我可不知道他有这么多孩子！

“法警们彬彬有礼。‘好吧，’个头大点的法警说，‘你有二十四小时的时间想办法凑够钱，我的同事可以在店里住下来——我们并不想对你太苛刻！’

“我帮着夫人安抚那些小孩们。

“‘如果我有钱的话，’我说，‘我肯定都拿出来帮你了，夫人——每一个出身良好的人心中都还留有人性，但是我没有钱。

想想看你有没有什么朋友可以帮上忙的。’

“‘先生，’她回答说，‘我没有朋友。我哪有时间去结交朋友呢，我，有七个小孩……’

“‘在法国有没有呢，夫人？’

“‘没有，先生。我跟我的家人吵了架，现在想起来——我们来英国已经七年了，这也是因为那时没人能帮我们。’我觉得这情况太糟糕了，但是我又能做什么呢？我只能说：‘希望总是有的，夫人，相信我！’

“我离开了。一整天我都在想她是那么镇定，这真不容易！我一直对自己说：‘快，动脑子想一想，想一想！总会有什么办法的！’但是我什么也没想出来。

“第二天，是我该去那个公共机构的日子。我出了门，可是我仍然想着到底能帮那个可怜的女人做点什么呢，就好像是那些小孩抱住了我的腿，拖着拽着我一样。我迟到了。为了赶时间，我就像一个生手一样匆匆打发了他们。炎热的上午，我汗流浃背！十个人才一便士！十个人才一便士！十个人才一便士！我想到这，又想到那个可怜的寡妇。最终我干完活，坐下来。我心想：‘这工作强度太大了！你为什么要做这份工呢？蠢货！你是在浪费自己的生命！’然后，我一念而起，要求见经理。

“‘先生，’我说，‘我不会再来这里了。’

“‘你什么意思？’他说。

“‘我受够你的那套“十个人一便士”了。我要结婚了，无法再来这边工作了。我为这点钱掉了太多肉。’

“‘什么？’他说，‘你要是扔掉这些钱还能生存的话，那算你走运！’

“‘扔掉？！不好意思，先生，请看看我’——我仍然热得直冒汗——‘每多挣一便士我就要损失三便士，还不算回来走路磨损靴子的钱。要是我还是个单身汉的话，先生，那还只是我自己的事，我还能承受得起这些挥霍，但是现在，这必须结束！我告诉您，结束了，先生！’

“我丢下他走了。我去了皮贡的店。法警仍然在那儿，呸！他一定一直在抽烟。

“‘我没法给他们更多时间了。’他对我说。

“‘这不重要了。’我回答道。然后我敲敲后屋的门，走进去。

“孩子们在角落里玩耍，那个小女孩，心地善良，像个小妈妈一样照看着他们；夫人坐在桌旁，戴着一副黑色的旧手套；我的朋友，我从未看过那样的一张脸——那么平静，但又是那么苍白，那么沮丧，那么让人不知所措。应该说她是在等死。这太糟糕了，太糟糕了，而且冬天快要到了！

“‘早上好，夫人，’我说，‘有什么消息吗？你想办法做了哪些安排了吗？’

“‘没有，先生。你呢？’

“‘没有。’我又看了看她。一个好女人，啊！一个好女人。

“‘但是，’我说，‘我今早想到了一个主意。如果现在我恳求您和我结婚的话，您怎么想？这也许会比一无所有好一点。’

“她用那双黑眼睛看着我，回答道：‘我愿意，先生！’然后，朋友，到那时她才哭了出来。”

小个子法国人停下了讲述，目光炯炯地盯着我。

“唔！”我最后说，“你真有勇气！”

他又看了看我。他的眼神闪过几分忧虑，好像我给了他一句糟糕的恭维。

“你这么认为？”他最后这么问。我看得出这个想法啮咬着他，好像我刚才的话照亮了他心中某些绝望的、黑暗的角落。

“是啊！”他不急不慢地说，那张蜡黄的脸上皱纹似乎日渐增多，而且每一道皱纹似乎都更深了：“即使在我说要娶她时，我也很害怕。七个孩子！”他又一次看着我，“还有以后！有时——有时——我会——”他停顿了下，然后又突然说出心里话，“生活很艰难！你又能怎么办呢？我认识她的丈夫，我能让她流落街头不管吗？”

一九〇四年